中公文庫

新装版

帰　　郷

刑事・鳴沢了

堂場瞬一

中央公論新社

目次

登場人物紹介

鳴沢了（なるさわりょう）…………青山署の刑事

鷹取洋通（たかとりひろみち）…………15年前に殺された男。アースセーブ新潟設立者
鷹取正明（たかとりまさあき）…………洋通の息子
羽鳥美智雄（はとりみちお）………アースセーブ新潟設立者
池田幸平（いけだこうへい）…………アースセーブ新潟の現会長
橋上（はしがみ）…………………アースセーブ新潟の初代会長
山城（やましろ）…………………アースセーブ新潟理事
岬直子（みさきなおこ）…………鷹取と羽鳥の高校時代の同級生
大塚尚美（おおつかなおみ）…………正明のかつての交際相手
滝沢直道（たきざわなおみち）…………新潟愛想園（あいそうえん）園長
三富寛一（みとみひろかず）…………新潟めぐみ学園職員

緑川聡（みどりかわさとし）…………元刑事。現在は警備会社勤務
大西海（おおにしかい）……………新潟県警中署刑事
安藤忠志（あんどうただし）…………新潟県警中署刑事
中尾（なかお）…………………鳴沢の小学校からの友人
内藤優美（ないとうゆみ）…………鳴沢の恋人
内藤勇樹（ないとうゆうき）…………優美の息子

帰郷

刑事・鳴沢了

There was just no way this house could hold the two of us

I guess that we were just too much of the same kind

"Independence Day"　Bruce Springsteen

僕たち二人はこの家に一緒にいられなかった

たぶん僕たちは似過ぎていたのだろう

「独立の日」

第一部　過去への嘲笑

1

一人の人間の死に様を「見事」と言えることは多くはない。だが私は、少なくとも父にはこの言葉を贈ってもいいのではないかと思った。

メモ帳を片手に、一階から二階へ、部屋を一つずつ調べていく。その行為は、家宅捜索に似ていないこともなかった。隠された証拠を探し、死者の声を聞くという点においては。だが父は、まったく声を残していなかった。メモ帳に縦に線を引き、右側には処分方法がすぐに決められるもの、左側には未決のものを書きこんでいくつもりだったが、ページはずっと白いままである。父は死の床にありながら、自分でほとんどの事柄にけりをつけたのだ。家電製品や服はほとんど始末し、残った大物と言えば祖父の仏壇ぐらいである。面倒な手続きが必要なものは一つもなさそうだった。たった一つ、この家と土地をどうするかということを除いては。

まだ数日の猶予があるが、一週間の忌引き休暇中に何とかしなくてはならない。そうしないと、いつまでも新潟に縛られることになる。

二階の父の部屋に入った。目につくのは古びた木製のデスクと本棚だけ。デスクの上のトレイには、持ち主を待つように、削ったばかりの鉛筆が二本と、長年使いこんだ万年筆がきちんと揃えて置いてある。万年筆のキャップを取ると、インクがこびりついて十八金の輝きも失せていた。

本棚もほとんど空になっていたが、一番下の段にまとめて置いてある数十冊のノートが目についた。味も素っ気もない大学ノートだが、表紙に年号が書きこんであるので、日記であることはすぐに分かる。一番上の一冊を手に取った。去年のものだったが、三ページほど書いただけで残りは空白のままである。二冊目を見ると、日々の出来事を簡単なメモにしただけで、一冊で一年分にしていたことが分かった。日付の新しい順に正確に重ねてあったから、特定の年の日記を探し出すのも造作ないだろう。鳴沢家の歴史を遡って知ることもできるはずだ。

四年半前、私が家を出て行った頃のことはどう書き記してあるのか——だが、その頃の父の心境を知る気にはなれなかった。死はすべてを押し流すかもしれないが、心の整理にはまだ時間が必要である。ノートを元に戻し、窓を開けた。いつの間にか息苦しさを感じ、刃先のように冷たい空気を求めて胸が大きく上下しているのを自分でも意識する。

雪が降っていた。

今年の冬、新潟県は久しぶりの豪雪に見舞われている。中越の山間地は、今頃二メートルを越す雪に埋もれているはずだし、比較的雪の少ない海岸沿いの新潟市も白一色に染まっていた。

久しぶりに見る信濃川の雪景色だった。幼い頃の光景がふっと蘇ってくる。あの頃、雪が降り始めると、凍えるのも忘れて窓を開け放ち、じっと川面を見詰め続けたものだ。この程度の寒さで川が凍りつくことはないのだが、小学生の頃の私は、いつか信濃川が全面凍結して対岸の万代シティまで歩いていけるのではないか、などと夢想していたのである。あの頃は、寒さも今より厳しかった記憶がある。

萬代橋の佇まいは子どもの頃の記憶と変わらず、優雅な六連アーチの姿を雪景色の中に晒している。だがそれを除けば、街の景色もずいぶん変わった。家の前の道路は綺麗に整備され、河原は散歩やジョギングを楽しめる細長い公園に変身している。以前は港町、下町の風情を濃厚に残す場所だったのに、今ではマンションが立ち並んで、東京西郊の住宅地と変わらない雰囲気だ。元々萬代橋は、信濃川河口に最も近い橋というので有名だったのだが、今は渋滞緩和の目的でさらに下流に柳都大橋という新しい橋も完成した。街の表情は日々変化している。

永遠に変わらないものはない。故郷とて同じだ。そして私自身も変わった。子どもの頃のようには寒さに耐えられない。

窓を閉めた途端に、誰かがインタフォンを鳴らすのが聞こえた。両肩を手でさすりながら、慌てて階段を駆け下りる。古びた階段がぎしぎしと不快な音を立てたが、埃が舞うわけではない。掃除は行き届いていたようだ。おそらく、誰か手伝いの人を雇っていたのだろう。胃癌で死にかけた父が、自分で雑巾をかけていたとは思えない。

玄関を開ける。風と一緒に細かな雪が舞いこんできて、裸足の足に突き刺さった。見たこともない男が目の前に立っている。傘をさしていないので、雪で頭が半白になり、肩にもうっすらと積もっていた。年の頃二十代後半だろうか。小柄な男だ。ぎょろりと大きな目を見開いて、私を睨みつけるようにする。

「鳴沢さんの息子さん？」

「そうですが」

「ああ、やっぱりね。あんたが鳴沢了（りょう）さんか」

無礼な物言いだったが、尻に火がついて慌てて喋（しゃべ）っているようにも聞こえる。呂律（ろれつ）が怪しいが酔っている様子ではなく、興奮が微熱のように伝わってきた。

「話があるんですよ」

「何ですか」

「十五年前の殺人事件について」

今度は私が大きく目を見開く番だった。殺人で十五年。刑事ならすぐに「時効」という言葉が頭に浮かぶ。何事かと訝（いぶか）り始めた瞬間、視界の片隅に懐かしい男の顔が入ってきた。相手は怪訝（けげん）な表情を浮かべていたが、すぐに短くうなずいて玄関に一歩近づいてくる。前後から挟み撃ち。不審な男は、刑事である私と、元刑事の緑川聡（みどりかわさとし）に挟まれる格好になった。

「鷹取正明（たかとりまさあき）って言うんだ、俺は」

「字は？」

「ああ？」

「どういう字を書くんですか」

「何だよ、それ」

正明が目を一杯に見開いて腰に両手を当てた。客間に案内したが、腰を下ろそうともしない。小さなガラス製のテーブルを挟み、立ったまま私と対峙している。頭と肩に降り積もった雪が溶け、髪が濡れてぺっとりと頭蓋に張りついた。緑川は客間の入り口に立ったまま、左右の足に順番に体重をかけて体を揺らしている。

「人の家を訪ねたら、名刺を出すなり何なりすべきでしょう。だいたい、『タカトリ』ってどういう字を書くんですか」

「名刺ね」正明が唇を歪ませた。

「ないんですか」

「会社を辞めたら名刺はいらなくなるでしょうが。肩書きなんか、何の意味もなくなるんだからさ」

「そういうことですか」

「そういうこと、じゃないんだよ！」突然、正明が声を爆発させた。「辞めたんじゃなくて辞めさせられたんだ。名刺は全部没収。阿呆らしい。それを使って何か悪いことでもすると思ってるのかね。どうせクソみたいな会社なのにさ」

正明が拳を二度、三度と腿に打ちつけた。何者かと思えば、単なるガキではないか。

礼儀も知らないし、突然怒りを爆発させるのも大人の態度とは言えない。

「そっちの人は？」正明の目が緑川を捕らえた。

「私はここのうちにお世話になった者でね」淡々とした声で緑川が答える。「お線香を上げにきたんですよ」

「ああ、そう」素っ気なく言って、正明が私に向き直る。「関係ない人には出てってもらいたいんだけど」

「お世話になった者だって言ったでしょう」緑川が低い声で反論すると、正明が右足の踵で床を打ち始めた。靴下はよれよれに弛み、親指の辺りが薄くなっている。

「俺はこの人に話があるんだ。あんたには関係ない」

緑川が無言で正明を睨みつける。二人の視線はしばらく宙で絡み合っていたが、やがて緑川が無表情のまま視線を外した。

「じゃ、向こうの部屋に」私に声をかけてドアの前を立ち去る。

「座りませんか、とりあえず」ソファを勧めると、正明が乱暴に腰を落とした。背中をぐっと伸ばして一瞬天井を見上げたが、すぐに前屈みになり、膝に肘を乗せて掌を組み合わせる。だがそのポーズにも飽きたようで、背広のポケットにぞんざいに手を突っこんで煙草を取り出した。

「吸っていいですかね」

「どうぞ」目の前にあったガラス製の大きな灰皿を彼の方に押しやった。正明が深々と煙を吸いこみ、灰皿の縁で煙草を軽く叩く。

「後で俺も線香を上げさせてもらえますかね」先ほどまでとは打って変わった礼儀正しい態度で頭を下げる。

「それは構いませんけど、父とはお知り合いなんですか」

「ずっと昔にね……俺はまだ子どもだったけど。それより、俺の名前でしたよね」

「ええ」話が急に巻き戻される。あちこちに跳ぶ会話に、私は軽い困惑を感じた。それでなくても、父の葬儀などここ数日間の忙しさでげんなりしているのだ。

正明が尻ポケットから財布を取り出し、中を改めて名刺を一枚引き抜いた。軽く折れ曲がり、角が丸くなり始めている。

「一枚だけ残ってた」

新潟市内にある会社の名前が載っていたが、私には見覚えのない社名だった。肩書きはない。社名と住所に電話番号、電子メールのアドレスだけが載っている。

「なるほど」顔を上げ、正明と目を合わせる。その目は、薄い膜のような疑念に覆われていた。

「俺の名前を知らないんですか」

「ええ」

「本当に？」正明がまた目を見開く。「あの鷹取ですよ」

「と言われても」

「何だ」正明が長く溜息をつき、まだ長い煙草を灰皿に押しつけた。「本当に知らないのか」

知らないのは常識外れだと言わんばかりの態度である。が、何も言わずに首を振るだけにしておいた。

「俺のオヤジは殺されたんですよ」言いながら、正明が身を乗り出す。目は潤み、蛍光灯の光を反射してきらきらと光っていた。「十五年前にね。それが時効になったんです」

「いつですか」

「昨日ですよ」挑みかかるような口調になっていた。「あんたのオヤジさんの葬式の日にね」

話をしているうちに、正明の言う事件が突然頭の中で実像を結んだ。時効になった殺人事件——ということはもちろん、私が警察官になる以前のものなのだが、新潟県警にいる頃、未解決事件としてファイルで読んだ記憶がある。そこには捜査担当者として父の名前もあった。古い事件のファイルを読むのは、私にとって実益を兼ねた趣味だ。迷宮入りは警察にとっては恥だが、どうして失敗したかを知って貴重な反面教師にしなくてはならないから。正明と話をしながら、事件を頭の中で再構築する。

十五年と一日前の冬の夕方、地元の私立大の助教授だった鷹取洋通(ひろみち)が、新潟市内の自宅で殺された。通報者は被害者の友人の羽鳥美智雄(はとりみちお)。家を訪ねたところ、玄関先で泣いている息子の正明を見つけ、すぐに台所で血まみれになって倒れている洋通を発見した。

捜査は最初、強盗の線から動いた。簞笥(たんす)に荒らされた跡があったためだが、具体的な被害ははっきりとしなかった。鷹取の家は父子二人暮らしで、小学生だった正明は、家のどこに何が置いてあるかをはっきりとは知らなかったからである。だが定期預金の通帳が残っていたのに、普通預金の通帳と印鑑がどこを探しても見つからなかったので、強盗の線が疑われたのだ。

遺留品は一切発見されなかった。解剖の結果、胸と腹を中心に十五か所も刺されての失血死と分かったが、凶器については、鋭利な刃物、おそらくは刺身包丁のように細長いものだろうとしか推定できなかったようだ。柄が埋まるほど深々と刺すと、刃先が折れて体内に残り、それで凶器が特定されることもあるのだが、この時はそういう残存物が一切見つからなかった。

その後、顔見知りの犯行という可能性も考慮して捜査範囲が広げられたが、有望な手がかりが摑めないまま、無為に時間が過ぎていった——もっとも、完全な暗中模索というわけでもなかったようである。容疑者とまではいかないが、警察に通報した羽鳥が、当時何度も事情を聴かれていたはずだ。羽鳥は被害者とは高校時代からの親友だが、事件のしばらく前から被害者と揉めていた、という情報が入ってきたからである。

「とにかく、あの時は鳴沢さんにずいぶんお世話になったんですよ」正明の言葉で私は現実に引き戻された。「一生懸命調べてもらったはずですよ。俺は子どもだったから、詳しいことは分からないけど。でも、もっと一生懸命やってもらってもよかったんじゃないかな」

「そうかもしれませんね」何を言われようと反論はできない。この事件が警察の失点になったのは間違いないのだから。「その時父は……」

「現場の責任者ってやつじゃなかったんですかね。実は俺、この家に来たことがあるんですよ。この客間、ちょっと記憶にあるな」

「どうしてここに？」私が東京に出ていて、新潟を離れていた時期だが、父からも祖父からも、そんな話を聞いたことはない。

「うち、オヤジと二人暮らしでしてね。親戚もいなかったもんだから、事件の後で養護施設に入れられたんですよ。でも、そこへ入る前にこの家に一晩泊めてくれましてね。本当はそういうことをしちゃいけないらしいんだけど、可哀相に思ったんじゃないかな。飯を奢(おご)ってもらって」

「父がそんなことを？」

私は思わず首を捻(ひね)った。被害者の子どもを家に招き、飯を食べさせる。父がそんなことをする人間だったとは思えない。

「おじいさんが、料理が上手な人だったたね。分厚いトンカツを食わせてもらったんだけど、あれは美味(うま)かったなあ」その味を思い出したのか、正明がうっとりと目を細くした。「犯人が見つからなかったのは残念だけど、恩は忘れたくないから。線香を上げさせてもらおうと思って」

「そうですか」

「犯人は分かってるんですよ」正明がまた目を見開く。新しい煙草を引き抜くと、指先で転がしながら私の言葉を待つ。無言でうなずいて先を促してやった。「あいつです。羽鳥ですよ。あいつがオヤジを殺したのは間違いないんだ。あの時、もう少し厳しく調べてくれたらね」

時効が成立した翌日に何を言い出すのだ。まじまじと正明を見て真意を見抜こうとしたが、わずかに紅潮したその顔からは、激しい憤りしか読み取れなかった。まるで昨日事件が起きたかのように。

「絶対にあの事件は解決してたはずなんですよ」自分に言い聞かせるように、正明が強い調子で断言する。

「しかし、古い話です」

「古くても、家族には関係ないでしょうが」正明が忙しなく煙草に火を点けた。「しかしね……時効の日が鳴沢さんの葬式の日なんて、すごい偶然ですよね。新聞で見て驚きましたよ」

父は胃癌を患い、数か月の闘病生活の末に三日前に亡くなったのだが、けじめの意味だったのか、死ぬ二週間前に県警に辞表を提出している。辞めたばかりの刑事部長が死んだというので、地元の新聞の社会面には三段見出しの記事が掲載された。白黒の顔写真で見る父は、私が知っているよりも温和な顔つきをしていた。

「あんたも警察官なんでしょう」

「警察官ですよ」なぜそれを知っているのだろう。

「どう思います？　時々、時効の後になって犯人が分かったりするじゃないですか。安心して名乗り出てきたりして。時効が成立してから犯人が分かったら、警察はどうするんですか」

「どうにもなりませんよ。法律的には、もう罪を追及することはできないんだから。事情ぐらいは聴くかもしれませんけど、それ以上のことはできませんね」

「でも、分からないよりは分かった方がいい。違いますか」正明の声が再び熱を帯びてきた。「マジでしんどかったですよ、この十五年間は。オヤジがいなくなって、施設に預けられて、何もかもおかしくなっちまってね。そういうの、分かるでしょう？　別に俺が悪いことをしたわけじゃないのに、中学でも高校でも極悪人みたいに避けられてね。高校を出てやっと就職したけど、すぐにその会社が潰れて、ずっと仕事はついてなくてね。今度首になった会社は四社目なんですよ。結婚するつもりだったけど、首になったからそれどころじゃないし。女は、さっさとサヨナラですよ。ねえ、何で被害者の俺がこんな目に遭わなくちゃいけないんですか」

　答えられない質問である。小さくうなずくだけにとどめた。

「何て言うのかな、オヤジが死んでからの俺の生活には芯（しん）がなかったんですよ。あっちでふらふら、こっちでふらふらしてるだけで、自分が何をやってるのかも全然分からなかった。アドバイスしてくれる人も、助けてくれる人もいなかったし。十二歳で一人ぼっちになるの、どんな感じか分かりますか？」右手で自分の左手首を摑み、ぎりぎりと絞り上げる。たちまち左手が蒼白くなった。「もしも犯人が分かってれば、そいつを憎むことで俺の生活にも芯ができたかもしれないけど……何か、いつも目の前に薄い靄がかかってるような感じがして。だけど、そのうち諦めましたよ。もう忘れようと思いましたよ。何をやっても上手くいかなかったけど、それは事件のせいじゃなくて、俺がとろいからだって自分に言い聞かせて。だけど、時効なんだって思ったら、急にあの頃のことを思い出してね」

正明の目が潤んでくる。私は両手を揉みしだき、彼の言葉が尽きるのを待った。こういう時は、慰めも同調も必要ない。相手はすでに答を持っていて、自分でそれに気づいていないだけなのだ。不平をすべて吐き出した後に、「でも仕方ないんですよね」の一言で締めくくるのではないかと思った。

だが、正明の答は違っていた。

「羽鳥に話を聴いて下さいよ」

「今、聴く理由はないでしょう」

「理由はありますよ、あいつが犯人なんだから」

「どうしてそう言い切れるんですか」

「あの頃、警察は羽鳥を疑ってたそうじゃないですか。それも、俺の証言で」

「そうなんですか」

「あんた、本当に何も知らないんだね」正明が溜息をつき、煙草を忙しなく吸った。

「あの鳴沢さんの息子だっていうから、もっといろいろ知ってると思ってた」

「どんな証言だったんですか」いい加減にしろ、という台詞を嚙み潰して訊ねた。

「俺、学校から帰ってくる時に、家の前を羽鳥が歩いているのを見たんですよ。家から出てきた感じで。妙におどおどしててね。俺の証言が元で警察が羽鳥を疑ってたことを、最近ある人から聞いたんですよ」

「誰からですか」

「それはちょっと……」目を逸らすと、正明が言い淀んだ。

急に正明の息が荒くなった。握り締めた手の指先で煙草が折れ、火先が灰皿に落ちる。頰が痙攣して唇が引き攣った。過呼吸か、と立ち上がりかけた瞬間、正明が両手をテーブルについて深く頭を下げる。

「あんた、何とかしてくれませんか」顔を上げて言い、私の顔をじっと見詰める。

「何とかって……」

「あんたも警察官なんでしょう？　羽鳥に話を聴くぐらいはできるじゃないですか。とにかく、あいつにはっきりと認めさせたいんだ」

「私は警視庁の人間です。新潟で起きた事件にタッチする資格はありません」

「でも、もう時効が成立してるんだから、関係ないじゃない。これは、あんたのオヤジさんが解決できなかった事件なんですよ。息子のあんたが調べることは、いい供養にもなるんじゃないですか」

　それは筋が通っていない。だいたい私は忌引きで休暇中なのだし、他の県警が解決できなかった事件に首を突っこむのは、警察官として礼を欠く行為である。それに、暇なわけではないのだ。この家をどうするか、決断を下さなくてはいけない。

　だが、それは動きながらでもできることなのだ、と気づいた。むしろ、動いているうちに気持ちが固まるかもしれない。だいたい、こういう雑用よりも面白いことはいくらでもある。例えば事件を追う、とかだ。

　分かりました、の一言に正明の目から涙が零れた。今にも私の手を取りそうな勢いで身を乗り出してくる。

「ありがたいです」涙が頬に筋を作った。「本当にありがたいです」

　彼の言葉は耳を素通りしていった。私は、自分が父に挑戦しようとしているのだということを強く意識していた——そう、父が滑らせてしまった事件を私が解決できれば、長年の確執に終止符を打てるのではないかと思った。

2

「話は聞いたよ」緑川が客間にふらりと入ってきて、小さなテーブルに寿司の折り詰めとペットボトル入りのお茶を置いた。

「わざわざ持ってきてくれたんですか」

「おめさん、飯も食ってないんじゃないかと思ってな。俺もご相伴（しょうばん）させてもらうぜ」

「すいません」

「まあ、しかし綺麗に片づいてるもんさね」緑川が客間を見渡す。「部長、身の回りのことは全部きちんとしていったんだ。こういう身の引き方はなかなかできんもんだよ」

「そうですね」お茶のキャップを開ける。ほのかに甘い香りが流れ出してきて、体が少しだけ温まった。

「しかし、たまげたよ。あの部長が病気でね……」目を閉じ、緑川が首を振る。「若い頃から細い男だったけど、体は頑丈だったんだぜ。病気一つしたこともなかったのに」

すでに定年を迎え、今は警備会社で働いている緑川は、確か父より三歳ほど年長のはずである。私にとっては新潟県警の捜査一課時代の先輩でもあった。

「誰でも病気にはなりますよ」

「でも、それでおめさんと仲直りできたんだから、それはそれでよかったじゃねえか」

「別に仲直りしたわけじゃないですよ」

「でも、何度も見舞いに来たんだし、最後は看取ったんだからな。昨日の葬式の挨拶も立派だったぞ」

　無言で首を振り、お茶を一口飲んだ。数か月前、父が胃癌を患ってもう長くないということを知って以来、確かに何度か見舞った。そして、危篤の連絡を受けて東京から車を飛ばし、病院に駆けつけて五分後に、父の心臓は止まったのだった。まるで私が来るのを待っていたかのように。

　そこから先は、ヴィデオの早回しを見るように進んだ。通夜や葬儀の準備は県警の方ですっかり整えてくれ、私はただ喪主として頭を下げ、もそもそと冴えない挨拶をするだけで済んだ。いっそのこと、新潟県警主催の葬儀にしてくれればよかったのに、とも思う。そうすれば、しかるべき人間が葬儀委員長に立ち、父の業績を朗々と紹介したはずだ。私は弔問客に頭を下げるだけでよかったはずで、その方がよほど立派な葬儀になっただろう。だいたい私に、生前の父について語る資格があるとは思えなかった。

父は、私が刑事になることに反対したが、私は我を通した。以来、親子関係は緊張したままで、祖父の死が引き金となって完全に崩壊した。

「どうするんだ、これから。問題はこの家だよな」

「どうもこうもないですよ」私は殺風景な客間を見渡した。「俺は東京にいるんだし、住んでもいない家の税金を払うのは無駄でしょう」

「寂しいことを言いなさんな。新潟に戻ってくる気はないんかね」

「無理ですよ」警察官を続ける以上は。一度新潟県警を辞めて警視庁に入り直した私は、もう新潟で刑事の仕事をすることはできない。もちろん、刑事以外の仕事を新潟で見つけることも考えられなかった。

「やっぱり、刑事をやるなら警視庁ってのがいいのかね」

「そういうわけでもないんですが」

「でも、実際はそうなんだろうな」薄い笑みを浮かべ、緑川が折り詰めの中からいなり寿司をつまみ上げる。そう言えば、妻を交通事故で亡くしたこの男は、よく捜査一課の大部屋で夜食にいなり寿司を食べていた。誰もいない家に帰る気になれなかったのか、県警本部に泊まりこんでしまうこともしばしばだった。

「さっきの男なんですけどね」

「うん」緑川が半分噛み切ったいなり寿司を折り詰めに戻した。「鷹取正明な。あの子がねえ……」

「知ってるんですか」

「そりゃ、知ってるさ。俺もあの事件の本部にいたんだから。実はな、あの男、昨日の葬式にも来てたんだ」

「そうだったんですか？」私はずっと焼香台の近くにいたが、気づかなかった。しかしそれで、正明が私を警察官だと知った経緯が分かった。葬儀での挨拶で、「同じ刑事として……」というような話をした記憶がある。「昨日は、線香は上げていかなかったんですか」

「うん、ちょっと変な様子だった」緑川がするりと顎を撫でる。「葬式が始まってからすぐに来たみたいだけど、ずっと外でうろうろしててな。俺らは子どもの頃の顔しか知らないけど、面影が残ってるから誰かが気づいてね。妙に緊迫した感じになった。それは分かるだろう？　お蔵入りした事件の被害者の息子が、当時の捜査責任者の葬式に来た。しかも昨日は時効当日だ。黙って線香を上げて帰るなら分かるけど、式場の外でじっと見てるだけなんだぜ。何かやばい感じがするだろうがね」

「暴れるとか？」

「そこまでは思わんかったけど、まあ、何が起きるかは分からんすけな。で、気づかれないように警戒してたんだけど、結局線香も上げないで帰っていったんだよ。あれは、無念もあったんじゃないかねえ。時効の日に当時の捜査の責任者の葬式なんて、凄い偶然じゃないか。悔しいだろうさ。来てはみたものの、線香を上げなかった気持ちも何となく分かるわな」

「散々愚痴を零されましたよ」

「あれは、確かに不運な男なんだよ。さっきの愚痴、俺も聞いてたけど、全部本当みたいだぜ。こっちの耳にも、そういう情報はちらちら入ってきてたからな。もちろん、被害者の息子がどんなに辛い目に遭っても、警察が面倒見られるわけじゃないけど」薄くなった前髪をそっと撫でつける。「部長は特に、あの男のことを気にかけてたんさ」

「さっきの、この家に泊めた話ですか？　それって、問題にならなかったんですかね」

「下らんことを言いなさんな」ぴしゃりと言ってお茶を一口飲む。「そんなことはどうでもいいんだ。おめさんは知らんだけで、部長は優しい心根の人だったんさ」

「そんなことを言われても、信じられませんね」腕組みをする。「ジイサンだったらともかく」

「確かに、課長の場合は『仏の鳴沢』だったからな」納得したように緑川がうなずく。

古参の刑事たちは、今でも亡くなった祖父を「課長」と呼ぶ。緑川のように、祖父の下で仕事をした人間にとっては、永遠に課長なのだろう。ちなみに父は影で「鬼」と呼ばれていた。

緑川が腕を組み、やけにしみじみとした口調で言った。

「課長は仏。部長は鬼。でも、親子なんだから、根っこの部分は二人とも同じだったんじゃないかねえ」

「分かりませんね」

「まあ、いいよ。おめさんが知らないことだって一杯あるんだから。しかし、どうするつもりなんだ？　本当に羽鳥に話を聴きに行くのか」

「そうでも言わなければ、彼は納得しなかったでしょう」

「それだけかね」緑川の目が光った。「悪い癖が出たのか」

「何のことですか」私は目を逸らした。

「本能が目覚めたんじゃないかね。だけどこんなことは、おめさんの義務でも何でもないんだぜ。それに、警視庁の刑事が古い事件を引っ掻き回してるのを知ったら、いい顔をしない連中もいるだろう」

「緑川さんもですか」

「いやいや、俺はもう警察を辞めた人間だから」緑川が笑った。かなり無理した笑い方だった。

「分かってますよ」私はいなり寿司を口に運んだ。甘辛のこってりとした揚げと、やんわりした味つけの酢飯を味わい、ゆっくりと飲み下す。「でもまあ、あと何日かここにいるわけだし、その間はやることもないですからね。羽鳥に話を聴いて、その内容を教えてやれば、正明も納得するでしょう」

「ふうん」緑川がぎょろりとした目を大きく見開き、呆れたように私を見る。「おめさん、やっぱり骨の髄まで刑事なんだね」

呆れたように言いながらも、緑川は懐かしい昔話を語るように、私が知らない事件の細部を話してくれた。

家と日記の他に一つだけ、父が処分していなかったものがあった。車である。真新しいキーがあるのは分かっていたのだが、ガレージに入っている車にはまだ対面していなかった。それにしても、食器や本まで徹底して処分してしまった父らしくない。家よりは車の方が買うのも売るのも簡単だろうが、人生の終着点が見えた時点で新車を購入するのは、計画的な父にしては妙な行動だ。病気の苦しみは、理性まで奪ってしまうものなのだろうか。

家には私の古い服がまだ何着か残っていた。かび臭いセーターにダウンジャケットという格好に着替え、念のために長靴を持ってガレージに入る。ほとんど新車と言っていいレガシィのセダンがあった。新潟では昔からスバルの人気が高いが、この車は父が選ぶにしては若向け過ぎないだろうか。エクステリアは大人しいが、エンジンはポルシェと同じレイアウトの水平対向六気筒で、国産のものとしては最高レベルを誇る。分別のある四十代の人間が乗る車としては申し分ないが、定年間近の県警幹部には似つかわしくない。

ドアロックを解除し、シートに滑りこむ。エンジンをかけ、手に馴染む三本スポークのステアリングを握った。エアコンの温度を上げ、車内が暖まるまで暖機運転を続ける。ライトをつけると、赤い縁取りのあるタコメーターが左に、スピードメーターが右に浮かび上がった。スピードメーターの下側にある距離計には八十キロしか刻まれていない。ほとんど新車も同然である。念のために車検を確認しようと、グラブボックスを開けて車検証を引っ張り出す。三年近く残っていた。ということは、父は死ぬ数か月前にこの車を買ったことになる。私が父の病状を知り、本当に久しぶりに電話をかけた頃だ。その頃だったら、自分の病状——死期についてはとうに分かっていたはずなのに。

車検証をめくる手が止まる。

名義は私になっていた。

私は基本的に東京では車に乗らない。どこへ行くにも電車を利用した方が早いし、そうでなければオートバイを使う。つき合っている優美と出かける時は彼女のミニに体を押しこむことも多いが、できるだけステアリングは握らないことにしている。あまりにも小さくて、私の体格だとハンドルを胸に抱えこむようになってしまうのだ。

この前、雪の新潟で車を運転したのは四年以上前のことである。レガシィは四輪駆動だし、スタッドレスタイヤを履いてはいたが、できるだけ慎重に走らせることにした。もっとも、大通りに出ると、運転の邪魔になるほどの雪はない。新潟市は気温がそれほど下がらないから、交通量の多い街中の幹線道路ではほとんど雪が積もらないのだ。ホテルオークラの脇を抜け、繁華街の真ん中を抜ける柾谷小路を抜け、西堀通に出て右折する。西堀通と東中通の間には寺が集中しており——実際に寺裏通という地名があるほどなのだ——父の遺骨も、ここにある寺の墓に眠ることになっている。

かつての掘割と柳の光景から「柳都」と呼ばれることのある新潟の古い光景は、西堀通にはかすかに残っている。広い道路の両脇に柳が植えられ、古の新潟の姿をかすかに偲ばせるのだ。合同庁舎の近くまでは自信を持ってアクセルを踏み続けたが、その先は慎重にならざるをえなくなった。この付近から日本海へ至る辺りは新潟島の中の高級住宅地なのだが、地名がごちゃごちゃしているし、一方通行も多い車泣かせの場所なのだ。刑事になってからは、それこそ地図を塗り潰すようにあちこちを乗り回したが、すでにその記憶も薄れかけている。路地から路地へ遊び回った幼い頃の想い出の方が鮮明なぐらいだが、この辺りは未知の場所だった。

　地名が二葉町になったところでアクセルを緩め、ほとんどクリーピングするような速度で車を進めた。昔からの家が多く、マンションの建設ラッシュも、この辺りには及んでいないようだ。集合住宅といえば、せいぜいが新潟大学の学生が住むアパートぐらいのものである。

　表札を一軒一軒確かめるように進んだ。後ろからクラクションを鳴らされると、道端に寄り、先に行かせてやる。そんなことを何度か繰り返すうちに、ようやく目指す羽鳥の家を見つけ出した。緩い坂の途中に建つ一軒家で、壁は木の羽目板になっている。二階部分に危なっかしくくっついた小さなベランダに灯りが漏れていた。まだ午後早い時間なのだが、雪が降っているし、窓の位置が悪いのだろう。

　家の場所を確かめたところで、広い通りに引き返して車を停める。中署の交通課に持っていかれないように祈るしかなかった。東京は車で暮らすには不便な街だが、すぐに駐車場が見つかることだけはありがたい。

雪は小降りになっていた。ダウンジャケットの襟を立て、首をすくめながら小走りで羽鳥の家へ急いだ。路肩に積もった雪の感触が、古いスニーカーを通じて足裏に伝わってくる。百メートルほど歩いただけで、足先から体が冷えてきた。

羽鳥と、殺された鷹取は、同じ大学の助教授だった。同時に、環境保護団体の設立で協力し合っていたという。だが、事件の半年ほど後に、羽鳥は突然大学を辞めた。その時は、捜査本部も「身辺整理か」と一瞬色めきたったらしいが、羽鳥は新潟から遁走(とんそう)するわけではなく、ひたすら環境保護団体の活動に打ちこんでいたらしい。親が残した土地にアパートを建て、その収入だけでも生活していくには困らなかったようだ。四十代にして悠々自適の生活というわけである。しかも独身で、食べさせなければならない家族がいたわけでもなかった。緑川に言わせれば「よく分からない男」という評価だった。もちろん、社会活動に力を入れるのはおかしなことではない。生活のための金を心配せずに済めば、そういうことに全力を注ぐ人がいるのはおかしくないだろう。金を生み出すことなど、人生の意義の中ではごく小さなものなのだから。

しかし、事件から半年後に生活を一変させたというのは、やはり気にはなる。当時は、攻めるべき材料も尽きてしまったので、その辺りの事情については捜査本部もあまり詳しく調べなかったようだ。あくまで周辺から聞きこんだ情報であり、本人への事情聴取は行われなかったという。それはそうだろう。大学を辞めようが、環境保護団体の活動に人生のすべてを注ごうが、事件に直接関係ない以上、警察が嗅ぎ回ることはできない――少なくとも表向きは。

玄関に立つ。羽鳥の名前だけを書いた表札の他に、「NPO法人　アースセーブ新潟」の小さな看板がかかっていた。なるほど。自宅を事務所にしているわけか。これなら、家で会える可能性も高いだろう。

インタフォンを鳴らす。答える声は落ち着いた深みのあるものだったが、私の訪問に対しては戸惑いを隠そうとしなかった。もっともそれは、彼が何か隠しているとか、あの事件の時効が成立したことに関して特別な気持ちを抱いているせいではなさそうだった。単に、私が訪ねてくる理由が分からなかっただけだろう。それは理解できる。事件はとうに地中深く埋められてしまったのだから。

「十五年前の事件のことで」と切り出すと、とりあえず反応はあった。だが彼は、私のことを新聞記者か何かと勘違いしたようである。「今さら話すことはないですよ」と低い声で言ってインタフォンを置こうとする気配が感じられた。慌てて「警察のものです」とつけ加えると、急に声が甲高くなり「警察？」と確認してきた。

「開けていただけませんか」

「今さら話すことはないですよ」平板な声で繰り返す。

「私は、あの事件を調べていた鳴沢という刑事の息子です」

「鳴沢……」一瞬、インタフォンの向こうで羽鳥が沈黙した。が、やがてその名前が何か記憶を呼び戻したようで、「ちょっと待ってくれ」という一言と同時にインタフォンが切れた。

ほどなくドアが開く。冴えない男だ、というのが第一印象だった。年齢は確か五十八歳になるはずだが、それよりもずっと年上に見える。櫛を入れたことのないような髪はほとんど白くなり、背中もわずかに丸まっていた。グレイのセーターの襟は伸びてワイシャツの肩が覗いていたし、ズボンの右の腿辺りには、煙草の焼け焦げらしい黒い穴が空いている。実際今も、指先からは煙草の煙が立ち昇っていた。口を開くと、言葉より先に嫌な感じの咳が飛び出してくる。空いた手で口を覆いながらひとしきり咳をすると、赤くなった目で私をじっと見た。

「あんたが鳴沢警部の息子さんか」

「ええ」

「やっぱり刑事なんですか」

「東京で仕事をしています」

「なるほどね」関心なさそうに言ったが、その目は、値踏みするように私の全身を舐め回していた。「新潟県警の人じゃないとすると、あの事件には直接関係ないわけでしょう。だいたいあんた、あの事件があった頃にはまだ子どもだったんじゃないんですか」

「そうですね」

「時効になったんだってね。新聞で読みましたよ」

「ええ」

「それが、今さら何の用ですか」長くなった煙草の灰が落ちそうになる。それを見詰める私の視線に気づいたのか、右手をお椀の形に丸めてそこに灰を落とした。

「お話を伺いたいんですが」

「やれやれ」大袈裟に溜息をつく。「あの頃もずいぶん悩まされたけど、まだ私にまとわりつくつもりですか？　そもそも、あんたには調べる権限も何もないはずですよね」

「ただ話を聴きたいだけです」

「なるほどね」羽鳥が肩をすぼめた。「それなら、十分だけあげましょうか。それ以上は駄目だよ。だいたい、私を容疑者扱いする理由は何もないはずだ」

「分かってます」

「まあ、いいでしょう。上がりなさい」羽鳥が廊下の片側に身を寄せる。私が靴を脱ぐのを待ちながら、「まさか、あの鳴沢さんの息子とはねえ」と妙に感慨深そうに言った。その言葉の奥には何か深い意味が潜んでいそうだったが、私には想像もつかなかった。

通された部屋が、アースセーブ新潟の実質的な事務室になっているらしい。元々は応接間にでも使っていたようで、部屋の中央にはソファが二脚、大き目のテーブルを挟む形で置いてある。窓のない壁三面のうち二面は本棚と書類戸棚に占領されており、もう一つの壁にはデスクとコピー機が押しつけるように置いてあった。コピー機の横にはサイドワゴンがあり、上のポットではコーヒーがすっかり煮詰まっている様子だった。デスクの上では、パソコンのモニターにスクリーンセーバーの蝶が踊っている。その横に名簿が広げてあった。上から順番に数人の名前を頭に叩きこむ。

羽鳥はソファの一つに腰を下ろし、火の消えた煙草を灰皿に押しつけた。吸殻が奇妙な植物のように突っ立っている。ほとんどがフィルター近くまで吸ったものだった。さっそく新しい煙草に火を点け、煙越しに私の表情を窺う。

「で？　まだ私が犯人だと思っている？」

「そうなんですか？」

「否定しておきましょうかね」柔らかい口調で言って、羽鳥が煙を深く吸いこんだ。「十五年経ったからじゃないよ。そもそも私はやってない。あんたたちが勝手に思いこんでただけなんだから。私は法律は専門じゃないけど、冤罪ってのがどうして起きるのか、分かるような気がしましたね。警察ってのは、絶対に犯人を捕まえないと気が済まないわけだ。捕まりそうもないとなったら、誰でもいいから手近な人間を犯人に仕立て上げようとする。それはどういうわけなんだい？　面子の問題かな」

「ほとんどの冤罪事件は、昭和四十年代までに集中してます」指摘したが、羽鳥はすぐに反論してきた。

「捜査技術の未熟さとか、人権意識の未発達とかを言いたいわけだね」皮肉たっぷりの口調で言い、羽鳥がコーヒーカップを口元に運んだ。一口啜って「冷めてるな」と顔を歪める。だが、立って新しいコーヒーを注ごうという気はないようだった。

「そういうのは警察の勝手な理屈じゃないんですか。警察の常識と世間の常識はかけ離れたところも多いからね。私はそのことを、狭い取調室の中で学んだんですよ。あんたの父親と何十時間も顔を突き合わせながらね」

「つまり、当時の捜査本部は最初からあなたを犯人扱いしていたと？」

「穴だらけだったけどね、当時の調べは。私にあれこれ質問をぶつけてくるんだけど、みんな論理的に無理があるんだな。アリバイの問題一つにしてもそうだ」

「あなたは、事件が発覚する直前に鷹取さんの家の近くで目撃されていますよね。その件に関するアリバイですか」正明の名前は出さずに聴いてみた。

「そういう話もあったみたいだけど、あれは正明が言ってたことだろう。あの時ね、正明はまともに物を考えられる状態じゃなかったんですよ。それぐらい、考えればすぐに分かるでしょうが。小学生の子どもが自分の父親の死体を見つけて……殺されたんだってことは当然分かる年なわけだし……」羽鳥が言葉を呑(の)みこんだ。目を瞑(つぶ)り、鼻梁(びりょう)を親指と人差し指でつまむ。そのままの姿勢で、押し殺した声で続けた。「あんたにも分かるでしょう。そういう精神状態の子どもの証言があてになるかどうかぐらいは。たぶん、正明は何か勘違いしたんだと思うよ。いつ私を見たのか、正確なところは自分でも分からなくなってたんじゃないかな。それを、ほんの一言が決定的な証拠になったみたいに私を攻め立てて。でも、実際にそうじゃなかったんだから、いくら攻めても私が白状するわけない。それにしても警察を許せないのは、私だけじゃなくて正明も苦しめたことだね」

「十二歳なら、十分に証言能力がありますよ」

「自分に関係ない事件の目撃者としてなら、そうでしょうね。でも、殺されたのは自分の父親だよ？　冷静でいられるわけがないでしょうが。本当に、あの時の正明は抜け殻だった。正直、これは正気を失ったなと思いましたよ。一瞬にして精神状態がまともじゃなくなるってのもありうる話だからね」

羽鳥が煙草を灰皿に押しつけ、新しい一本に火を点ける。細い脚を組み替え、膝を掌で叩いた。

「鷹取さんとは親しかったんですね」

「こういうこと」親指と人差し指を擦り(こす)つける。「高校の時から一緒で、東京の同じ大学に進んだ。あの頃は政治の季節でね。まあ、我々もいろいろやったもんですよ」

団塊の世代の下らない昔話か。彼らについては、私はマイナスの印象しか持っていない。騒ぐだけ騒いで何も生み出せなかった。後の世代に残すものもなかった。そして警察官として見た場合、学生運動の負の側面である数々の事件のことしか思い浮かばない。

「鷹取は東京でそのまま大学院に残ってね。私は新潟に戻ってきて、地元の大学院に入った。東京での暮らしにうんざりしてたこともあったんだけどね。で、そのまま大学に残って、助手から助教授になって、教授になろうかっていう時に鷹取が戻ってきたんだ。近い将来の教授含みのスカウトだったよ。あいつはアメリカに留学もして、マクロ経済の分野では若手の研究者として評価が高かったから」

「昔の友人が、久しぶりに同じ職場で一緒になったわけですね」

「そういうこと。私は比較文学が専門だったから、大学では直接一緒になることはなかったけどね。でも、このＮＰＯで、二人でまた夢を追いかけ始めたわけですよ。あいつが戻ってきてすぐに、今のアースセーブ新潟の母体になる組織を立ち上げてね」

「あの事件の後、あなたは大学を辞められましたよね。どうしてですか」

「このために」羽鳥が両手を大きく広げた。「鷹取の遺志を継ぐためですよ。あいつは、このＮＰＯに全力を注いでいた。あいつのためにも何とか成功させたくてね。幸いなことにって言っていいのかどうか分からないけど、親が死んで少しまとまった金も入ってきたんで、少なくともあくせく働く必要はなかったからね」

「金の使い方はお上手だったようですね」

「皮肉は言わなくていい」羽鳥の唇が歪んだ。「確かに私はアパートを経営して、そこそこ株もやっている。だけど、とても『上手い』と言えるようなものじゃない。最低限の金を稼いでるだけですよ」

「ＮＰＯの運営を巡って、鷹取さんとかなり激しくやり合ったそうですが」緑川から聞いた情報をぶつけてみた。

「もちろん」羽鳥が唇の端に薄い笑みを浮かべる。「がんがんやりましたよ。徹底した議論をね。我々は、アースセーブ新潟を新潟県における環境保護活動の中心的な存在にしたかったんだから。物事をよくするためには、多少の衝突や言い合いは当然のことでしょう。もっとも、警察はそうは思わなかったようだけど。私と鷹取が大喧嘩（おおげんか）したように考えていたみたいだね」

「違うんですか」

「あの程度の言い合いは、我々の大学時代なら談笑レベルですよ。どうも、予断ばかり持って調べたみたいだね、警察は」

「そうでしょうか」

「そう」羽鳥が身を乗り出す。「何か決定的な材料を摑んでるならいい。でも、それがないのに、調べをだらだら続けていけば私の方が根負けして犯行を認めるとでも思ってたんじゃないかな。一種の精神的な拷問でしょう。ああいう調べは許されるべきじゃない」

「警察は、残された正明さんのために早く犯人を挙げたかったんですよ」

「その割には、呆然（ぼうぜん）自失の状態だった正明にも証言を強要してたな。それをすべて指揮してたのが、あんたの父親でしょうが。何度も取調室で向き合ったけど、私は今でも許してないよ。百歩譲って私を疑ったことは水に流すとしても、結局犯人を捕まえられなかったんだから、大失態でしょう」

「それは……そうですね」

「あんたの父親も、あれでだいぶ出世が遅れたんじゃないの？　だいたい、私と同世代の人間なのに、まったく話が合わなかったからね。そもそも警察みたいな反動的な組織に入るぐらいだから、どんな人間なのかは推して知るべし、だな」

　私がまったく知らない父の青年時代を思った。父は、私と同じように高校から東京に出ている――それが鳴沢家の決まりでもあった。大学を卒業するまでの七年間は、まさに激動の政治の季節だったはずである。そういう運動の中心であった東京にいて、何も影響を受けなかったとは考えにくい。しかし、警察官になったということで反動呼ばわりされる謂れはないと思った。

「私からは、これ以上話すことはないですね。とにかく、警察に対していい感情は持っていないということだけは覚えておいて下さい。それにそもそも、あんたには調べる権利も何もないんでしょう？　もしかしたら、父親に代わって事件を解決しようとでも思ってるのかもしれないけど、そういう考えはあんたみたいな若い人には似合わないよ。今時、そんな敵討ちみたいなことを考える人はいないでしょう」

「父は死にましてね。新聞にも載ったんですが」
「ああ、そう。それは見逃したな」羽鳥の調子はまったく揺るがなかった。「どうなんだろう。この事件では悔しい思いをしたんだろうね。解決できなかったことを後悔しながら死んだんだろうか……まあ、私には関係ないことだけど。警察は失敗した。あんたの父親は失敗した。それだけの話ですよ。私は、親友を殺された男だからね。それぐらいの文句を言う権利はあると思うけど」

帰りの車の中で、羽鳥の言葉がぐるぐると頭を回っていた。私は、自分の心の底に思いもかけない感情が生まれかけているのを意識した。怒り、である。警察を揶揄(やゆ)するような羽鳥の態度。父の死をからかうような物言い。確かに私は、父とはずっと断絶したままだった。だが、それとこれとは事情が違う。どんな刑事にとっても、事件は等しく重要なのだ。

3

家に戻り、優美に電話を入れる。彼女は葬儀の後で私の実家を少し見学した後、私が乗ってきた車を運転して東京へ帰っていた。今日はもう、ボランティアをしているNPOの「青山家庭相談センター」に顔を出しているはずだ。

「疲れてないか？」

「大丈夫。私は疲れるようなことはしてないから。ちょっと泣いたけど。お葬式は苦手なのよ」

彼女と息子の勇樹は、通夜と葬儀で微妙な役割を演じることになった。そもそも席はどこになるのか。私と一緒にいてもいいものか。結局、一般の参列者として最後までつき合ってくれたが、それでよかったかどうかは未だに分からない。出席者の大多数を占めた新潟県警の関係者は何も言わなかったが、事情は察していただろう。警察官はそれなりに鋭いものだ。

一度だけ、入院していた父に二人を引き合わせたことがあるが、あれ以上気まずい経験はなかった。結婚したとか、すでにその約束をしているとかいうなら話も弾んだかもしれないが、私も優美もその問題の周囲を慎重に回り続けている微妙な関係である。いつも淡々と冷静な父が妙に緊張し、会話もぎこちなく固まりがちだった。唯一、勇樹と話をした時だけは笑顔に近い表情が浮かんだが、あれは痛みに耐えているのがそう見えただけかもしれない。

「チェーン、大丈夫だったか」ふだんは東京でしか車に乗らない彼女だが、父の病気を知ってからは、いつでも新潟に行けるようにと車にチェーンを常備してくれた。もちろん、彼女がチェーンを装着した車に乗ったのは昨日が初めてである。

「チェーンって、つける時が大変なだけでしょう。外す時は簡単だったし。勇樹が手伝ってくれたわ。それより、家をどうするかは決めた？」

「いや、まだ」

「売った方がいいわよ。そういう手続き、早く進めた方がいいでしょう。時間があるのは今のうちだけなんだから」

「まあ、そうかもしれない」

こうなる前から、優美は家を処分すべきだと強く主張している。家だけが想い出を残すものではない、税金の処理が面倒なだけだというのがその言い分だった。アメリカ生まれだからというわけではないだろうが、彼女は時に冷たく感じられるほどドライな反応を示すことがある。ずっとそっぽを向いていた父と私の関係修復には心を砕いてくれ、見舞いに行くように何度も私の尻を蹴飛ばしたのは彼女なのだが、それとこれとは別問題ということなのだろう。

「はっきりしないのね。ねえ、お父様が亡くなったのは悲しいことだけど、これは一つのチャンスなのよ」

「チャンス、か」

「あのね、私にはもう故郷はないと思うの。ニューヨークにも、ロスにも……」一瞬彼女の声が沈んだ。事故を装って殺された両親——兄の七海(ななみ)は事情を知っているが彼女は知らない——の家はすでに人手に渡り、ロスでは学生時代に結婚した中国系アメリカ人の夫の暴力に苦しめられた。彼女は、それらの陰惨な記憶から抜け出してはいないのだ。暴力は、時に体よりも心に傷を残す。「でも、故郷がなくたって、ちゃんと生きてるでしょう」

「俺は別に、この街のことなんか何とも思ってないよ」

「思ってるわよ。そうじゃなければ、もっと事務的に話を進めるでしょう。私ね、あなたがお父様と完全に仲直りしたとは思ってないわ。でも、もう仕方ないじゃない。あなたはこれ以上、新潟に引っ張られない方がいいのよ。リセットするにはいい機会じゃない」

そんなに簡単なものではない。優美は真っ直ぐ走れというが、私の目には、眼前に障害物が山積みされているように映っている。最大の問題は、自分がどうしたいのか、自分でも分かっていないことだ。スウィッチを切り替えるように気持ちを替えることなどできないだろうが、もしもそんな方法があるなら使ってみるのも一つの手だと思った。

「それはともかく、こっちでちょっとやることができてね」

「何？」

「昔の事件の関係」

「やめてよ」優美の声が一オクターブ低くなる。「そういうの、まずいんじゃないの」

「大した問題じゃないんだ。すぐに片がつくと思う。それが終わったら、家をどうするか決めて東京へ戻るよ」

「深入りしない方がいいわよ。いつも首を突っこみ過ぎて痛い目に遭うんだから」

「ご忠告、どうも。勇樹はどうしてる？」

「さすがに疲れたみたいね。あの子、お葬式でずいぶん緊張してたから。大人みたいにしようとするからだと思うけど」勇樹にとっては生涯で二度目の葬式だ。最初は自分の曽祖父。次は父親になるかもしれない人間の父親。子どもながらに、微妙な空気を感じ取って気を遣っていたのだろう。

「よろしく言っておいてくれよ。帰る時、何かお土産(みやげ)買っていくから」

「それにしても、お父様って本当に几帳面(きちょうめん)な人だったのね。家、綺麗に片づいてたでしょう」

「適当にできないんだよな。昔、ジイサンとオヤジと三人で暮らしてた時も、お手伝いさんを頼んでいつも綺麗にしてた」祖父も父も早くに妻を亡くし、私の家はずっと男だけの暮らしだった。「何もあそこまで徹底しなくてもいいと思うよ。冷蔵庫もなくなってるし、飯も食べられない」

「じゃあ、ご飯は——」

「ちゃんと食べてるよ」優美は、私にきちんと食事をさせないといけないという強迫観念を持っている。彼女とつき合うようになってから、体重を保つために以前よりトレーニングをハードにしなくてはならなくなった。「あと、オヤジが一つだけ残していったものがあったんだ」

「何？」

「車」

「車って？」

「俺の名義になってる新車がガレージに残ってるんだ。人の名義で勝手に車を買って問題ないのかね」

「遺産かもしれないわよ」

「ああ」

「東京へ持って帰るつもり？」

「そう……だな。君のミニより大きいから、三人で出かける時は楽だと思う。でも、オヤジが何でこんなことをしたのか分からないんだ。自分の痕跡を一つ一つ消して回ってたみたいなのに、こんな大きなものを残していくのは変じゃないか」

「痕跡を消すなんて、簡単にはできないわよ。新潟で一緒に仕事をした人や、助けてもらった人の記憶からは消えないんだから」

「ああ」

あるいは、父を恨む人間の記憶からも。私の頭の中には、ずっと内に抱えこんだ怒りを毛穴から噴出させるような羽鳥の態度が、今も鮮明に残っていた。

「追い払われました」では正明も納得しないだろう。彼は名刺の裏に自宅の住所と携帯電話の番号を残していったからいつでも連絡は取れるのだが、しばらく待たせることにした。そもそも私も、羽鳥本人の口からあれだけはっきり否定の言葉を聞いたのに、まだ納得できていない。

二階に上がり、十五年前の父のノートを探し出す。この年のノートは、二冊を合わせて一冊にまとめてあった。他のノートでは「一年一冊」の原則は崩していないから、これはいかにも異例のことである。

　窓際に持って行って椅子に座り、ページを繰る。一月は、いつものように日々の出来事を淡々と綴っていたが、二月に入って事件が起きると同時に、ページを埋める字数が急激に増えた。そして、元々几帳面な読みやすい字が殴り書きになってくる。

　最初はメモのような走り書きだった。

『湊町通一の町で殺人。通報午後四時。夜、中署に捜査本部設置。被害者は大学の助教授。息子と二人暮らし。目撃者なし。息子の動揺激しく事情聴取不能。通報者である被害者の友人から話を聴き、付近の聞き込みを進める』

　決して不穏さを感じさせる滑り出しではなかった。初動の段階で手がかりも目撃者もまったく見つからないのは、犯行の時間帯や場所によってはよくある。そうやってゼロの状態から始めても、糸は次第にほぐれてくるものだ。解剖の結果で死因がはっきりし、鑑識活動で遺留物が確認され、目撃者もぽつぽつと出てくる。

　それにしても、目撃者がまったくいなかったのは妙な話だ。現場である鷹取の自宅があった湊町通一の町付近は、古い港町の雰囲気を濃厚に残す住宅地で、昔からの一戸建てに住む住民が多い。必然的に人間関係も濃いわけで、都会のように、隣の人が何をやっているのかまったく知らないということはないだろう。まして事件は昼間の出来事である。たとえ激しい雪が降っていたとしても、誰も悲鳴を聞いていないとは考えにくい。

疑問は翌日の日記で晴れた。

『解剖結果。失血死。最初の傷は喉（のど）のようで、被害者の声帯は激しく損傷していた』。真っ先に喉をやられたので、悲鳴さえ上げられなかったということか。それが意図的ならば、犯人は極めて冷酷で冷静な人間だ。『全身滅多刺しなので、捜査会議で恨みの線も打ち出される。強盗説と合わせて、被害者の交友関係まで捜査対象を拡大。前日に続いて激しい雪で目撃者捜しは難渋。被害者の子どもは依然として自失状態。食事もほとんど取らず、風呂にも入ろうとしない。通報者のHから激しい抗議を受ける』

事件発生二日目にして、すでに羽鳥は警察に嚙みついていたわけだ。もっともこの時点では、正明に対する警察の扱いが気にいらないとか、そういうレベルの話だったのではないだろうか。

ノートを閉じ、本棚に戻す。この先日記は詳細を極め、紙を節約するつもりだったのか、字もひどく小さくなっている。読みこむには相当時間がかかりそうだ。が、思い直してもう一度ページを繰り、先ほど緑川から聞いた話を書き取った自分のメモと照らし合わせる。羽鳥と鷹取、二人をよく知る関係者から話を聴かなければならないだろう。今はどうなっているか分からないが、現場も見ておきたい。

当たるべき人間の名前が何人か、新たに私のメモに書き加えられた。激しいやりとり、口論。羽鳥も認めていたことが気にかかる。「議論は当たり前だ」というようなことを言っていたが、それはあくまで羽鳥の個人的な見解に過ぎない。第三者の目から見て、二人の関係はどうだったのか、どうしても知りたくなった。

いつの間にか私は、彼に対する疑いを薄(うっす)らと募らせ始めていた。

戸締りをして家を出た。五時を回ったばかりだったがすでに街は暗く、萬代橋を渡る車はほとんどヘッドライトを灯(とも)している。私もそれにならった。雪が降る日の運転は、決して簡単ではない。地元の人間は、雪になればそれなりに慎重な運転をするもので、こういう時に事故を起こすのは、大抵県外の車である。まったく、雪を舐めているから事故に遭うのだ。

いつの間にか、雪国の人間の目で見ている——私はもう新潟の人間ではないのに。知らぬうちに口元に苦笑が浮かんだ。

新潟市で最後に大規模な都市再開発が行われたのは、昭和の初めだったはずである。それ以来、関屋(せきや)分水路ができて市街地の中心部が他の地域と切り離されて「島」になったことを除けば、基本的に街の地図に大きな変化はない。柾谷小路の北側にある信濃川沿いの街は特にそうだ。趣のある町名が通りごとに名前を変え、古い家が軒を連ねている。この街で生まれ育った私自身、次々に現れる町名を半分も覚えていなかった。そういうわけで、以前鷹取が住んでいた家を見つけるのに三十分ほどもかかってしまった。と言っても「この辺り」と見当をつけただけで、広い通りに取って返して車を停め、雪の中を歩いて正確な住所を確かめざるをえなかった。路地は狭く、とても車では走れないのだ。夕方になってぐっと気温が下がり、雪が路肩に降り積もっている。夜になると、この辺りの路面は凍りつくだろう。まだスパイクタイヤの使用が禁止されていなかった頃は、きつい斜面を上りきれずに氷とアスファルトを同時に引っ掻き、タイヤの下で火花を上げる車をよく見たものだ。

住居表示を見ながら歩き出したが、この辺りは「丁」の表示がなく、町名の下にいきなり四桁の番号が来る。結局、誰かに聞いてみるしかなかった。家の前で雪かきをしていた六十歳ぐらいの男に訊ねると、いきなり罵詈雑言を浴びせかけられたように嫌な顔をされた。

「またその話ですか」

「ええ」

「時効になったんでしょう？　今さらどうしようもないじゃないですか。まあ、あの時も警察や新聞記者がこの辺を歩き回って大変だったよ」男が頭に巻いた手ぬぐいを外し、顔を拭(ぬぐ)った。「なんせねえ、この辺りは物騒な事件なんか滅多にないところだから。俺が覚えてるのは、一度大火事が起きて、道が狭いもんだから消防車も入れないで、十軒ばかり焼いた時ぐらいかな。あれ以来の大事(おおごと)だったね、あの事件は」

「でしょうね。それで、被害者の方の家は……」

述懐を遮(さえぎ)ると、男が少しむっとした表情になって二軒先の家を指差した。まだ真新しい家がある。

「あそこ。でも、とっくに持ち主が変わってるし、家も建て替えてるよ。あんなことがあった家には、そのままじゃ住めないしねえ。ほら、マンションの部屋で自殺者が出ると買い手がつかないってことがよくあるでしょう、あれと同じですよ。まあ、俺に言わせれば、建て替えるにしてもよくあそこに住む気になったと思うけどね」

「家の人、ご在宅でしょうか」

「いるんじゃない？　高校の先生だけど、今日は土曜日だからね。でも、あの事件の話題は嫌がるよ。この辺ではまだタブーだし、そこの家の人も、引っ越して来たばかりの時は『何考えてるんだ』って陰口叩かれてたぐらいだから。だってねえ、いくら安くなってたからって、ちょっと常識じゃ考えられないでしょう」

「かもしれません」

男に礼を言い、問題の家のドアの前に立つ。万が一、何かを知っているかもしれないと思い、インタフォンを鳴らして反応を待っていると、野太い男の声で返事があった。事件のことで話を聴きたいと切り出すと、いきなりインタフォンが切れる。

五秒後、ドアが開いて、五十絡みの少し髪が薄くなった男が顔を見せた。眉間に深々と皺が寄っている。

「何ですか、今頃」

「ちょっと伺いたいことが」

「私は何も知りませんよ」男の声は、ほとんど叫びになっていた。「こっちもね、いろいろ言われて困ってるんだ。関係ないでしょう。家も建て替えたんだし、私はあの事件には何も関係ないんですよ。だいたい、人がどこに住もうが勝手でしょうが。誰にも何も話すことなんてありませんよ」

言い返す間もなく、ドアが目の前で閉ざされた。刑事になってから今まで、私の目の前では何千枚というドアが閉じられたが、この時ほど激しいものはなかったように思う。

「これで終わりにはできないよな」

雪の中、とぼとぼと車まで戻りながら、気づかぬうちにつぶやいていた。雪は次第に激しく、大粒になり、頭に降り積もるのが感じられる。ダウンジャケットの襟に収納されたフードを引っ張り出して、頭から雪を落とすとすっぽりと被った。顔の半分ほどが覆われるので、案外温かい。

耳が塞がれていたので、最初は自分を呼ぶ声が聞こえなかった。

「おい、了じゃないか？」呼びかけに気づいて振り向くと、怒ったような表情を浮かべた男が、傘をちょこんと持ち上げてこちらを見ていた。瞬間、頭の中に名前が蘇る。

「中尾」

大きな笑みが浮かぶ。前髪がずいぶん後退しているのに驚いたが、考えてみればそれも当然のことだ。小学校からの友人だが、中学校を卒業して以来会っていないのだから、外見は変わっていて当然である。

「やっぱり了か。何してんだ、こんなところで」積もった雪を跳ね飛ばしながら近づいてきた。

「ああ、まあ」私は曖昧に言葉を濁した。

「こっちに帰ってたのか」

「葬式でね」

「ああ、そうか」真顔になり、中尾が軽く頭を下げる。「親父(おやじ)さん、ご愁傷様だったな。新聞で読んだよ。葬式は終わったのか」

「何とかね。こっちの警察の人が仕切ってくれたから、俺は何もやる必要がなかった」

「そうか」中尾が遠慮なく私を上から下まで眺め回す。「お前、一回りでかくなったんじゃないか？」

「そりゃあ、そうだ。もう三十をとっくに過ぎてるんだし」

「っていうか、何かスポーツでもやってるのか」

「暇があったらウェイトトレーニングを」

「道理でね……ところで今、警視庁にいるんだろう？」

「そう。お前は？」

「俺は市役所。今も親と住んでるし」少しだけ自虐的な響きが混じった。

「結婚してないのか？」

「嫁と子どもと親と、三世代同居だよ。それにしてもずいぶん久しぶりじゃないか。せっかくだからお茶でも飲まないか」

「いいよ。だけど、この辺じゃ喫茶店もないだろう」

「そうだな……それじゃ、西堀にでも出ようか。ちょっと早いけど、どうせなら飯でも食わないか」

「俺はいいけど、お前、家に帰らなくていいのか」

「野暮は言うなよ」中尾の顔に寂しげな笑みが浮かぶ。「帰らなくていい理由があるなら、できるだけ遅くしたいぐらいでね」

「分かった」三十を過ぎれば、誰でも様々な事情ができるものだ。ましてや家庭を持っていれば。

私の車に乗り、西堀へ出た。駐車場に車を入れ、夕方の街を歩き出す。土曜日のせいか、賑わいはさほどでもない。

「西堀ローサか」地下街への入り口にちらりと目をやり、中尾が溜息をつくように言った。

「この辺は、俺たちにはあまり縁がなかったな」西堀ローサは、ブティックや雑貨店が所狭しと並んだ地下街である。原宿辺りの匂いだけを切り取って移植したような場所だ。

「ああ、ここは女の子専用だからな」鬱陶しそうに言って、中尾が顔をこする。「うちの娘も最近ここに入り浸っててさ。別に何があるわけじゃないけど、ちょっと心配だ」

「娘って、何歳だよ」

「四月から五年生」

「じゃあお前、ずいぶん早く結婚したんだな」

「そういうこと」その話題には触れられたくないとでも言うように、中尾が肩をすぼめた。「やだね、女の子は。小学校も高学年になると、父親なんか無視だ。これであと二、三年もすると、男が寄ってこないか心配しなくちゃいけなくなるんだから、気が重いよ。怒るのは簡単だけど、そうもいかんしな」

「大変だな」

「大変だよ。お前は？　まだ独身なのか」

「ああ」

「じゃあ、家族持ちの辛い気持ちは分からないだろう」

「そうだな」私も肩をすぼめた。

新潟らしいものを食べようと中尾が言い出したので、中越地方の名物「へぎそば」を食べさせる店に入った。座敷に上がりこみ、酒抜きですぐに蕎麦(そば)を注文する。

「お前、呑まないんだ」訊ねると、中尾が苦笑しながら首を振る。

「体質的にアルコールは苦手でね。あ、お前は呑みたいなら呑んでもいいぞ。人が呑んでるのを見る分には酔わないから」

「俺もずいぶん前にやめた」

「じゃあ、すぐに蕎麦でいいな」

中尾が雪で濡れたオレンジ色のウィンドブレーカーを脱ぎ、ネクタイを緩める。

「土曜なのに仕事か」

「え？　ああ」中尾が背広の内ポケットから名刺を差し出す。「今、広報課にいるんだ。市報の仕事をしてるんだけど、土日でも取材はしなくちゃいけないから」

「大変だな」

「もう慣れたよ。それよりお前、あんなところで何してたんだ」

「ちょっとな」

「まさか、親父さんが亡くなったばかりなのに仕事か？」

警察には管轄というものがあり、警視庁の人間である自分には、新潟で事件の捜査をする資格は基本的にないのだ、と丁寧に教えてやった。一々感心したように中尾がうなずく。そう言えばこの男は「びっくり君」と呼ばれていた。何でもすぐに本気にしてしまう。冗談が通じない。誰かに嘘を吹きこまれては、よく教室で奇声を上げていた。今さら「びっくり君」とは呼べないが、性格はあまり変わっていないようである。

ふと思いついて聞いてみた。

「お前、家はあの近くなんだよな」

「ああ」

「中学生の頃は、雪町の辺りに住んでたよな。いつ引っ越したんだ」

「もう十五、六年前かな。それまで借家だったんだけど、オヤジがようやく一戸建てを買ってね」

「じゃあ、あの近くで起きた殺人事件、覚えてるだろう」

「ああ、あれか」中尾ががくがくとうなずいた。「俺が高校生の時じゃなかったか？　学校から帰ってきたら、家の周りがパトカーだらけでさ。何事かと思ったら、あの家から死体を載せた担架が出てきたんだ。もちろんシートは掛かっていたけど、何かの拍子でいきなり腕が垂れてきてさ。それが血まみれだったんだよ。その時はすげえ、とか思ったけど、すぐに気持ち悪くなっちまって、慌てて自分の家に駆けこんでトイレにこもった……あ、すまん。これから飯って時にする話じゃないいな」

「いや、いい。慣れてる」箸袋を持ち上げ、ゆっくりとテーブルに下ろした。「殺された人、お前の大学の先生じゃないか？」

「ああ。入学してからそれを知ってびっくりしたけどね」

「そうか」田舎の人間関係は、案外狭い輪の中に収まる。「そうそう、鷹取先生。経済学部の助教授だった。お前、まさかあの事件を調べてるのかよ」中尾が身を乗り出す。

昔のように、今にも奇声を上げそうだった。

「そんなところだ」

「何だよ、はっきりしないな」

「ボランティアみたいなものでね」誰に対するボランティアなのかは言わなかった。

「でも、十五年も前のことだから、今さら調べようもないんだけどな。関係者に話を聴きたくても、探すだけで大変だ」

「大学の方なら、俺がつなげるよ」

「え？」あっさり言われて、拍子抜けした声が出てしまった。

「俺、大学の校友会の幹事をやってるからさ」

「だったら、名簿とかないかな。名前と住所が分かれば連絡が取れる」

「ああ、いいよ」蕎麦とてんぷらが運ばれてきた。ちらりと目をやりながら中尾がうなずく。「本当はまずいんだろうけどな。ちゃんとした捜査ならともかく、これって違うんだろう？」

「ああ、違う」

「個人情報保護の観点から行くと、問題だろうしな」

「そう思うなら、無理しなくても――」

「いや、調べてみてくれよ」中尾が真顔で言った。「近所の人間としては、今でも気味悪いんだよな。東京じゃどうか知らないけど、新潟では滅多に殺人事件なんか起きないんだぜ」

「それぐらい分かってるよ」

「ああ、そうか」中尾が苦笑した。「そもそもお前、新潟の警察にいたんだもんな。とにかく、犯人が分からないままじゃ不気味なんだよな。人殺しをするような人間が近所に住んでたんじゃや、たまらないよ」

「そういう噂でもあったのか」

「いやいや」箸を割りながら、中尾が首を振る。「ちょっとした想像。同じ大学の先生がずいぶん警察に調べられてたみたいだけど、あれも結局人違いだろう」

「羽鳥先生」

「そうだったな」中尾が蕎麦猪口につゆを注ぐ。「ま、とにかく食おうぜ。話は食ってからにしよう」

「へぎそば」という奇妙な名前を聞くと、新潟県人以外の人はどんな特殊な蕎麦が出てくるかと身構えるらしい。だが、一番の特徴は蕎麦そのものではなく入れ物なのだ。四角いお盆のような入れ物の名前が「へぎ」で、ここに一口分ずつ綺麗に盛られて出てくるから「へぎそば」と呼ぶ。蕎麦そのものは、つなぎに小麦粉ではなく海草のふのりを使っており、そのせいか少しぬるぬるしているのが特徴だ。その口当たりと喉越しは、私には懐かしいものだった。他に東京の蕎麦屋との違いと言えば、漬物やキンピラゴボウが大量に添えられることだろうか。てんぷらも激しく花が咲いたもので、途中からは衣を食べているような気になってくる。

「へぎそば、久しぶりか？」

「そうだな」

「しかしお前も、いろいろ忙しいんだろうな。新潟にいた頃だって同窓会にも全然顔を出さなかったし、また東京へ出て行っちまって」

「いろいろあってね」

「珍しいんだろう、他の県に異動するのって」

「異動じゃないよ。新潟県警を辞めて、警視庁に入り直したんだ」

「じゃ、また試験を受けたわけ？」

「年齢制限ぎりぎりでね」

「へえ、たまげたね」するりと蕎麦を吸いこみながら中尾が目を丸くする。次の瞬間、目を細めて用心深く訊ねた。「まさか、嘘じゃないだろうな」

思わず笑ってしまった。「びっくり君」も、さすがに三十を超えると疑うことを覚えるらしい。

「今の話は全部本当だよ」

「やっぱり、東京の方が面白いか」

「どうかな。事件が多いのは確かだけど」

「知ってるか？　中学の同級生で新潟を離れてる奴、ほとんどいないんだぜ」

「そうなのか？」

「お前は同窓会にも出てこないから知らないだろうけど、大学は東京へ行っても、こっちへ戻ってきてる奴が多いんだ。親の商売を手伝ったり、地元の会社に勤めたり、俺みたいに公務員をしてる奴も多い。あと、学校の先生かな。そう言えば、安藤も刑事になったんだよな」

「そうなのか？」名前も顔も覚えている。安藤忠志。私とは警察学校の同期でもあったが、一緒に仕事をしたことはない。中学生の時も、それほど仲のいい友人ではなかった。

「俺が新潟にいた頃は交通の仕事をしてたけどな」

「あいつ、今は中署で刑事をやってるよ。たまに街中でばったり会うけど、ちょっと変わったかなあ」

「どんな風に？」

「まあ、何て言うかね……」中尾がうつむいた。

翌朝、もう一度落ち合うことを約束して中尾と別れた。大学の教員名簿のコピーを取ってくるから、朝飯を奢れ、というのが彼の出した交換条件だった。もう一つ、たまには中学の同窓会——律儀に年一回正月に開いているらしい——にも顔を出せ、と釘を刺すのも忘れなかった。私は曖昧な笑みで答えるしかできなかった。

家に戻ると、予想もしていなかった客が待っていた。玄関を監視できる位置にある街灯の側に立ち、今日緑川がしていたように、左右の足に順番に体重をかけて体を揺らしている——警戒中の警察官の暇潰しだ。

男の影がゆっくりと街灯を離れる。近づいてきたところで、相手の正体が分かった。安藤。

「よう」気さくな調子で声をかけてきたが、私は警戒してドアノブにかけた手を下ろした。

「安藤」

「久しぶりだな」

「何だ、こんな遅くに」

安藤がちらりと腕時計に目を落とす。「そんなに遅くないぜ。ちょっと話があるんだけど」

「お茶も出せないぞ」

「いい」安藤がコンビニエンスストアのビニール袋を掲げて見せた。「こっちで用意してるから」

目つきが暗い。こちらの真意を見透かそうとするようにじっと見詰めてくるが、かすかな悪意すら感じられた。それにしても、この男はいつの間に刑事になったのだろう。私が新潟県警を辞めた頃は、上越の小さな署で交通課にいたはずなのに。

冷え切った客間に通そうとしたが、安藤はまず線香を上げさせてくれ、と言い出した。断る理由もないので、彼が仏壇の前で手を合わせるのを黙って見守る。

「部長、残念なことをしたな」

「ああ」

「俺も一緒に仕事したかったんだが、チャンスがなかった」

「そうか」真意が読み取れないまま、私は彼を客間に案内した。ストーブに火を点けようとして、灯油が切れているのに気づく。そのことを謝ると、無言で首を振った。部屋の中にいても息は白いのだが、それは気にならない様子だった。

「お前、新潟で何やってるんだ」安藤が両手を組み合わせた。

「何って?」

「古い事件を引っ掻き回してるそうじゃないか」

そんなことはない、という嘘が喉元で引っかかった。どこで聞いたか知らないが、この男は間違いなく知っている。

「それとお前と何の関係がある」

「気に食わないね」安藤が目を細める。「お前、俺たちの恥を穿り返す気か」

「そんなつもりじゃない」

「これは俺たちの事件だ。お前の、じゃない」安藤が指先を私に向ける。「お前は新潟県警を出て行った男だからな。この件に手を出す権利はない」

「そうだな」

「警視庁で時効になった事件を、俺が勝手に引っ掻き回したらどう思う」

「いい気持ちはしないな」

「そうだろう」安藤が指先で自分の膝を叩いた。「絶対に我慢できないだろうよ」

「お前もそうなのか」

「当たり前だ。黙って見過ごすわけにはいかない。このまま東京へ帰れ。お前はもう新潟の人間じゃないんだ」

「それは分かってる」

「だったら、ふざけた真似はやめるんだな。いいか、お前が県警を辞めたことを胡散臭く思ってる奴もいるんだぞ」

「例えばお前か」

「ああ、俺もだ」安藤が鼻から深く息を吸った。薄い胸がゆっくりと膨らむ。

「お前、刑事を希望してたのか」

「そんなこと、お前に言う必要はない。ただの異動だ」しれっとして言ったが、安藤の声は怒りで上ずっていた。「俺たちはただの公務員だからな。どこかへ行けって言われたら、命令に従うだけだ」

「そんな風に考えてる奴に、事件のことをどうこう言う資格はないだろう」

「そうやって突っ張ってろ」安藤が引き攣った笑みを浮かべた。「お前は、あと何日かすると新潟からいなくなる。当然、事件は解決しない。中途半端に食い散らかして、誰かを怒らせて終わるだけなんだよ」

「例えばお前とか？」

「ああ？」

「お前が殺したんなら、早く白状した方がいいぞ」誰から聞いた、という質問を呑みこんで皮肉をぶつけてやった。

「馬鹿言うな」からからと笑って、安藤がゆっくりと立ち上がった。「お前、どうかしてるんじゃないか？　東京に行っておかしくなっちまったんじゃないか」

　言い返す言葉はなかった。彼の言うことも少しは当たっていたから。

4

　雲は低く垂れこめているが、雪は止んでいた。窓を開けた瞬間、思い切ってジョギングしようかとも考えたが、歩道に雪が積もっているのを見て諦める。中尾との約束は七時半だ——あと四十分。急いで着替えて、せめて待ち合わせた万代シティまでは歩いていこう。雪に閉じこめられて、体まで固まってしまってはまずい。

　昨日と同じセーターとダウンジャケットを着こみ、古びたハイカットのレザースニーカーを履いて、さっそく家を出る。シャーベットのように固まりかけた雪をざくざくと踏みしだき、川沿いの道から萬代橋を、腿を高く上げるように意識しながら早足で歩いた。萬代橋は、春になると歩道がチューリップで飾られるのだが、今は薄い雪に覆われ閑散としている。車は通り過ぎるが、歩いて渡る人はほとんどいない。濁った信濃川の流れは遅く、細長い湖のようにも見える。

橋を渡り切ると、右側に万代シティが広がっている。大型の商業施設が集まり、七色に塗り分けられたレインボータワーがシンボルになっている。上まで上がれば、天気のいい日には佐渡(さど)も見えるらしいのだが、私は一度も登ったことがない。中尾と待ち合わせたマクドナルドは、ガルベストン通り——アメリカの姉妹都市の名前を取ったらしい——にある。その隣にあるドーナツショップでは、中尾たちと一緒に、コーヒー一杯で一時間も二時間も無意味に粘ったものだ。今思えば、中学生の頃、私の行動範囲は狭かった。古町通(ふるまちどおり)付近から万代シティ辺りまで、あの頃はそれで十分用が足りた。距離にして二キロぐらいのものだったのではないか。

冬の日曜日の早朝となると、さすがに人の姿はほとんど見かけない。バスターミナルの周辺に、ちらほらと出発を待つ客がいるぐらいだ。中尾はすでに席に着き、朝刊を広げてぼんやりとコーヒーを飲んでいた。私の姿を認めると、にやにや笑いながら手を振る。カウンターを指差し、「俺、ホットケーキな」と、しれっとした顔で約束の朝食を要求する。

二人分の朝食を買い、トレイを持って席に着く。中尾は新しいコーヒーの蓋を外し、息を吹きかけるといきなり半分ほど飲んだ。

「熱くないのかよ」

「猫舌の逆ってやつでね。何て言うのかは知らないけど」髭に半分隠れた顔でにやりと笑った。改めて、空白だった歳月を思う。にきび面の中学生が、毎朝の髭剃りを面倒臭がるようになるわけだ。

「今日は仕事じゃないんだろう」

「ありがたいことにね」

「こんなに早く家を出て大丈夫なのかよ。嫁さん、怒らないか？」

「最近は何も言われないね。嫁は、うちの両親とは本物の親子みたいに仲がいいんだよ。何だか俺が他人みたいな感じでね。家にいづらいんだ」中尾が緩く下唇を噛んだ。

「それが家庭円満のコツかもしれない」

「言ってくれるね」苦笑いを浮かべて、中尾が新聞を畳む。テーブルの上にA４判の封筒が現れた。それを私の方に押しやり、再び新聞を広げる。私は黙ってダウンジャケットのジッパーを開け、中に封筒を押しこんだ。

「何かいいね、こういうの」中尾がにやりと笑った。

「何が」

「秘密めいててさ。いつもこんな風に情報のやり取りをするのか？」

「ふだんはないね、こんなことは」

「何だ」中尾が大袈裟に肩を落とす。「警察なんてそんなものかと思ってた」

「テレビや映画の見過ぎじゃないか」

「実際、そういうのが好きなんだよ」

「でも、刑事になろうとは思わなかったわけだ」

「そりゃあ、見て楽しむのと自分でやるのは別でしょうが。何か危なそうじゃない」

「危険なことはほとんどないよ」無意識のうちに耳の上、かつて銃で撃たれた跡に手をやった。数センチの差で死にかけた私は、「刑事の仕事は危険ではない」というテーゼの貴重な例外になるのだろうか。

「ところでお前、安藤に連絡したか？」

「まさか」中尾がコーヒーを噴き出しそうになった。「何で俺が」

「昨夜(ゆうべ)お前と別れた後で、あいつがいきなり家に来たんだよ」

「何でまた」

「俺があちこち引っ掻き回してるのが気に食わないみたいなんだ」

「どうだった、あいつ」

「何て言うか、ヘビみたいだった」

「ああ、ヘビね。確かに」中尾が胸の前で腕組みをする。「昔はあんな感じじゃなかったよな。どっちかって言うと大人しい、弱気なタイプだった。何があったんだろう」

「それは、お前の方が知ってるんじゃないか。卒業してから何度も会ってるんだろう」

「まあね。お前の方こそ、同じ警察にいて全然会ってないのか」

「仕事が違えばそんなもんだよ。考えてみれば、昨日は警察学校を出てから初めて会ったことになる」

「なるほどね。とにかく、あいつの考えてることは俺には分からないな。でも、変わったのは刑事になってからかもしれない。二年前までは交通整理なんかやってたわけだよ、あいつは。その頃は昔と同じ感じだったぜ」

「プレッシャーかな」

「刑事の方がプレッシャーがある？」

「いや、やっぱり分からないな。俺は交通整理の経験はないから。違反切符を切るのだって結構なプレッシャーかもしれない。面と向かって文句を言う人もいるだろうし。交通の警察官っていうのは、あまり人に感謝されないからね」

「なるほどね」言って、中尾がホットケーキにシロップをたっぷりかけた。「仕事って難しいよな」

「どんな仕事でもな」

「仕事で苦労するなんて、実際に仕事を始めてみるまでは考えてもいなかった。学校って、いろいろうるさいし面倒だろう？　働き始めれば、そういうことに煩わされないだろうって思ってたんだけどな」

中尾が、プラスチック製のフォークを宙に浮かせたまま止めた。ふと私の目を見て、小さな吐息を漏らす。

「俺たちの夢ってどこに行っちまったのかな」中尾が頰杖をついた。「俺、本当はパイロットになりたかったんだよ。実際、航空会社の試験も受けたんだ。全部落ちたけど……それで市役所に入ったんだけど、一年ぐらい就職浪人して頑張ってみてもよかったかなって思う時が今でもある。昔から憧れてた仕事なら、嫌なことがあっても我慢できるだろう？」

「ああ」

「お前はどうなのよ」

「俺は昔から刑事になるつもりだった」

「じゃあ、夢を叶えたわけだ」

「夢じゃなくて計画だよ」

私は慎重にホットケーキにシロップをかけた。べたべたになる直前で止める。優美はいつもシロップの海にホットケーキを浸して食べるのが夢だと言っているが、私はやんわりとそれをたしなめる。太るからというよりも、夢を実現してしまうと、案外がっかりすることが多いからだ。それよりも、失われた夢の行方に思いを馳せる方が気楽なのではないだろうか。

人を急襲するのに、日曜の朝ほど相応しい時間帯はない。一度家に取って返し、車ですぐに出かけることにした。中尾が渡してくれた名簿には、彼が赤い丸印をつけてくれていた。十五年近く前に大学を辞めている羽鳥だが、当時親しかった、あるいは今も連絡を取っていると思われる教員の名前に、である。

遠いところから始めて、徐々に家に戻ってくることにした。最初に目指した家は、内野にある。新潟島の西の外れ近くまで来て右に折れ、四〇二号線に乗り入れて関屋分水路を渡る。時折車が揺れるほどの風が吹きつけ、コントロールを失ったかもめが、ビル街に舞う紙ごみのように飛ばされていった。

青山、小針、真砂。この辺りはあまり馴染みのない場所だ。新潟市の西部を貫く四〇二号線沿いには、道路に張りつくように細長く住宅地が広がっているが、北側にちょっと行くと海、南には田園地帯が広がっている。新潟大学の辺りで住所は「五十嵐」になる。五十嵐一の町、五十嵐三の町中、五十嵐中島。由緒ある地名が残っているのは悪いことではないが、ややこしいことこの上ないのも事実である。その先が目指す「内野」になるが、こちらも内野西、内野潟端、内野潟向と似たような地名が並ぶ。結局、住居表示が内野西に変わってから目指す相手の家を見つけるまで、二十分近くもかかってしまった。

また雪が降り出していた。今日は傘を持ってきていたので、さして歩き出す。雪の粒は大きく、少し風があるので油断していると頰に張りついてしまう。気温がそれほど低くないので、雪はべったりしており、頰に当たるとすぐに溶けた。市街地の中心部よりも少し積雪が深く、歩道を歩いていると踝まで雪に埋まってしまう。

「中島」の表札を見つけ、インタフォンを鳴らす。中尾の説明では、大学院から羽鳥と同期で、助教授になったのも同じ時期という話だった。だからといって仲がよいとは限らない。同期――私は、安藤の暗い目を思い出した。

玄関に出てきた男は、羽鳥と同年代には見えなかった。黒々とした髪は豊かで、顔にも皺一つない。柔らかそうなフランネルのシャツに上等なウールのパンツという格好で、家にいるのに深い緑色のアスコットタイをしていた。あるいはこれから出かけるところなのかもしれない。

名乗ると、不思議そうな表情を浮かべる。私はまだ、十秒で相手を説得できる系統だった説明を用意できていなかったが、中島が突然納得したように「ああ」と声を上げた。

「あなた、鳴沢警部の息子さんでしょう」

「はい」

「警部……じゃないか。あの頃警部だったけど、今はもっと偉くなってますよね」

「ええ」

「お元気ですか」

「亡くなりました」

「ああ」中島の顔には笑みに近い表情が浮かんでいたのだが、それが急に萎み、顎が引き締まった。「それは残念でした」

「一昨日葬式が終わりました」

「そんな最近の話？」中島が拳を口に押し当てる。「で、それとこれと何の関係があるんですか？」

「例の事件の関係で」

「ああ、あの件ね」愛想がよかった中島の口調が急に重くなった。「今さら十何年も前のことを言われてもね……そういえば、ちょうど今頃の季節でしたか」

「あの事件は時効になったんですよ。十五年経ったんです」

「そうか、もう十五年か」中島が遠い目をした。「何か、昨日のことみたいだけど」

「覚えてらっしゃいますか」

「鮮烈な事件ではありましたね。まさか、自分の同僚が殺されるなんてね」

「鷹取さんとは面識があったんですか」

「学部は違うけど、まあ、あちこちで……ちょっといいですか？」

「はい」

「私は、こういうところで立ち話をするほど無礼な人間じゃないんだけど、あなたを家に上げていいものかどうか、まだ分からない。どういう目的でここに来られたんですか」

「ですから、当時の状況をお聴きしたいと思いまして」

「だけど、時効なんでしょう？　それにあなたは東京の人ですよね」

「ええ」

「何か筋違いじゃないかな」

「父の無念を晴らしたいんです」

わざとらしい台詞が空中で凍りつく。が、その言葉は中島に対しては意外な効果があったようだ。

「そうか、あなたのお父さんはこの事件を解決できなかったんだね。その借り……借りっていうのも変だけど、それを息子のあなたが返そうっていうわけですか」

「そんなところです」

「上がって下さい」中島がドアを大きく開け放った。「そういうことなら、できる限り協力しないとね」

書斎に使っているという小さな部屋に通されると、すぐに温かいミルクティーが出てきた。紅茶を飲むことはほとんどないのだが、雪の中を歩いてきたので、ほのかな甘みが体にありがたい。ゆっくり飲んで、凍りついた体をほぐしながら、部屋の様子を確認した。四方の壁のうち三方が書棚で埋まっており、残る一つの壁には巨大なデスクが置いてあるので、自由に動き回れるスペースは一畳も残っていないだろう。それでも天井が高い作りなので、さほど圧迫感はなかった。

「さて、それで何が知りたいんですか」

「事件が解決しないのにはいろいろな理由がありますす」

「ほう」

彼の蔵書を目で追いながら続ける。文学部教授、専攻はアメリカ現代文学ということで、原書がずらりと並んでいた。小説の中以外では、血なまぐさい話にはあまり縁がないだろう。

「決定的な証拠を見逃している場合。最初に捜査の方向が間違ってしまった場合——」

「それは例えば？」

「知り合いの犯行だったのに、強盗だと見て突っ走ってしまったような場合ですよ」

「なるほど、筋が違うわけだ」

「そういうことです。後は、突ききれなかった場合もありますね」

「それはどういうことかな」

「犯人が分かっているのに、その線で押し切れなかったということです。自白させられなかったとか、絶対的な証拠が摑めなかったとか」

「それはあなた、羽鳥のことを言っているのかな」中島の顔がかすかに蒼くなった。

「私は当時まだ高校生でしたし、あの頃は新潟にいませんでした。だから詳しいことは知りませんが、羽鳥さんが疑われていたのは事実です」

「そうね。その件は……色々な人が色々なことを言うもんですな」

「どういうことでしょう」

「羽鳥はね、自分で吹聴してたんですよ。吹聴って言うのも変だけど、警察に事情聴取されてるって誰彼かまわず言ってました。相当怒ってたんだろうなあ。あいつは元々警察が嫌いでしてね」

「学生運動をやっていたからですか」

「そうそう」中島の顔に血色が戻った。「逮捕されたことはなかったけど、権力に対して異常に敏感になったのは、あの時代の名残でしょうね。警察に調べられると臆病になる人もいるけど、あいつの場合は怒り散らしてましたよ。だから、あいつが容疑者扱いされていることは、近くにいる人間なら誰でも知っていた」

「彼と、被害者の鷹取さんは親友だったんですよね」

「そう言ってもいいでしょうね。大学での関係というより、二人で環境保護団体を立ち上げようと一生懸命やっていて」

「それは、二人のうちどちらが言い出したんでしょう」

「どうかな」中島が固めた拳に顎を載せた。「私は詳しい事情は知らないけど、いずれにせよ、彼らは何かやってないと死んでしまうタイプだったんじゃないかな。ある意味よく似てましたよ、あの二人は。だからよく衝突もしたんだし」

「それこそ、殺意を抱くほどの？」

中島がゆっくり首を振り、指先を唇に這わせた。チャックを閉める仕草である。指先を組み合わせ、小さな三角形を作って溜息をついた。

「そこまでは知りません。何というか、あの二人の関係はちょっと特殊だった」

「具体的には？」

「二人だけの世界を持ってたっていうか……別に変な意味じゃないですよ。ただ、他の人たちよりも結びつきは強かったと思う。家族のこともあっただろうし」

「どういうことですか」

「さあ、これは話していいのかな」中島が顎を撫で回した。

「当時も、警察には話したんじゃないんですか」

「かもしれない。私のところへも、刑事さんが何回か来ましたからね。でも私は、羽鳥と違って、一々記録をとるようなことはしなかったから、細かいところまでは覚えてないんですよ」

「記録？」

「そう、記録です」人差し指をぴんと立ててみせる。「あいつは、事情聴取されると、その内容を細かくノートに書き留めてたそうです。まあ、それもあいつが自分で言ってたことだから、どこまで本当かは分からないけど。ちょっと大袈裟な男だったしね。ただ、あいつならいかにもやりそうな話ではありますよ」

「そうですか……さっきの家族のことですけど」

「ああ」中島が居心地悪そうに尻を動かしてから座り直した。「まあ、いいか。文字通り時効になったわけだし、当時の刑事さんたちも当然調べたことでしょうからね。実はね、鷹取の奥さんっていうのが、昔羽鳥とつき合ってたらしいんですよ。と言っても、高校生の頃だけどね。何十年も前の話だし、今さら参考になるとも思えないけど」

十八歳の頃だとしたら、四十年も昔のできごとである。事件のあった時点からでも、二十五年前のことだ。四半世紀と考えると、歳月の重みが出てくる。

「つまり鷹取さんは、昔羽鳥さんがつき合っていた女性と結婚したと」

「そういうことですね」

「何か揉め事でもあったんでしょうか」

「私は知らない」

「あなた以外に知っている人がいるということですか」

「まあ、そう言葉尻を捉えないで」中島が苦笑した。「仮にそうであっても、その奥さんも事件の時にはもう亡くなっていたわけだから。鷹取はね、奥さんを亡くして、東京の大学にもいづらくなって新潟に帰ってきたんですよ。親もすでに亡くなって、親戚もいない、息子はまだ小学生で手がかかる。羽鳥は独身だったけど、ずいぶん生活の面倒も見ていたようですよ」

「鷹取さんが東京の大学を辞めてこちらに来たのはどうしてですか」

「その辺りは想像の域を出ないんだけど、たぶん学内での争いに負けたんじゃないかな。のんびりした世界に見えるかもしれませんけど、大学っていうのは結構厳しいんですよ。同期の人間がいれば、どっちが先に助手になるか、助教授になるか、教授になるか、常に競争なんです。で、主流でないとなると、金銭的に条件のいい大学に移るのもよくある話で。我々は都落ち、なんて自虐的に言ってますけどね」

「いずれにせよ、羽鳥さんは鷹取さんの面倒をよく見ていたんですね」

「そういうことです。それは私たちも知ってたから、羽鳥が疑われるのは何かの間違いだろうって言ってたんですよ。これは、あなたの説をとれば、突きされなかったというよりも、捜査の方向が間違ってたんじゃないですか」

そうかもしれない。容疑者が一人しかいない場合、必然的に刑事の目はそこに集中する。個人個人の集まりであっても、警察組織は巨大な一つの生き物のようであり、一部が警戒警報を発しても無視されてしまうことが多いのだ。そして「何か違うのではないか」と疑い始めた頃には、真犯人はとっくに遠くへ逃げてしまっている。

だとしたら、私にはもうどうしようもない。事件の線はとうに切れ、真犯人は背中を見せることすらないだろう。

5

中島が、関係者の名前と住所をいくつか教えてくれたが、先に中尾がくれた名簿を潰すことにする。それなりに話が聴けたのは最初だけで、私の運はすぐに先細りになった。午前中一杯、新潟市の南西部に住む大学の関係者を訪ね歩いたのだが、あっという間にドアを閉ざされるか、素っ気ない言葉で追い返されるかの繰り返しになった。

引っかかっていたのは、中島が説明してくれた三人の関係の深さだ。父子と、父の親友。三人のうち一人は死に、二人は生き残っている。いっそのこと、羽鳥と正明を対面させて好き勝手に話し合わせてみたらどうだろう。少なくとも私がその場に立ち会っていれば、殺し合いは防げるはずだ。しかし、罵詈雑言の応酬の末に明快な結果が得られるとも思えない。

　昼を過ぎ、腹も減ってきた。それでも、役に立ちそうな証言を得られないままでは食事をする気にもなれない。もう一軒の訪問を自分に課して、新潟中央インターチェンジから高速に乗った。市街地だと少し足回りが硬い感じがするが、高速である程度スピードを出すとぴたりと路面に吸いつく。エンジンはストレスなく吹け上がり、雪で濡れた路面も気にならない。短い高速走行の後、新潟空港インターチェンジで下り、新潟北高校の近くの住宅地で目指す家を見つける。

　北本（きたもと）という退職した教授で、事件当時は羽鳥と入試委員会で一緒に仕事をしていたはずだ、と中尾は教えてくれた。インタフォンを鳴らすと、むっつりした表情の小柄な老人が姿を現す。事情を話すと、しわがれた甲高い声でまくし立て始めた。

「あの事件の捜査には、最初から躓（つまず）きがありましたな。羽鳥先生の言い分をすべて信用するわけではないが、警察は予断を持って捜査していたのではないかね。羽鳥先生を自白させられると思いこんで、他の捜査は手を抜いていたのではないだろうか」

「いや、それは――」

　北本が険しい表情で首を振り、私の言葉を遮る。講義中に学生の間抜けな質問で熱弁に水をさされ、臍（へそ）を曲げたような顔に見えた。

「捜査は、小さな歯車の集まりでしょう。一つ一つの歯車やインプットされる情報は小さくても、アウトプットは大きくなる。だから最初に進むべき方向を見誤ってしまうと、軌道修正するのに大変な労力が必要になるものだ。だいたい、それに気づいた時は手遅れだがね。いいかね、あの時の羽鳥先生に対する事情聴取は、厳密に言えば違法である可能性が高い。任意であるにも拘(かかわ)らず、早朝から深夜まで取り調べが続いたし、尾行もつけていたようじゃないか。それで彼の時間を無駄にし、大袈裟に言えば生活権を侵害していたわけだから、彼には賠償請求する権利も生じていたと思う。そうしなかったのは、彼がこれ以上警察に係わり合いたくないと思っていたからに過ぎんのだよ」

実際は後ろめたかったからではないか、と反論しようとしたが、口を開きかけた瞬間にぴしりと指摘された。

「そもそも、あなたは新潟県警の人間ではないと言ったね。しかも事件は時効になっている。誰かが民事訴訟の準備でもしているのでない限り、あなたのやっていることには何ら法的な裏づけはない。実際、あなたは私の家の敷地内に入っているわけだが、これは立派に家宅侵入を構成する要因にならないかね。いや、私がインタフォンに答えてドアを開けたというのは言い訳にならないよ。ここに居座って私に不快感を与えているなら、それで十分だ。とにかく、お引き取りいただきたいですな」

「あなたは、羽鳥さんが犯人だったとは考えなかったんですか？　学内でそういう噂は？」私はなおも粘った。

「これが、法律にまったく関係ない人間同士の無駄話だったら、私は単に『ノー』と言えば済む。だがあなたのように微妙な立場の人に対しては、滅多なことは言えませんな」

「名誉毀損になる、とでも？」

「判例を調べてみないと分からんがね」

「先生、ご専門は何なんですか」

「刑訴法」

まずい相手に当たってしまった。が、このまま引き下がるわけにはいかない。

「先生には、羽鳥さんが無実だと信ずるに足る理由があったんですか」

「有罪だと信じる理由はなかった」

私は、眉が勝手にひくりと動くのを感じた。微妙な言い回しだが、彼の言葉の意味は軽くはない。

「消極的ですね」

「何とでも言いたまえ。無責任な噂話をしたり、その結果人を罪に陥れるのは私の主義に反する」

主義主張を持ち出されては、壁は高くなる一方だ。礼を言い、背を向けた瞬間に「君」と声をかけられる。振り向くと、北本が腕組みをして渋い表情を浮かべていた。

「警察は暇なのかね」

皮肉としては辛うじて及第点、というところだろうか。だが彼の一言は、私の背中に軽い傷を負わせた。


安っぽい仕事しかできなかったせいか、急に安っぽいものが食べたくなって昼食に選んだのは、新潟独特の料理の一つ、「イタリアン」だった。と言ってもイタリア料理ではない。簡単に言えばヤキソバに濃いトマトソースをかけたファストフードである。これを出すチェーン店が、新潟市とその近郊のあちこちに散らばっている。

コーヒーをつけても五百円でおつりが来る食事を半分ほど食べ終えたところで、テーブルに影が射す。顔を上げた途端、不快感が尻から首筋まで這い上がった。

「安藤」

安藤が薄い胸を一杯に膨らませ、私を見下ろしていた。

「忠告したのに、相変わらずうろちょろしてるみたいだな」

「座ったらどうだ」割り箸を持ったままの右手を彼の方に差し伸べた。途端に安藤が不快そうに唇をぎゅっとすぼめる。

「お前と並んで飯を食う気はない」

「違う。そこに突っ立ってると、他のお客さんの迷惑になるんだ」

安藤の頰がひくひくと動いた。奥歯を嚙み締めて険しい表情を作ると、ことさらゆっくりと椅子を引いて私の斜め向かいに座り、コーラが入っているらしい紙コップをそっと置いた。彼の顔を見ないようにしてナプキンで口を拭い、ぬるくなり始めたコーヒーを一口飲む。

「ずいぶん安っぽいものを食ってるな」

「新潟を離れると分かるよ。時々無性にこの味が懐かしくなるんだ」

沈黙。腹の探り合い。いつまでも無意味な言葉をぶつけ合うこともできたが、私の方でそれを打ち切ることにした。時間がもったいないわけではなく、この男と面と向かっているのが不快だったからだ。

「俺の行動を監視してどうする？　誰かに報告するのか。それとも暇潰しか」

今日の彼はネクタイをしていないが、休日向けの格好というわけでもなかった。スーツからネクタイを外しただけであり、単にみすぼらしく見えるだけである。コーラを一口飲むと、紙コップの中で氷がガラリと鳴り、唇が赤くなった。

「俺は暇じゃない」

「つまり、俺の跡をつけ回すのも仕事ってわけか。ただし、誰かに命令されたわけじゃないだろう。俺が何かヘマをしでかすか、誰かを怒らせたりしたら、それから上司にご注進に及ぶわけだ」

「からかってるのか?」テーブルに置いた安藤の拳が震え、カップの中のコーラが波打った。

「簡単な推理だ。俺を監視しろなんて下らない命令を出す人間が県警にいるとは思えないからな」小さく肩をすくめてやった。安藤が細い目をさらに細める。

「あの事件を引っ掻き回しても無駄だ。やめておけ」

「そのうちやめるさ」

「いや、今すぐだ」安藤が首を振る。

「やめるつもりでいたけど、お前に言われるとやめたくなくなる」

「ふざけてるのか?」

「俺は別に、警察官として動いてるわけじゃない。仮に俺が新聞記者で、時効になった古い事件を記事にしようと調べ回ってたら、お前はやっぱり跡をつけ回すのか?」

「お前は警察官だ」

「人の話を聞いてないのか？　俺は仮定の話をしてるんだ」

「仮定の話だろうが何だろうが、お前が刑事であることに変わりはない」

「いい加減にしろよ」溜息をつき、コーヒーカップを引き寄せる。子どもを相手に話しているようなものだ。

「お前は、同期の中で一番早く刑事になったよな」

「そうだったかな」急に話題が変わったので、私は堅い椅子の上で座り直した。

「惚けるなよ」安藤がテーブルに拳を打ちつける。周りの客の目がこちらを向いたが、気にする様子もない。

「何でお前なんだ？　俺は刑事になるまで何年も待たされたんだぞ」

「でかい声を出すなよ」身を乗り出し、声で安藤を抑えつけようとした。彼の唇は震え、顔からは血の気が引いている。「こういう場所で目立って注目を集めてるだけで、刑事失格だぜ」

「オヤジのおかげか」

「それは違う」すっと血液が冷たくなったような気がした。

「引きがあったんだろう」

「刑事になるのにコネは必要ない」

「それは建前だな」

「だったら、お前も誰かのコネで刑事になったのか」

「当たり前だ。あちこちに頭を下げまくったんだよ」屈辱の日々を思い出したのか、今度は顔が赤くなった。「言いたくもないおべんちゃらを使って、酒を注いで、それでやっと刑事になったんだ。それを、お前はなんだ。何で警視庁に行ったんだ？　新潟じゃ物足りなくなったのか」

「違う」

「わざわざ試験を受け直すぐらいなら、最初から警視庁に入ればよかっただろう」

「お前、変わったな」大袈裟に溜息をついてから、コーヒーの最後の一口を飲み干した。

「昔は、こんなにべらべら喋る奴じゃなかったのに」

「大きなお世話だ。とにかく俺は、お前が何でも自分の好きにできると思ってるのが気に食わない。なりたければすぐに刑事になれる。東京へ出たくなればさっさと県警を辞める。それで今度は、昔の事件に首を突っこんでる。そんな勝手が許されるのか」

「だから何なんだ」私も声を荒らげた。「俺がいつ、お前に迷惑をかけた？　お前とは一緒に仕事をしたこともないし、不愉快な思いをさせた覚えもない」

「いるだけで不愉快なんだ、お前は」安藤がぎりぎりと歯を嚙み締める。「それが分かってないのも気に食わない」

「言いがかりだな」

「俺は刑事になるのに十年近くかかった。下らない交通の仕事をしながら、ずっとチャンスを待ってたんだよ。それを、お前は好き勝手にやっていた」

そうではない。二十代後半からの私の人生は、自分ではコントロールできない力に流されてきたのだ。そう言おうと思ったが、何もこんな男に打ち明ける必要はないと思い直して口をつぐむ。

「お前は、刑事になりたくて警察に入ったのか」

私の質問に、安藤がぐっと顎を引く。頰を引き攣らせながら、精一杯凄んだ低い声で告げた。

「お前に負けるわけにはいかなかった」

「競争じゃないんだぜ」

「とにかく、俺はお前を監視してる。これ以上、新潟で好き勝手なことをさせるわけにはいかないんだ。ここは俺の街だからな。お前の街じゃない」

「ちょっと待てよ。ここは中署の管内じゃないぞ。お前の街とは言えないだろう」

「それは屁理屈だ」安藤が立ち上がる。いつの間にか冷静になり、冷めた笑みを浮かべていた。「お前を見てる。お前が尻尾を出すのを待ってる」

「尻尾？」

「どこかで必ず失敗するよ、お前は。その時に本性が見えるはずだ」

「一つ、聞いていいか」食器とカップを脇に押しのけ、両手を組み合わせて身を乗り出す。上目遣いに安藤を見て、声を抑えながら言った。「お前、俺が羨ましいのか」

安藤が体の脇に垂らした両手を拳に固める。それを胸の辺りまで上げたが、やがて自ら緊張を解いてだらりと垂らした。

「俺は刑事になるために努力した。早いか遅いかは、俺が決めたことじゃない。お前が俺を見て何を考えていたのか知らないけど、余計なことを考えるより、しっかり努力した方が早く刑事になれたんじゃないか」

「何とでも言え」

「そうだな、これだけは言わせてもらう」大きく息を吸い、上目遣いに安藤を睨みつける。「お前は刑事に向いてないよ。自分の思いこみで時間を無駄にするような奴は、刑事失格だ」

「だったら、無駄に事件を追いかけてるお前はどうなんだ」

一本取られた。私に言い返す暇を与えず、安藤が大股に店の中を横切っていく。あからさまな興味の視線を浴びているが、周囲にバリアを張ってそれを反射してしまっているかのようだった。

刑事を職業として選ぶ理由は、社会正義のためという理想論から、他に面白い仕事がなさそうだという消極的なものまで百万もあるだろう。

だが、その中に「嫉妬」があるのを私は初めて知った。

中尾の名簿を潰し続けたが、さらに二軒で冷たくあしらわれ、一軒は留守で会うことすらかなわなかった。午後も遅くなり、雪が再び激しくなり始めている。ラジオでは、ここ二、三日は大雪に注意が必要だというニュースが繰り返されていた。

今度は中島に教えられた住所を頼りに走る。四時過ぎ、田園地帯を南北に突き抜ける八号線を南に下って、旧白根市の市街地に入った。中ノ口川に近い住宅地で目当ての家を見つけ、車を降りる。消雪パイプから流れ出した水が、道路を薄く覆っていた。幹線道路の八号線から少し外れただけで、音のない光景が広がっている。家を取り囲む松の枝に積もった雪が目の前で道路に落ちる音が、やけに大きく響いた。

インタフォンもついていない古い家で、ドアの横にあるブザーを鳴らすと、家の中で耳障りな雑音が響く。誰かが動く気配がしたが、ドアが開くまでたっぷり三分待たされた。出てきた男は腰が曲がり、足元も覚束(おぼつか)ない様子だった。

「橋上(はしがみ)さんですね？」アースセーブ新潟の初代会長で、元々は羽鳥たちと同じ大学の教授だった。とうに定年を迎え、今は名誉教授になっている。

「ええ」と認めただけで、橋上は私を値踏みするようにじろじろと眺めた。事情を説明すると、さらに視線を鋭くしたが、やがてぽつりと「どうぞ」と言った。

　書庫のような部屋に通される。元々広い部屋だったようだが、本棚がドアから窓に向かって縦に三列に並んでいるので薄暗く、狭く感じられた。体を斜めにして本棚の隙間(すきま)を通り抜けると、窓際に出る。窓は大きく、庭に積もった雪の白さが目に痛いほど目立った。奥行き五十センチほどの棚が、腰の高さで壁の幅一杯に張られており、そこがデスク代わりに使われているようだ。本が何冊か、それにノートも広がり、短くなった鉛筆が一本、ノートの上に転がっている。勧められるまま椅子を引いて座ると、橋上が一つ咳払いをした。何かが喉に絡んだように、ごろごろとした音が響く。

「地震の時は大変でね」

「はい？」

　橋上の目が本棚を追った。上は完全に天井にくっついている。既製品ではなく、部屋に合わせて作ったものだろう。

「二〇〇四年の地震」

「はい」

「あの時は、普通の本棚を置いていた。それがあっという間に雪崩（なだれ）みたいに崩れましたよ。で、それに埋まって足首を折ってね。本の重さってのは馬鹿にできない」

「それでこういう本棚にしたわけですか」

「そういうこと。で、私に何の用でしょうか——今さら、と言っていいかな」

「ええ、今さら、ですね」私は無理に笑みを浮かべた。かび臭さで鼻がむずむずし、体が痒（かゆ）くなってくる。

「もうずいぶん前の話でしょう」

「時効になりました」

「そうですか。じゃあなおさら、今になって調べる理由はないはずだ」

「法律的には時効になってますけど、事件そのものが消えたわけじゃない」

「警察の人にしては、ずいぶん文学的な言い方をしますな」

「そういうわけじゃないんですが……それより橋上先生は、アースセーブ新潟の創設者のお一人ですよね」

「いやいや」骨ばった手を激しく顔の前で振る。「確かに私は初代会長でしたけど、名前を貸してるようなものだったから」

「先生の名前を権威づけに利用しようとしたわけですか」

「ま、そういうことです」橋上が椅子の中で座り直した。くしゃくしゃになった灰色の髪に手ぐしを入れる。「新潟水俣病。当然、ご存じですよね」

「はい」

「患者救済に動いた弁護士や研究者が、二十年ほど前に勉強会を作ってね。環境問題から公害病まで、幅広い分野で意見交換をする会でした。私はそこでずっと理事をやっていました。で、アースセーブ新潟の件も、羽鳥先生と鷹取先生に頼まれて」

「名誉職、ですか」

「そういうことです。ま、口出しもしましたがね」橋上が煙草に火を点ける。軽く吸ってから顔をそむけて煙を窓に吹きつけ、煙草を持ったままの手を膝に置いた。染みだらけの指先が煙の中でかすむ。

「今でもアースセーブ新潟の活動には係わっていらっしゃるんですか」

「いや」短く言って煙草を口元に運び、大きな目をぎょろりと見開く。

「あの事件があって離れたんですか」

「そういうわけじゃない。単なる任期切れです。大学も辞めたしね」

「アースセーブ新潟を立ち上げようとしていた二人の人間が事件に絡んでいたのは間違いないですよね」

「それは、あまりにも大雑把な話ではないかな。それに、結果的に羽鳥先生は関係なかったわけでしょう」

「まあ、そうですね」

「あなたはまだ疑ってらっしゃる」

「何とも言えません。先生はどうなんですか」

「結果的に警察は誰も逮捕できなかった。そういうことでしょう」自分の考えを言おうとはしなかった。

「同じ大学の先生が殺されたんですよね。それで犯人が捕まらなかったのは、悔しくないですか」

「それは、誘導尋問ですね」

「すいません」頭を下げ、質問を変える。「先生の目から見て、二人の関係はどうだったんですか」

「そうねえ。まあ、いろいろぶつかってましたよ」何とでも解釈できそうなあやふやな言葉が出てくるまでにも、しばらく時間がかかった。

「摑み合いの喧嘩をするほどですか」

「それも誘導尋問かな」

両手を組み合わせ、前屈みになった。橋上の膝が目の前に近づく。

「これが実際に捜査中だったら、問題になるかもしれませんけど……」

「鳴沢さん」空気が漏れるように頼りない声で橋上が言った。「今さら犯人を捜し出しても何にもならないでしょう。もう十五年も経ってるんだ」

「それでも、忘れていない人もいます。関係者にとっては、何年経っても事件は風化しないんですよ」

「鷹取先生の息子さんのことを言ってるんですか」橋上がずばりと切りこんできた。

「そうです。事件当時はまだ小学生でしたけど、ああいう出来事があったらトラウマになるのはお分かりですよね」

「年齢は関係ないんじゃないかな」橋上が顔をしかめる。「私ももう七十二で、物事にはあまり動じなくなってますけど、殺人事件の現場に出くわしでもしたら、死ぬまで悩まされるでしょうな」

「二人は、家族ぐるみのつき合いだったようですね」質問の方向を変えた。

「といっても、羽鳥先生は独身だったし、鷹取先生は奥さんを亡くされてたからね。家族ぐるみとは言っても半分みたいなものだ」

「羽鳥さんは、新潟へ戻ってきたばかりの鷹取さんの面倒をよく見ていたそうですね」

「そう。家も羽鳥先生が探してやったんじゃないかな。彼は、まあ縁がなくて結婚してないんだけど、あれで子ども好きな男でね。一度、何かの会合に三人で出てきたことがあったけど、あの息子さん——何て名前だっけ——は、どっちの子どもか分からないぐらい、羽鳥先生になついてましたよ」

「正明さん、ですね」

「そうそう、正明君ね」膝を打つと、長くなった灰が床に零れた。煙草の下に手を添えてそろそろと灰皿に持っていき、灰を落としてからきつく押しつける。「あの子、お母さんっ子だったんだろうかね。何か、いつも寂しそうにおどおどしてた」

「事件の後で施設に引き取られたそうですね」

「鷹取先生は身寄りもなかったから、息子さんを引き取る人はいなかったわけです。可哀相な話だよね」

「どうして羽鳥さんが引き取らなかったんでしょうね。家族ぐるみのつき合いをしていて、正明さんもなついていたなら、育てることもできたでしょう」

「そんなに簡単なものじゃないでしょう、家族は。どんなに『いいおじさん』でも、実際に育てるとなるとねえ。血がつながっていても大変なのに」

ぼんやりと勇樹の顔を思い浮かべた。あの子にとっては、私も「いいおじさん」に過ぎないのだろうか。相変わらず優美との関係をきちんとしたものにできないのは、私も彼女もその辺りを無意識に恐れているからかもしれない。

「児童養護施設ですね」

「そう、新潟愛想園っていう施設。愛に、想像の想って書くんですけどね。実は、私も一度だけ正明君を見舞いに行ったことがあるんです。彼が中学校に上がってすぐの頃だから……事件から三か月か四か月後かな」

「彼の様子はどうでしたか」

「それがねえ」途端に橋上の表情が曇った。「すっかり変わってしまっていてね。やっぱり事件のせいかもしれないな。まあ、あれだけの事件に遭ったら、どんな人だって変わるでしょう」

「変わったって、どんな風にですか」

「私が行った時は、懲罰部屋ってのに入れられてましたよ。懲罰部屋っていうのは冗談かもしれないけど、窓もない、三畳ぐらいの個室でした」

「何か悪さをしたんですか」

「同じ施設に入ってる子を一方的に痛めつけて、腕を折ってしまったらしい」自分で痛みを感じたように、橋上が顔をしかめる。

「そうなんですか」正明の顔を思い浮かべる。ひどく慌て、落ち着きのない態度。それはある種病的な気配を想像させたが、私には不運な男の苛立ちにしか見えなかった。暴力には結びつかない。

「施設の方でも、子ども同士の喧嘩ということで、警察に届けるまではしなかったようだけどね。私は会うことは会ったけど、いや、ひどいものでしたよ。私のことは覚えていたみたいだけど、話しかけても一言も言わなくてね。ヘビみたいに冷たい目で睨みつけてくるだけなんだ。で、帰る段になったら、いきなり『二度と来るな、クソジジイ』ってね」居心地悪そうに、橋上が椅子の上で尻を動かした。溜息をついて、投げつけられた台詞を繰り返す。「二度と来るな、クソジジイ。まあ、そんなことを言うのも仕方ないかなとは思ったけど、その言葉がどうしても忘れられなくてね。今でも時々思い出して、ひどく不愉快になるんですよ。あれは、考えてみれば私にとってはトラウマになったんだな。中学生から怒鳴りつけられた言葉がトラウマになるなんてねえ」

6

すっかり暗くなり、雪が街灯の灯りに白く浮かび上がり始める。私は、名刺の裏に書かれた住所を頼りに正明の家を訪ねた。古びた二階建てのアパートの、一階の一番右端の部屋。部屋の灯りは点(とも)っていない。ノックしてみたが返事はなく、今日の朝刊が郵便受けに突っこんだままになっていた。携帯電話にかけてみようかと思ったが、そもそも話すことがあるのかどうかすら分からなくなっていた。今の状態だと、「やはり何も分かりません」と言うしかないのだから。

そんなことを言うために、わざわざ正明と話をする気にはならない。

そもそも、どうしてここに来てしまったのだろう。彼に気づかれないように、足早にアパートを離れて車に戻った。何だかいつもと違って調子が狂う。そう言えば緑川の家はこの近くだったな、と思い出して電話を入れた。考えてみれば、昨日の彼の態度も妙だった。自分でも係わった事件なのに、奇妙なほど淡々と話すだけだった。事件について話していると、知らぬうちに熱が入って声が大きくなる男なのに。定年になって性格まで変わってしまったのだろうか。

飯を食べませんかと切り出すと、緑川はそれなら家まで来い、と逆に誘ってくれた。ただしおかずが少ないから何か買ってきてくれ、とつけ加える。了解して、買い出しをするために車を出した。彼の家に行くのは少しだけ気が重い。ある意味、主の半分いない家。妻を亡くして何年にもなるのに、緑川は未だに体の半分を失ったまま漂っているようだ。もちろん、刑事時代にはきちんと仕事はしていたのだが、その代わりに生活を放擲してしまったのだ。

連れ合いがいなくなると、自分も半分死ぬ。そういう夫婦の形もあるということが、今では私にも少しだけ理解できる。優美という女の存在を通して。

「何買ってきた？」エプロン姿の緑川を見るのは初めてだった。半ば呆然として玄関先で突っ立っていると、彼は怒ったように唇を捻じ曲げ、派手な赤色のエプロンの裾を指先で捻った。

「料理する時は、エプロンするのが普通だろうが」

「そもそも緑川さんが料理をするのが変なんですよ」私が知る限り、彼と料理との係わりと言えば箸ぐらいのものである。

「そんなにおかしいかね。今な、俺は規則正しい生活をしてるんだ。いくら一人暮らしだからって、毎日外食してたら体の調子が狂っちまうだろうが。これでもちゃんと健康には気を遣ってるんさ。それで、何を買ってきてくれた？」

「刺身を。マグロと甘エビとイカです」

「お、豪勢だね」やっと相好を崩す。「じゃあ、上がれや。飯にしようぜ」

濃い醬油の香りが玄関先まで漂ってくる。ダイニングキッチンに入って、テーブルの上にスーパーのビニール袋を置いた。

「そこから適当に皿を出してくれ」言われるままに食器棚から大皿を出し、刺身をトレイから移しかえる。

「よし。すぐ飯にするか？」

「緑川さんは晩酌でしょう」

「とは言っても、最近はビール一本だけだからなあ。すっかり弱くなったよ」振り返り、私の顔を不満そうに眺める。「一人で酒吞んでてもつまんねえからな。おい、この年になってやっと気がついたよ。酒なんぞ、何の助けにもならねえんだな。おめさんも、相変わらず吞まんろ？」

「ええ」

「じゃあ、俺はいつも通りビール一本だけいただこう。飯は炊けてるから、勝手によそって食ってくれ」

言われるまま、茶碗に炊きたての飯をよそう。緑川は煮物を鍋から大皿に移し、自慢するように音をたててテーブルに置いた。色濃く煮上がった大根がいかにも美味そうなぶり大根だった。

「しかし、緑川さんが料理とはね」

「何度も同じことを言いなさんな。馬鹿にしたもんじゃないぞ。人に食わせるわけじゃないけど、味は保証できるすけ。さ、食え」

さっそく大根を小皿に取る。二つに割ると、中までしっかりと煮汁が染みこんでいた。口に入れると、大根の繊維がほろりと解(ほど)けて溶ける。見た目ほどに味は濃くなかった。

「たまげましたね。美味いですよ」

満足げにうなずき、緑川が缶ビールを開けて長く一口呑む。ああ、と声を漏らして煮物に箸を伸ばした。

「うん、上出来だな。ちゃんと米のとぎ汁で大根を下茹(したゆ)でしたから、柔らかくなってるろ?」

「これなら商売ができますよ」

「馬鹿言わんと」笑い飛ばしてからまたビールを呑み、急に真顔になった。「味つけは醤油の調合がポイントだ。濃口醤油、白醤油、たまり醤油といろいろ使ってみたんだけど、三種類混ぜると味に奥行きが出るね」

「喋り方も料理人みたいですね」

「言ってくれるね。ま、いっぺ食ってくれや。田舎料理で悪いけどよ」

「いや、美味いですよ。ここのところばたばたしてたから、久しぶりにまともなものを食べた感じです」

しばらく緑川の料理の講釈を聞きながら食事を続けたが、その時間は私に安堵(あんど)感をもたらしてくれた。妻を亡くして以来、あまり家にも帰らずに酒を友として暮らしてきた男が、ようやく生活を立て直したのだから。生意気だと反発されそうだから口には出さなかったが、私は彼の身の上をずっと案じていたのだ。

食事が終わると、緑川が濃い茶を淹(い)れてリビングルームに移り、ボーズの巨大なオーディオセットの電源を入れた。しばらくレコードの棚を漁(あさ)っていたが、やがて一枚抜き出すとターンテーブルに載せる。すぐに低い音でクラシック音楽が流れ出し、緑川はわずかに音量を下げた。声を張り上げなくても話ができる程度に。

「ホルスト」

「ええ」

「おめさんは知らんだろうけど。やっぱり、ボーズは重低音が効いて迫力があるわな」よいしょ、と声を上げて座り心地のよさそうな一人がけのソファに腰を下ろし、お茶を啜る。畳に直に座った私の顔を湯呑み越しに見て、「それで？」と切り出した。

「ええ」

「はっきりしろよ。どうせあの事件のことで話をしにきたんだろう？」

「本当に羽鳥がやったんでしょうか」

「やってないことになってるわな、書類の上では」

「書類じゃなくて、緑川さんの感触が聞きたいんですよ」

「おめさんは羽鳥と話したか？」

「ええ」

「どうだった」

「猛反撃に遭いました」

「やっぱりな」緑川がうなずく。わずかに入ったアルコールのせいか、丸い顔は艶々していた。「てこずったよ、あの男には」

「そうでしょうね。珍しいタイプだと思います」

「逮捕できてればな」緑川が天井を見上げ、顎の下に拳をあてがう。「インテリには、時々あの手のタイプがいるんさね。理屈で押してきて、こっちの言うことには徹底して反論する。だけどそういう人間ほど、逮捕されると一気にがっくりきたりするもんだ。そういう人間はおめさんも知ってるろ？」

「ええ」

「帰る場所があると思うと、いつまでも突っ張れるんさ。任意の事情聴取なら、家に帰れるのは分かってるから、気長にはぐらかせばいいからね。でも、留置場に入れられて、夜中に一人きりになると心が折れる」

「あの時は、逮捕するまでの材料はなかったんですね」

「ああ」残念そうに下唇を嚙み、緑川が湯吞みを両手で包みこむ。「物証なし、はっきりした証言もなしじゃあ、どうしようもないわな」

「正明の証言は？　唯一の目撃者だったわけですよね」

「裏が取れなかった」

「いろいろ微妙な関係だったようですね、羽鳥と被害者の鷹取は」

「関係者に話は聴いたのか」

「何人かは」

「じゃあ、もういいんじゃないか」緑川が視線を逸らした。

「え？」

「だいたい、おめさんが動いていることに法的な根拠はないんだからさ。あまり無理に動くと角がたつぜ」

「ずいぶんあっさり言いますね」

「何だと」私の顔を捉えた緑川の視線が尖った。

「緑川さんもあの事件の本部にいたんでしょう？　悔しくないんですか」

「滅多なことを言うなよ」緑川の顔からはすっかり血の気が引いていた。若い頃は「突貫小僧」と呼ばれていたそうで、その片鱗が一瞬だけ浮かび上がる。「発生した事件全部を解決できるとは言わんよ。だからって、未解決の事件に慣れるってことはないんだぞ。殺しなら特にそうだ。消せない傷になって残るんだよ」

「それは、被害者の家族も同じでしょう」

湯吞みを握り締める緑川の手に太い血管が浮き上がる。が、一瞬後には力が抜け、表情が穏やかになった。

「いかんなあ」額をつるりと撫で、緑川が溜息をつく。「もう刑事じゃないんだから、こんなことで熱弁を振るってもどうもならんわな。ジジイの世迷い言だ。忘れてくれ」

「そんなこと、ないですよ。緑川さんは今も刑事なんです」

「馬鹿言うな。年寄りをからかうもんじゃないよ」立ち上がり、ポットのお湯を急須に注ぐ。振り返り「おめさんも相変わらずだな。熱くてかなわんよ」とにやりと笑った。

湯呑みに新しい茶を注ぎ終わった時には、緑川の顔からは笑顔が消えていた。

「正直に言えば、初動の段階で羽鳥にこだわり過ぎたと思う。それはミスと認めざるをえんわな」

「同じようなことを、今日話を聴いた人にも言われましたよ。刑訴法が専門の先生でしたが」

「ああ」緑川が、嫌な想い出を拭い去るように顔を拭った。「あれだ、名前は……北本だろう。法学部の先生ね。いやあ、俺もあの人にはずいぶんやりこめられたよ」

「会ったんですか」

「二度ほどね。現場のことも知らんくせに、やたらと法律論を振りかざしやがってな。ほとほと手を焼かされたわ。それにしても、やりにくい事件だったよ。大学ってのは難しいところだしな。独特の殻みたいなものがあって、警察っていうとそれだけで目の敵にして突っかかってくる人がいる。まあ、歴史を振り返ればそれも分かるんだがね。おめさんは知らんだろうけど、昔は『大学の自治』なんてことが真面目に議論されてたんだぜ。大学内のデモや集会に警察が介入するのは是か非か、なんてな。学園紛争の時代もあったし、生理的に警察を受けつけない人間がいるのも分からんじゃないよ。だけど、あの事件はそういう政治的な問題とは関係なかったんだけどな」

「本当にそうだったんでしょうか」

「ああ？」

「実際は学内政治の問題が絡んでたりして」

「どうかなあ。あの頃は、そういう線は出てこなかったけどね」

「緑川さんから見て、羽鳥の印象はどうだったんですか」

「俺は直接調べてない。主におめさんのオヤジさんがやったんだよ」

「ええ」

「横で見てることはあったけど……まあ、オヤジさんも何百人も取り調べをやってきただろうけど、理屈で負けなかったのはあの男ぐらいじゃないかな。警察に対する敵意はむき出しだったけど、それだけで逮捕するわけにはいかないし」

「学生時代に警察に恨みを持つようになったみたいですね」

「ああ、あの連中はそういう世代だね」

「初動の段階で、羽鳥に比重を置き過ぎたことは分かりました。でも、どうしてその後で犯人を挙げられなかったんでしょう」

「おめさん、他人事だと思って嫌なことを聞くね」難しい顔をして緑川が腕を組む。「結局、他に有力な容疑者が浮かばなかった、それだけのことじゃないかな。どうして って聞かれれば、理由は百万でも思いつくがね。だいたいが、事件が上手く解決する時の理由は一つか二つしかないけど、失敗する原因は数え切れないほどあるもんだ」

「それはそうですよね」ぬるくなった茶を一口飲む。「だけど、鷹取の息子は——正明は、今でも羽鳥を疑ってる」

「ああ」

「彼の目撃証言だけじゃ弱いですよね」

「弱いなあ。あの頃証明できなかったことが今さらできるとも思えんし。ま、あの坊主が今になって文句を言い出す気持ちも分からないじゃないけど、十五年経つと記憶ってのも変わるからな。都合の悪いところは忘れて、都合のいい部分だけ取り出して虫眼鏡で拡大するようになる」

「一つ、変なんですよ」

「変なことだらけだぜ、この事件は」

「正明が羽鳥を犯人と決めつけたのは最近のようなんですよ。誰かから、昔の捜査状況を聞いたようなんですけど……緑川さん、何か知りませんか」

「俺は知らんよ。正明に直接聴いてみないと分からんだろうね」

「さっき行ってきたんですけど、会えませんでした。そう言えば、施設に入っている時もずいぶん荒れたそうですね」

「うん……」緑川が顎を撫でる。「それは俺らも聞いてた。だけどはっきりした事件でもない限り、施設の中のことに一々口出しはできんしなあ。事件そのものと被害者の息子のことは直接関係ないし」

「中学校に上がったばかりの頃、同じ施設に入っていた子どもの腕を折ったことがあったそうですよ」

「それも聞いてる。喧嘩だってことで、警察沙汰にはならなかったらしいけどね」

「施設に話を聴いてみようかと思うんですが」

「どうして」ふと、緑川の声から感情が抜ける。「それは、今回の事件とは関係ないんじゃないか」

「そうだけど、何か引っかかるんですよ。どうせ俺が動いていることに正当性はないんだから、構わないでしょう」

「やめておいた方がいいんじゃないか」緑川がやんわりと忠告した。「そこまでしなくてもいいだろう。なに、ちゃんと言って聞かせれば正明も納得するだろうよ」

「緑川さん」

「ああ？」

「何か、腰が引けてませんか？」

「何だい、それ」緑川が鼻で笑ったが、表情は真剣だった。

「俺が真犯人でも見つけたら、それで面子が潰れる人が出てきますか」

「俺は何とも思わんけどね」緑川が鼻の脇を掻いた。「おめさんだったらどう思う」

「あまりいい気はしないでしょうね。そう言えば、もう脅されたんですよ」

「誰に」

「安藤。知ってますか？」

「安藤？　今、中署にいる安藤か？」

「そうです」

「あれは確か、おめさんと同期じゃなかったかね。片肘張って突っ張って、見てるだけでも疲れる男だよ。その突っ張りが、おめさんとはまた違うんだよな」

「どんな風に？」

「精一杯背伸びしてる感じかね」頭の上で右手をひらひらと振ってみせる。「おめさんは、何て言うかね、原理原則主義者だ。思ってるだけならいいけど、それを口に出すからみんな反論できなくて困るわけでさ、それがおめさんの突っ張りってわけだよ。でも安藤の場合は、大した能力もないのに自分を大きく見せようとして胸を膨らませてる感じだ。俺が辞めるのと入れ違いだったからあんまり喋ったことはないが、あんまりいい評判は聞かないな。それが何だい、おめさんにちょっかい出してきたわけか」

「あいつは俺が嫌いみたいですね」

「万人に好かれることは不可能だからね。特におめさんは敵も多いタイプだ。せいぜい背中には気をつけるんだな。もっとも、安藤もおめさんを逮捕できるような理由は見つけられんだろうがね」

「何か考えてるかもしれませんよ」

「よせよ」顔をしかめてひらひらと手を振る。「あんまり用心し過ぎるのも考えもんだぜ。でも、この件は適当なところで手を引いた方がいいんじゃないかな。実際、調べる権利もないわけだし、調べてると嫌なことが浮かび上がってくるかもしれない」

「避けて通らなくちゃいけないことなんですか」

「分からんよ」緑川が湯呑みを口元に持っていき、顔の下半分を隠した。が、ぎょろりとした目はしっかりと私を見据えている。「分からんけど、何か嫌な予感がするんさ。誰かが怪我(けが)しないといいけどな」

もう一度正明の家に向かった。今度は部屋の灯りは点っている。だが、ぼんやりと漏れ出すその灯りはあまりにも頼りなく、かえって部屋の冷たさを想像させた。ドアをノックすると、怒ったような声で返事が返ってきたが、ドアが開くまでは時間がかかった。その間、吹き溜まりの中に突っ立ったままで待つしかなかった。足元からじんじんと冷えてくる。

声も怒っていたが顔も怒っていた。乱暴にドアを開けた正明は、今にも噛みつかんばかりに険しい目つきだったが、私を認めるとスウィッチを切ったように表情を緩ませた。

「ああ、鳴沢さん」

「ちょっといいですか」

「いいけど……」顔をしかめて部屋の方を振り向く。「中は滅茶苦茶散らかってて。お客さんに上がってもらうような状況じゃないんですけどね」

「外でもいいですよ。コーヒーでも飲みますか」

「でも俺、失業中だし、無駄な金は……」

「コーヒーぐらい奢りますよ」

言うと、ほっとしたように吐息を漏らす。「部屋を見られるぐらいなら、外で立ち話でもした方がいいですからね」

車に乗りこむと、「すげえ」と感嘆の息を漏らし、ダッシュボードを撫でた。

「これ、新車ですよね」

「そうみたいですね」

「みたいって、自分の車でしょう」

「いろいろ複雑な事情があって」

「ふうん」シートの中で座り直す。「やっぱ、でかい車はいいわ。俺はずっと軽の中古ばかりだったから。ほら、部屋の前に置いてある車ですけど、何かしょぼくてね」

「軽も、雪には強いでしょう」雪道で立ち往生しているのは、重量のあるＲＶ車が多かったりする。

「冬はいいけど、夏とかはねえ。軽なんかに乗ってたら女にもてないし」

「なるほど」

彼の愚痴は底なしのようだった。適当に相槌（あいづち）を打ちながら一一六号線に入り、ファミリーレストランを探す。街道沿いの様子は結構変わってしまっていたが、十分ほど走ると店があった。車から降りる時に、正明が「あ」と短く声を漏らす。

「どうしました」

「飯、食ってないんだよなあ」

「ああ」

「食ってないんです」繰り返し、じっと私の顔を覗きこんだ。

「飯ぐらい奢りますよ」

「それはありがたいですね」

何だか、この男にたかられているだけではないかという気になってきた。が、これから「たぶん無理だ」という話をしなければならない。少しぐらい機嫌をとっておいてもいいだろう。

「いやあ、失業保険で食いつなぐのは大変ですよ」目を大きく見開いてメニューを眺め回しながら、正明が言った。「部屋の家賃も一か月溜めてましてね。追い出されたら行くところがないし、どうしたもんですかね」

「仕事は見つからないんですか」

「なかなかね。新潟も不況だから。俺、別に飯が食えるような技術を持ってるわけじゃないし、やっぱ、公務員が一番いいんじゃないの」

「公務員だって首になりますよ」

「でも、潰れはしないでしょう。何かねえ、会社が潰れるのってたまらんですよ。自分は何も悪いことやってないのに、たまたま乗った船が沈没するみたいな感じですよね」

「それは分かります」

「ステーキ、いいですかね」

「どうぞ」

「鳴沢さんは？」

「ちょうど食べたところでね」

「一人で悪いなあ」

「いいですよ。俺はコーヒーをもらいますから」

　注文すると、ふっと溜息を漏らしてソファの背中に腕を預ける。疲れと諦めが滲(にじ)み出て、二十代後半という実際の年齢よりもずっと老けて見えた。煙草を口に咥(くわ)え、火を点けないままぶらぶらと揺らしながら落ち着きなく視線を漂わせる。

「で、どうすか」私の方を見もしないで訊ねる。

「難しいですね」

「難しいですか」煙草を唇から引き抜き、テーブルに両肘を載せる。「羽鳥には会ったんですか」

「ええ」

「どうでした」

「かりかりしてましたね」

「犯人だからでしょう」

「事件から十五年も経って、忘れた頃にいきなり刑事が訪ねてきたら、誰だって怒りますよ。今日、何人か関係者に会ったけど、みんな嫌がってましたね」

「あいつがやったと思います？」

「何とも」

「何とも、ねえ」煙草に火を点け、唇をすぼめて煙を吐き出す。「やっぱ、俺はついてないんだわ」

「そうですか」

「何かね、あの事件で全部歯車が狂っちまったと思うんですよ。すっきりしないんだよなあ。半分死んだみたいって言うか……うん、ふらふらしてる感じかな」

「犯人がはっきりすれば、そういう感じから抜け出せるんですか」

「何か、頭の中でじゃりじゃり嫌な音がするんですよ。正直言って、こんな中途半端な状態じゃやる気も出ないし。本当はハローワークに行って仕事を探さなくちゃいけないのに、今日も昼間はずっとパチンコで。そんなことに使ってる金もないのにさ」

「ちゃんとやり直したいんですね」

「上手くいくかどうか分からないけどね」唇を歪めて正明が笑う。「最初からずっこけてるんだから、やり直すも何もないかもしれないけど」

「でも、遅過ぎることはないですよ」

「参ったな。別に説教されるつもりでここへ来たんじゃないんだけど」

料理が運ばれてきて、会話は途切れた。正明が、何日も食べていないような勢いでステーキをがつがつと食べ始める。私はコーヒーをかき回しながら、窓の外を眺めた。ぼたん雪が重く降り注ぎ、駐車場の車はすべて真っ白になっている。フロントガラスに積もった雪を落とすのにワイパーを動かすのはあまり上手い手ではない——それで故障することもよくある——のだが、レガシィには何か雪かきの道具を入れてあるだろうか。

「実はね」ステーキを食べ終え、正明がナイフとフォークを音を立てて皿に置く。「電話があったんすよ」

「電話？」

「羽鳥から」

「何ですって？」

「だから、羽鳥から電話があって」苛々（いらいら）した口調で繰り返す。「今日の昼間に、パチンコ屋に行ってる時にね。その時は気づかなくて、携帯の留守電に入ってたんだけど」

「メッセージは？」

「余計なことをするなって」正明が皿を傍らに押しやり、身を乗り出した。「脅すみたいな口調でさ。あれって、鳴沢さんが訪ねて行ったから慌てたんじゃないのかな」

「私は、あなたに頼まれたとは一言も言ってませんよ」

「だけど、そういうのは考えればすぐに分かるんじゃないの」

「彼は、あなたの携帯電話の番号を知ってるんですか」

「え？」

「最近、あまり会ってないんですよね」

「どこかで教えたかもしれないな。何年も会ってないわけじゃないから」正明がコーヒーをかき混ぜた。「誰に携帯の番号を教えたかなんて、一々覚えてないでしょう」

「なるほど。その留守電は残ってますか」

「まさか。すぐに消しましたよ。気持ち悪いでしょう」

「とすると、本当に電話がかかってきたかどうかは分からないわけだ。携帯の着信履歴は残ってますか」

「非通知になってたよ。それより鳴沢さん、俺が嘘をついてるとでも言うわけ？」正明の声が低くなり、視線がねっとりと絡みついた。

「そういうわけじゃないですけど、こういう仕事をしてると、証拠が残ってないことを頭から信じることができなくなるんです」

「証拠、証拠ねえ。結局あの事件だって、証拠がないから羽鳥を逮捕できなかったわけでしょう？　でも、俺が嘘をついてると思うなら、通話記録を調べるとか、いろいろ手があるんじゃない？」

「何回も言ってますけど、今の私にはそういうことをする権利がないんですよ」

「ふうん」馬鹿にしたように言って、正明が腕組みをする。「でも、電話がかかってきたのは本当だからね。たぶん俺たちは、あの男の痛いところを突いてるんですよ」

嘘。すべてが嘘ではないかと思った。私の今の立場では通話記録を取れないことぐらい、この男にも分かっているはずだ。それが分かっていて、こんなことを言い出しているとしたら。自分の嘘がばれないとでも思っているのだろうか。しかし、何のために嘘をつく必要があるのか。

「あの男がやったのは絶対に間違いないんだって。あんたがそんなに証拠が好きなら、俺は別の証拠も出せるんだけどね」

「どんな証拠ですか」

「それはまだ言えない」

「鷹取さん」私はコーヒーのカップを脇によけて、テーブルの上で両手を組み合わせた。「もったいぶるのはやめにしませんか。本当に事件を解決したいなら、時効になる前に警察に相談すべきだったでしょう」

「もったいぶってるわけじゃないよ」憮然として正明が言い放った。「後から思い出すことだってあるでしょう。別に、好きで忘れるわけじゃないんだから。タイミングはたまたまですよ。とにかく、俺にとっては事件は終わってない」

「だったら民事訴訟でも考えたらどうですか。民事には時効は関係ないんですよ」

「それも面倒だしなあ。裁判とかやったら、金を取れる？」

「普通は賠償を請求するんでしょうけど、勝てるという保証はありませんからね。いいですか、これはあくまで雑談ですよ。刑事が民事訴訟を勧めるなんて、あまり褒められた話じゃないですからね」

「それも考えてもいいけど、いろいろ面倒なんでしょうね」

正明にとって面倒なだけでなく、大きなスキャンダルになるだろう。時効が来て迷宮入りした事件。当時参考人として警察からしつこく事情を聴かれていた男を、突然被害者の息子が訴える。裁判の行方は、いかにも週刊誌向けのネタだ。

「ところであなたは、新潟愛想園という児童養護施設に入ってましたよね」

「それが何か?」急に顔つきが変わる。新しい煙草に火を点けると、私に向かって煙を吐きかけた。

「入ったばかりの頃、喧嘩して相手の腕を折ってますよね」

「ああ、そんなこともあったかな」しれっとした顔で認める。「ただの喧嘩ですよ。よくあるでしょう、中学生ぐらいだったら」

「私が聞いているのとは少し違う」

「へえ」

忙しなく煙草を吸い、煙の向こうに殺意のこもった目を隠そうとしたが失敗した。一瞬私は、彼の子ども時代の凄惨な暮らしぶりを垣間見た。

「違うって、どんな風に」

「一方的にあなたが痛めつけたと。それは、喧嘩とは言わないでしょう」

「力のバランスの問題ですよ。俺、これでもガキの頃は結構喧嘩は強かったからね。何しろああいう施設ってのは、弱肉強食の世界なんだから。一度負けたら、出るまでずっと頭を押さえられたままでしょう。それじゃ、たまらないからね」

「だったら、あなたは勝ち続けたわけだ」

「当然でしょう」

一瞬だけ、正明の顔が輝いた。その後の人生では黒星続きだったにしても、無意味な争いに明け暮れた空しさに気づいているにしても、彼の栄光の時代は、施設で暮らした数年間だけだったのかもしれない。

第二部　渦

1

　ぐだぐだと続く正明の話につき合っているうちに、十一時近くになってしまった。目はしょぼしょぼし、肩から首にかけて痛みのようなこわばりが居座っている。まったく無駄な時間だった。話題は何度も羽鳥の周りを回り、その都度私は事件の難しさを説明したのだが、正明は「もういいです」とは決して言わなかったのだ。

　お堀を埋め立てて作った新潟市内の道路は一方通行が多い。大きく回り道してホテルオークラの脇を抜け、川沿いの道に入ると、バックミラーに萬代橋がぼんやりと浮かび上がった。車を車庫に入れて家に入ると、外にいるよりもいっそう寒さが身に染みる。両手をこすり合わせ、せめて風呂に入って体を温めようとお湯を満たし始めた。用意を終えて居間に戻った途端、携帯電話が鳴り出した。

「今、電話して大丈夫？」優美だった。肩のこわばりがすっと解けていく。

「ああ。寒いだけだよ」

「暖房も使えないの？」

「エアコンも置いてないし、ストーブ用の灯油を買うのも面倒でね」

「風邪、ひいてない？」

「今のところは。風呂に入ってさっさと寝るよ」

「その方がいいわね」

次の言葉を待ったが、優美は沈黙の中に沈んだ。離れていると、距離の溝(みぞ)を埋めるように喋りまくるのがふだんの彼女なのだが。

「あの、覚えてる？　ちょっと話したことがあるんだけど」

「何だっけ」

「前に、アメリカに行くかもしれないって言ったでしょう」

「ああ」そうだったか？思い出せない。日常会話の中で流れて消えた、些細(ささい)な話題だったのだろう。そもそも彼女はアメリカで生まれたのだから、「アメリカに行く」というのは里帰りと同じ意味である。

「来月、行こうかと思って」

「ニューヨーク？　ロス？」

「ニューヨーク」

日系二世の彼女はニューヨーク生まれだが、ロスの大学に入った十八歳以降は西海岸で暮らした。彼女に暴力を振るい続けた中国系アメリカ人の弁護士との不幸な結婚を経験したのもロスである。

「ニューヨークか。じゃあ、七海のところへ？」私がアメリカに留学していた時の友人だった七海は、ニューヨーク市警の刑事である。私は、海の向こうの相棒だと思っている。

「兄貴は兄貴で忙しいから、お世話にはなれないわ」

「久しぶりだよな、ニューヨーク」

「そうね……ずっと言おうと思ってたんだけど、チャンスがなくて」

「じゃあ、どうぞ」

「そんな風に言われると言いにくいわ」優美が小さく溜息をつく。

「そんなに面倒な話なのか？」

「そうじゃないけど、馬鹿にされそうだから」

「冗談じゃない。俺が一度でも君を馬鹿にしたことがあるか？」

「勇樹のことなの」

「ああ」想像が勝手に翼（つばさ）を広げ、心に暗い影を落とすのを感じた。出会ったばかりの頃、生まれ故郷のアメリカから連れてきた一人息子をそのまま日本で育てるべきか、彼女はずっと迷っていた。だが小学校で友だちもでき、勇樹自身が日本での暮らしに馴染んでいるのを見ているうちに、その悩みは自然に消えてしまったのだとばかり思っていた。またあの話の蒸し返しなのだろうか。

「本当に馬鹿にしない？」

「しないよ」まったくもって彼女らしくない。弱気過ぎるし、妙に疑り深い。

「テレビに出ないかって」

「は？」

「だから、アメリカでテレビに出ないかって話が来てるの」

「ちょっと待って」電話を耳から離し、冷たい空気を深く吸いこむ。想像の翼を広げたつもりだったが、現実は私のそれを軽く凌駕（りょうが）していた。「アメリカでテレビに出る。分かった。そのためにニューヨークに行くと」

「一々確認するようなことじゃないでしょう」冗談のつもりで言ったのに、彼女の反応はひどく敏感で真剣だった。

「テレビか……どうなんだろう。勇樹にはいい経験になるかな」

「あなたはどう思う？」

「子どもの頃は何でもやってみるべきだと思うよ。将来勇樹が何をするにしても、いろいろ経験しておくのは悪いことじゃない。選択肢が広がるわけだからね」

「そうよね」急に彼女の声が明るくなった。「じゃあ、あなたは反対じゃないわけね」

「反対するような理由がないだろう。俺や君がテレビに出るわけじゃないんだし……あ、そうか。俺も一緒に行った方がいいのかな？　簡単に休みが取れるといいけど、忌引きしたばかりだからどうだろう。でも有給も溜まってるし、ちょっと頑張ってみるかな。ニューヨークに行けば七海にも会えるし」

「ちょっと、ちょっと待って」優美が慌てて私の言葉を遮った。「そうじゃないのよ。話はもっと複雑なの」

「というと？」

「行ったら最低一年は帰ってこられないかもしれないの。もちろん、あの子一人を行かせるわけにはいかないから、私も一緒に行かないといけないし」

アメリカで生まれ育ったせいだろうか、優美は基本的にはずばっとものを言う。だが自分の息子のことだからか、私との関係が絡んでいるからか、この一件では妙に歯切れが悪かった。

「つまり、君の大学時代の友だちがテレビの制作会社で働いていて——」

「ドラマのキャスティングの担当ね」

「今年の秋から始まる新しいドラマでアジア系の子役を探していて——」

「新しいドラマじゃなくて、人気シリーズの新しいクールだけど」

「とにかく、東洋系の子どもを出演させたいと——」

「そこで彼女は、どういうわけか私の名前を思い出したの」

「それで君に連絡を取って、君が軽い気持ちで勇樹の写真を送った。向こうはそれをえらく気に入って、オーディションを受けてみないかって——」

「だから、あくまでまだオーディションの段階の話だからね。本当にドラマに出ることになるかどうかは分からないのよ」

「君の言い方だと、もう決まったみたいに聞こえるな。何なんだ、いったい？　ショービジネスの世界に興味があるなんて、今まで一言も言ってなかったじゃないか」

「私は、そんなものに興味はないわよ」

「ちょっと待ってくれ」眩暈がしてきた。額を手で押さえ、畳の目を数える。「勇樹が自分でやりたいって言ったわけじゃないだろう。君があの子にやらせようとしてるんじゃないのか」

「でも、子どもにたくさんの選択肢を与えるのは親の役目でしょう。あなたもさっき、そんな風に言ってたじゃない」

「それはそうだけど……大丈夫なのかよ、テレビみたいな得体の知れない世界に首を突っこんで」

「それは平気。兄貴にいろいろ調べてもらったから。とりあえず、危ないことはないわ。私も知らなかったけど、今、アメリカの家族向けのドラマでは一番人気がある番組なのよ。『ファミリー・アフェア』っていうタイトルで、ブルックリンに住んでる白人とアフリカ系アメリカ人とラテン系の三家族のコメディなんだって。この前のシリーズが終わった後で、ラテン系の一家の息子役の俳優がドラッグでトラブルを起こして、次のシリーズに出られなくなっちゃったのよ」

「それでその一家が引っ越して、代わりに日系人の家族が隣に来るっていう設定だろう」

「何でわかるの？」

「刑事の勘で」

延々と続くアメリカのテレビドラマか。ある程度視聴率が稼げるとなったら、飽きられるまで何年でも続ける。ストーリーなどあってなきがごときもので、時々カンフル剤として登場人物を入れ替え、視聴率のてこ入れを図る。下らないといえば下らないのだが、時々日本でも放映されて話題になることがあるし、私も留学していた頃は、つい暇潰しにだらだらと見てしまったものだ。これは英語の勉強なのだ、と自分に言い訳しながら。

「とにかく、まだ何も決まってないの。オーディションを受けさせるかどうかもね」

「それにしたって、もっと早く言って欲しかったな。いきなりそんなこと言われても、答に困るよ」

「言いにくかったのよ」優美の声が尖る。「だって、こんなことではしゃいであなたに相談したら、馬鹿みたいじゃない」

「はしゃいでるのか?」

「そうじゃないけど……あなたは反対なの?」

「今聞いたばかりで何とも言えないよ。勇樹は何て言ってる?」

「面白そうだって」

「そうか」

「でもね、どんなに話が上手く進んでも、一年だけのことだから。まさか私も、勇樹を本格的にアメリカで俳優にしようなんて思ってないし」

「そこまで夢は見てないわけだ」

「何か、馬鹿にしてない？」

「そんなことはない」

「仮に決まっても一年だけのことだから。一年ぐらい、すぐよ」

「そういう時間を置く必要があるのか？」

「何言ってるの？」いきなり優美の声が凍りついた。

「冷静になるためとか、俺たちのこれからのことを考える時間を作るためとか」

「あなた、全然分かってないわね。これは、私たちの問題じゃないのよ。主役は勇樹なんだから」

　主役。優美は、早くもステージママとしての自覚を持ち始めたのだろうか。

「これは、勇樹のアイデンティティの問題なの。あなたと違って、私たちは根無し草みたいなものなのよ。あの子には、何かで成功したっていう実感を持って欲しいの」

「とにかく、帰ったら話そう」

優美が深い溜息をついた。

「そうね。ごめんね、ややこしい話で」

「いいんだ」

気まずいまま電話での会話は終わった。しばらく携帯を見詰めたまま、こんなことで俺の人生が思わぬ方向に動き出してしまうのかと呆然とした。二人と過ごした歳月が急にセピア色に染まり、風に吹かれて端から千切れていく。

『子どもはようやく落ち着いてきた。簡単な話はできるようになったが、まだ事件の核心になると口を閉ざす。医者に見せたところ、やはり精神的なショックが尾を引いているということらしい。他の捜査員に対しては硬い態度を崩さないが、私に対してはわずかに心を開くようだ。しかし、手がかりは子どもの目撃証言だけで、それも行き詰まり始めている』

『施設に入る前に、子どもを家に泊めた。何とか落ち着いているが、食事の最中にも魂が抜けたようにぼんやりと宙を見詰め、箸が止まることがあった。風呂を勧めたが入ろうとしない。自分の裸を誰かに見られるのを怖がっているようだ』

椅子をぐるりと回し、窓に向き合った。親指と人差し指で鼻梁をつまみ、きつく目を閉じる。雪は一向に止む気配はなく、風が出てきたせいか、堤防沿いの街路樹の幹にも、もう一枚の樹皮のように張りついていた。行き交う車のタイヤが降り積もった雪を踏むぼこぼこという音が、窓を通して聞こえてくる。雪のカーテンを透かして、萬代橋の灯りがぼんやりと見えた。

少し薄くなったブルーブラックのインクを指先でなぞり、ノートを閉じる。父は、正明にどんな言葉をかけていたのだろう。

私自身は、子どもの頃に父とどんな会話を交わしていたか、ほとんど覚えていない。頭に残る父の想い出と言えば、夕方慌てて帰ってきて慌しく食事を取り、また出て行く姿。久しぶりにのんびり風呂に入っていたと思えば、呼び出されてまた出て行く姿。それはいつでも背中なのだ。細い筋肉質で、少し猫背になった背中。背広は夏でも冬でも地味なグレイで、違いは色の濃淡だけだった。その顔は——。思い出せない。思い出したくもないと思っていた時期、私は自分で記憶を抹殺してしまったのかもしれない。だが、これだけははっきりしている。棺に入った父は、子どもの頃の私が見ていたのとはたぶん違う顔をしていたはずだ。

羽鳥は二度と私を家に入れないだろう。だが、彼とて一日中家にこもっているわけではないはずだ。しばらく張っていれば、必ず家を出るところを捕まえられるだろう。そう考えて自分を奮い立たせ、翌日の朝一番に家を出た。車を停め、羽鳥の家に向かって歩き始めた瞬間、ドアが開くのが見える。どうする？　このまま正面からぶつかって、さらに質問を重ねてみるか。だが家に逃げこまれたら、もうドアが開くことはないだろう。そう判断して、電柱の陰に身を隠す。これで少なくとも、向こうから私の顔は見えなくなるはずだ。

　怒ったような表情を浮かべ、羽鳥が大股で私の前を通り過ぎる。何事かぶつぶつつぶやいているのが聞こえた。通り過ぎた後で、十分距離を置いて跡をつけ始める。癖でちらりと腕時計を見下ろした。まだ朝の七時。早足というより競歩に近いようなスピードで羽鳥は歩き続けた。足首まで埋まる雪も気にならないようで、恐る恐る歩く人たちを次々と追い越していく。

　五分ほど歩いて広い通りに出ると、コンビニエンスストアに入った。通りの向かいに立ち、店内の羽鳥を観察する。カゴを持って、弁当の並んでいる棚に真っ直ぐ向かうと、たっぷり時間をかけて吟味し始めた。結局握り飯にしたようだ。それと温かいペットボトルのお茶。カップの味噌汁もカゴに入れる。買い物の品目を頭の中のメモ帳に書きこみながら、どうやら彼の食生活はあまり充実したものではないようだ、と結論を出した。

レジで煙草を買い足し、会計を済ませる。彼が入り口に足を向けたところで道路を横断し、声をかけた。

「羽鳥さん」

羽鳥がのろのろと顔を上げる。私を認めると、目を細めて唇を噛み締め、自動ドアのところで立ち止まった。ドアが開いたままになり、店員が怪訝そうな表情を浮かべて視線を投げてくる。

「邪魔になってますよ」できるだけ柔らかい声で言うと、慌てて羽鳥がドアの前から飛びのく。ビニール袋を硬く握り締め、精一杯威厳を保って私を睨みつけた。

「何だね、こんな朝早くに」

「羽鳥さんは？　朝食の買い出しですか」言ってから、私も急に空腹を覚えた。「コンビニは便利ですよね。私も一人暮らしなんで、よく使いますよ」

「あんたの身の上話を聞いても仕方ないんだが」

「だったら、羽鳥さんの身の上話をしませんか」

「話すことはないね」

「本当に警察がお嫌いなんですね」

「こういう往来で私を犯人扱いして喋ってることは問題にならないのかね。君は私の名誉を傷つけている」

「まだ何も言ってませんが」

「だいたい、もう調べられない事件のことをあれこれ聴くのは、単なる嫌がらせだ。何のためにこんなことをしてるんだ。いい加減にしたまえ」横っ面を張られたように、いきなりそっぽを向いて歩き出す。

「刑事では時効になっても、民事には時効がありませんからね」

羽鳥の足が止まった。ゆっくりと振り向く。

「誰かが裁判でもやろうとしているのか」

「一般論としてです」

「君の一般論など、聞きたくもない」

「昨日、正明さんに電話をしましたね」

「何だね、それは」羽鳥の両目が釣りあがった。

「彼が何か問題なんですか」

「馬鹿な」下を向いて、唾（つば）を吐くように言葉を吐き捨てた。「もう何年も会ってないんだぞ。どうして電話する必要がある」

「それは、あなたの方がご存じじゃないんですか」

「言いがかりだ」

「あなたは、正明さんのことをどう思ってるんですか」

「そんなこと、あんたに話す必要はないだろう」

「あなたのせいで正明さんが精神的な痛手を受けているとしたらどうです」

「仮にそうだとしても、あんたに捜査する権利はない」

「もう一度聞きます。正明さんに電話したんですか？」

「あんたに言う必要はない」

これ以上は絶対に喋らないという決意を肩の辺りに漲らせ、羽鳥が大股に歩き出した。結局、肯定も否定も彼の口からは聞けなかった。こうやって圧力をかけ続けたら、彼はどんな行動に出るだろう。それを知りたいが、私に残された時間は少ない。

憤然と胸を反らして歩み去る羽鳥の背中を睨みつけた。薄らと罪の臭いが滲み出しているように感じる。それは偏見ではなく、刑事としての勘だ、と信じたかった。

そもそも、アースセーブ新潟とはどんな組織なのか。ホームページでも持っていれば手っ取り早く調べられるのだが、見ようにも家にはパソコンがない。先ほど羽鳥が立ち寄ったコンビニエンスストアに戻り、公衆電話にくっついていたイエローページで市内のインターネットカフェを探してから車を走らせた。

二十四時間営業のカフェは、まだ朝早いせいか閑散としていた。が、静かなＢＧＭに混じってかすかな鼾が聞こえてくる。なるほど、六時間分の料金を払えばここで夜明かしすることもできるわけだ。他には、朝食を食べながらメールをチェックしている若いビジネスマンらしい男が二人ほど。

検索サイトにアクセスして「アースセーブ新潟」を探す。テキスト主体のシンプルなホームページが見つかった。

正式の設立は平成五年。ＮＰＯ法が施行された直後に法人格を取得していた。羽鳥は代表者ではなく、事務局長という肩書きになっている。羽鳥の家に行った時に盗み見してきた名前を、メンバーの名簿と照合した。住所は載っていなかったが、名前が分かる何人かは電話番号を調べることができるだろう。だが、全員に当たっていく時間はない。そもそも、どの線を押せば事件の真相にたどり着けるかも分からないのだ。

こういう時は、上の立場の人間から当たるに限る。思い切って現在の会長を訪ねてみることにした。池田幸平。羽鳥とは別の大学だが、やはり教授だった。今日は月曜日。教授は毎日大学に顔を出すものだろうか。とりあえず大学を訪ねてみることにして、他のメンバーの名前と肩書きもメモ帳に書き出していく。

大学にたどり着いた時には十時になっていた。教務課に顔を出し、池田が来ているかどうかを確認すると、今日は午後遅くにならないと顔を出さないと言う。そのまま自宅に向かった。何だか自分がビリヤードの玉になったような気になってきた。

雪による渋滞を何とか抜け、三十分で池田の家にたどり着く。青山にある古いマンションだった。インタフォンを鳴らすと本人が出てきたが、今ベッドから抜け出したばかりのように不機嫌だった。耳が隠れるほどの長さの髪には櫛が入っておらず、かびのような髭が顎を覆っている。目は半分閉じたままだったし、慌てて着替えたのか、シャツの裾が右半分だけズボンからはみ出ていた。

通されたリビングルームの床には、無造作に本が積み重ねられていた。ただし、本が増え過ぎてリビングルームを占拠してしまったのではなく、本来あるべき場所に片づけていない感じである。この部屋には、「整理」という概念がないのだ。父が見たら、身悶えするかもしれない。煙草とコーヒーの臭いがこびりつき、暖房で増幅されて容赦なく私の鼻孔を襲ってくる。

「東京の刑事さんが何の用ですか」崩れ落ちるようにソファに腰かけ、顎の下を掻く。煙草に手を伸ばし、火を点けないまま指先に挟んでくるくると回した。

「十五年前の事件を調べています」

「十……五年前」池田の声が凍りつき、指先から煙草が零れた。あの事件は、私が想像していたよりも深く、関係者に暗い影を落としたらしい。当事者でない人間にしては、彼の反応は大袈裟過ぎる気もした。

身を屈めて床から煙草を拾い上げ、咳払いをする。湯呑みに手を伸ばして音を立てて茶を啜り、「冷めてるな」と独り言を言って顔をしかめた。ようやく私の顔を見たが、視線はどこか別のところを彷徨(さまよ)っている。

「この前新聞に出てましたね。とうとう時効になったとか」

「ええ」

「それを今さら調べて何になるんですか」

「時効になっても事件が消えたわけじゃありません」同じような台詞を何度繰り返しただろう。

「だけど、東京の刑事さんが新潟の事件を調べてるのは妙ですね。そもそも、あなたが刑事だという証拠もないでしょう。バッジはお持ちなんですか」

「いや、今は休暇中です」

「休暇中は、他の県で起きた事件を勝手に調べていいんですか」

「これは、個人的な調査なんです」言って、名刺をテーブルに置いた。池田が指先でつまみ上げ、眼鏡をかけ直して確認する。顔を上げた時にも、疑念が晴れたわけではないようだった。

「名刺は誰でも作れますよ」

「そこへ電話していただいても結構です。その電話番号も信用できないなら、警視庁の代表番号にかけて、署に回してもらって下さい。警視庁の代表番号は番号案内でも調べられます」

「……ま、そこまでしなくてもいいでしょう。今さら誰かに話しても、不利益を蒙る人間がいるとは思えないしね。でも、あなたの個人的な事情っていうのは話してもらえませんか。そうじゃないと、納得して喋れませんからね」

「私の父が、十五年前にこの事件の捜査を担当していました」

「ほう」関心なさそうに言って、また茶を一口飲む。今度はしかめ面にならなかった。

「父が係わった事件で、唯一迷宮入りしてしまったのがこの一件なんです」

「で？　あなたのお父上はもう引退されたんですか」

「亡くなりました」言葉を切る。「時効が成立した日が葬式だったんです」

池田の視線が私の視線とぶつかった。少しだけ湿った目つきで、先ほどまでとは明らかに態度が変わっている。私の言葉の何かが、彼の心を揺らしたのだ。浪花節と言われるかもしれないが、利用できるものは何でも利用しないと。

「お父上の無念を――」

「そういうことです」最後まで言わせず、言葉を被せた。納得したように池田が軽くうなずく。

「茶でも淹れましょうか」

「お構いなく」

「いや、どうせ私も飲みますから」

池田が台所に立った。どうやら一人暮らしらしい。そう言えば、表札にも家族の名前はなかった。茶を持って戻ってきたタイミングを見計らい、できるだけ自然な調子で切り出す。

「お一人なんですか」

「この年で独身でね」聞かれ慣れているのだろう、さばさばした口調で池田が答える。

「若い頃は、六十にもなってこんな暮らしをしてるとは考えもしなかったけどね。こういうのは縁だから仕方がないんですよ」

「そういえば、羽鳥さんも独身ですね」

「ああ、そうだね」

「彼はどうして結婚しなかったんでしょうね」

「私と似たようなものじゃないかな」

「と言いますと？」

すぐには質問に答えず、池田が茶を一口飲んだので、私も湯呑みに手を伸ばした。火傷しそうなほど熱くなっていた。

「大学の先生なんて暇そうに思うかもしれないけど、そうでもないんですよ。自分の研究もある。学生の面倒も見なくちゃいけない。それに、我々みたいに課外活動をやって、そっちに時間を取られることもある」

「アースセーブ新潟の活動はそんなに忙しいんですか」

「普通の会員はそれほどでもないでしょう。必要な時だけ集まって、あとはそれぞれ自分のペースで活動している。ところが、我々のように裏方まで引き受けると、雑用で忙しくてね。集まるにしても場所を確保しなくちゃいけないし、会報やニューズレターを発行したり……そういうのは、最近インターネットを使ってずいぶん楽にできるようになりましたけどね」池田が、パソコンの載ったデスクに目をやった。

「具体的にどんな活動をやっているんですか」

「環境保護団体っていうのは、それこそ星の数ほどあってね」煙草に火を点けながら池田が切り出した。「市町村単位の小さなものから世界的なものまで、規模も様々です。子ども向けの環境教室を開いているＮＰＯ、純粋に研究活動に専念しているＮＰＯ、釣りをする人が集まってできた、河川環境保護のＮＰＯなんていうのもありますよ。当然、目的も手段も違うわけだけど、情報は共有した方がいいでしょう？　活動の幅も広がるし、新しいアイディアも出る。我々の役目は、要するに接着剤のようなものでね。ＮＰＯ同士の交流を図り、新潟県内の環境保護の動きを太い幹にしようというわけです。それが、一つの大きな仕事。もう一つは、新しく環境ＮＰＯを作ろうとする人に対するアドバイスですね。ＮＰＯの設立っていうのは結構手続きが面倒でね、ゼロから始めようとする人には敷居が高いんですよ。そういう手続きを有料でやっている人もいて、それはそれで商売になっていましてね。まあ、我々はボランティアですけど。みんなで頑張りましょう、ということですな」

「いろいろと細かい仕事が多いんですね」

「雑用ばかりですよ」池田が湯呑みを両手で抱え、腹の上に置いた。「十五年前は、鷹取君と羽鳥君が両輪だった」

急に二人の話が出てきたので、私は座り直した。

「お二人は、かなり熱心に取り組んでいたみたいですね」

「熱心、という言葉では足りませんね」池田が薄い笑みを浮かべた。「それこそ、空いている時間はすべてアースセーブ新潟のために捧げていたと言ってもいい」

「激論を交わしたこともあったと聞いてます」

「そう」池田が中空を見詰め、指先をくるくると回した。「まあ、あの頃は彼らも若かったということでしょう」

「激論――議論以上になったことはありますか」

「うん、まあ……」池田が口を濁した。「当時も、そういうことは警察の人に話したんだけどね」

「二人がぶつかったことがある、と聞いています」

「昔も話したんだから、今隠す必要はないでしょう。一度、摑み合いになったことがありますよ。あれは羽鳥君の家でだったと思うけど、原因は何だったかなあ。たぶん、つまらないことですよ。何かの書類の書式がおかしかったとか、そんなことじゃないかな。とにかく取っ組み合いになって、二人とも怪我をしてね」

「かなり深刻そうな様子でしたか」

「その時はそう思ったんだけど、手当てをしてから、笑いながら呑みに行ってたからね。大したことはなかったんでしょう」

「遺恨を残すほどではない？」

「うん……」湯呑みを口元に持っていったが、途中で止まった。「人の関係は微妙なものですよね」

「はい」

「鷹取君の奥さんと羽鳥君が、高校時代につき合ってた話は聞いてますか」

「簡単には」

「十五年前にしても、ずいぶん古い話だよね。だけど、二人ともそのことはよく話してた。もちろん冗談めかしてだし、だいたい、鷹取君の奥さんはその頃は亡くなってたわけだから、深刻な喧嘩になるわけがないんだが……酒が入ると、ちょっと心配になるほどしつこく話をしてたね」

「何かのきっかけで火がつけば、爆発するぐらいにですか？」

「そうかもしれない。よくあるでしょう？　最初は冗談で笑い合っていたのが、急に怒鳴り合いになったりすることが。そこまで行くことはなかったけど、私は何度か肝を冷やしましたよ」

「かなり深刻な感じでしたか？」

「本当のところは、二人にしか分からないでしょうけどね。どうも羽鳥君は、鷹取君の奥さんをずっと忘れられなかったんじゃないかな。それで、彼女が死んだことで鷹取君を責めていた。突然の病気だったらしいから、鷹取君にしてもどうしようもないことだったんだけどね」

「例えば、それが原因で殺したくなるほどでしょうか」

「あなたは、先ほどから羽鳥君を疑うようなことばかりを言ってるよね」

池田の質問に、私は無言を貫き通した。池田はなおも答を待っていたが、やがて痺(しび)れを切らしたように話しだす。

「今だから言いますけどね、私も羽鳥君がやったんじゃないかと思ったことがありましたよ。実際に彼は警察の取り調べも受けていたし。そういうこともあっての予断みたいなものだったんだが……。今となっては分からないけど、あなたはどう思いますか？　二十年以上も前の女性問題を根に持って、分別のついた大人になってから相手を殺したくなるなんてことがあるんでしょうか」

ある。ある女性に対する想いを三十年近く抱き続け、それを捨て切ることができずに犯罪に走った男を私は知っている。大事な年長の友人だったが、彼の命を断ち切ったのは、私の拳銃から放たれた銃弾だった。

私の友人は自ら破滅を望み、最後を私に委(ゆだ)ねた。男にそこまで覚悟させる原因は、女の存在を除いて他にない。

2

池田の話は時にとめどもなく流れ、だらだらと続いたが、次に続く材料を得られたのは収穫だった。今度はさらに西へ車を走らせ、一時間近くかかって目指す家にたどり着く。白く染まった田んぼの只中にある一軒家でインタフォンを鳴らした。雪はますます激しくなり、待っている間にも頭に、肩に降り積もる。合併前には巻町（まきまち）だった場所で、幹線道路の一一六号線からも外れたこの辺りでは、夜中になると雪の一粒一粒が屋根に落ちる音さえ聞こえそうだ。

池田が「情報源になる」と教えてくれた相手の名前は岬直子（みさきなおこ）。羽鳥と鷹取とは高校時代の同級生で、鷹取の死後しばらくしてから、アースセーブ新潟にも参加していた。ただし池田は、自分の名前は出さないように、と念押しをした。彼も、二つの気持ちの間で揺れているのだと思う。鷹取を殺した人間が野放しになっているのは許せないが、だからと言って羽鳥を疑うこともできない。双方を天秤（てんびん）にかけてみたら、死んだ鷹取を思う気持ちの方がほんの少しだけ重かったということか。

直子は半袖のニット姿で現れた。外は氷点下なのだが、家の中は汗ばむほど暖房を効かせているのだろう。雪国ではよくある話だ。警察官だと名乗ると露骨に顔をしかめたが、鷹取の件で話を聴きたいというと、ほんの少し表情を緩めた。

「今でも鷹取さんを殺した犯人を捜している人がいるんですよ」さらにぶつけると、私の言葉が呪文になったかのようにドアが大きく開いた。

リビングルームに通され、柔らか過ぎるソファに腰かけた。予想したとおり、暖房が効き過ぎている。セーターを脱ぎ、ワイシャツの袖を捲り上げた。

「カモミールティー、お飲みになりますか」キッチンから顔を出して、直子が声をかけてきた。

「いただきます」部屋は暑く、温かい飲み物が欲しい気分ではなくなっていたが、雰囲気を悪くしないためにも笑顔を浮かべて彼女の申し出を受け入れた。

カモミールティーは、唇を火傷しそうなほど熱かった。向かいのソファに座った直子が私の顔をじっと見詰める。羽鳥と同い年なわけだが、そうは見えない。逆に言えば、この年齢にしては羽鳥の方が老いに追いかけられているということだ。

「まだあの事件を調べてるんですか？　もうずいぶん前のことなのに」

「ええ。当時もずいぶん警察の事情聴取を受けたんですか」

「いえ」とんでもない、とでも言いたげに直子が顔の前で手を振る。「私も当時は、新聞で読んでびっくりしたんですよ」

「その頃は、アースセーブ新潟の活動はしていらっしゃらなかったんですね」

「ええ、私は誘われて十年ほど前からです。ちょうど子どもも手を離れて、時間に余裕ができたものですから」

「お子さんは何人ですか？」

「上が男の子で下が女の子……嫌ですね」直子が突然小さな笑いを爆発させた。「上の子にはもう三歳の子どもがいるし、下の子もこの春に結婚するんですよ」

「それは、おめでとうございます」

目に笑みを浮かべたまま、直子が頭を下げる。出だしは上手く行った。今のところ、身分を証明できるものを見せろとも言われていない。このまま話を続けて、名刺は最後に渡すことにしよう。

「お二人とは、高校の同級生だったんですね」

「そうですね、もう何十年も前のことですけど」

「あの二人は、当時から仲がよかったんですか」

「そうそう」直子が顎に指を当てた。「二人とも理屈っぽくてね。それを言えば、あの頃はみんなそうだったけど。何かあるとすぐに議論してましたよ」

「それで殴り合いになったことも？」

「あのくらいの年齢だったらみんなそうでしょう。二人が特別だったわけじゃありませんよ」

「でも、仲はよかったわけですね」

「それは、もう。親友ですよ」

「当時から環境問題に興味を持ってたんですか」

「まさか」直子が小さく首を振った。「あの頃は、環境問題どころじゃないですよ。みんな、本気で革命が起きると信じてましたからね。特にうちは進学校だったせいか、理屈っぽい連中は毎日そんな議論ばかりしてましたよ。四十歳を過ぎてから環境問題に取り組み始めたのは、叶わぬ夢の代替行為だったのかな」

「革命が実現しなかったから、代わりに何か熱中するものが必要だった？」

「そうですね」直子が屈みこみ、ティーカップを手にした。まだ熱いはずだが、気にする様子もなく一口啜る。「私たちの年代の人間は、何か夢中になれるものがないと駄目なんですよね。それも対象が大きければ大きいほどいいわけで。あの二人も、戦うべき対象がなくてずっと悶々としてたのが、環境問題に巡り合えてよかったんじゃないでしょうか」

「お二人とはずっとおつき合いがあったんですか」

「羽鳥君とはね。彼は新潟に帰ってきていたから、同窓会なんかでよく顔を合わせましたよ。鷹取君は……」ふっと直子が顔をそむけた。「結局私、彼とは高校を卒業してから一度も会ってないんですよ。彼は東京に行ってしまったし、戻ってきてからも会う機会がなくて、そのうちあんなことになってしまって」

カップを目の高さに掲げた。二十数年会わないままこの世を去った友に祈りを捧げるように。

「鷹取さんの奥さんと羽鳥さんは……」

「あら、やだ」直子が照れたような笑みを浮かべ、目の端を擦った。「それもずいぶん古い話ですね」

「つき合ってたんですか」

「そういうわけでもないと思いますけどね。仲のいい友だち。たぶん、羽鳥君は雅美(まさみ)を――雅美っていう名前だったんですけどね――好きだったと思うけど、雅美は好意以上の気持ちを持っていたかどうか……雅美はね、あの頃にしてもちょっと奥手な感じの子で、男の子を避けてるようなところがあったから。でも、逆に言えばそれが思わせぶりに見えたのかもしれないわね。そうだ、ちょっと待って下さいね」

　直子が二階に消えると、私は小さく溜息をついて背伸びをした。上でばたばたやっている音が聞こえてくる。アルバムでも探しているのかと思ったら、案の定、胸に抱えて戻ってきた。

「これ、三人が写ってる写真です」

　アルバムから指を引き抜き、押さえていたページを広げる。すっかり褪色したカラー写真の中に、若い日の羽鳥がいた。場所は、体育館の前だろうか。羽鳥は腕組みをして背筋をぴんと伸ばし、喧嘩を吹っかけるようにカメラを睨んでいる。

「真ん中にいるのが雅美ね」直子が、髪を短く切った少女の顔を指差した。とすると、雅美を挟んで羽鳥と反対側にいるのが鷹取だろう。こちらは妙に自信ありげな笑みを唇に浮かべている。そして、彼女との距離が明らかに羽鳥よりも近かった。

「何だか微妙な感じの写真ですね」

「分かります？」直子が悪戯（いたずら）っぽく笑う。

「当時から、鷹取さんの方が積極的だったんですね」

「雅美のことだけじゃないわよ。何事においても鷹取君が先に出る感じだったわね。羽鳥君は、頑張って張り合おうとしたんだけど、いつも鷹取君が一歩先を行ってたわ」

「だとすると、羽鳥さんは鷹取さんにあまりいい感情を持ってなかったんじゃありませんか」

「うーん、どうかな」直子が髪に手をやった。「そうだとしても、子どもの頃の話じゃないですか」

「高校生だったら、子どもと言うのはどうでしょう」

「あら、やっぱり子どもよ。仮に羽鳥君が鷹取君に対してライバル意識みたいなものを持っていたとしても、鷹取君の方ではそんなことは気にしてなかったと思うし」

だからこそ、憎しみが募ったのではないか。ライバルだと認めてくれればまだしも、そうでなかったとしたら。それが高校生の頃の記憶だけで、二度と会うこともなければ、いつかは笑い話にできるかもしれない。だが久しぶりに再会した時、当時の感情が別の形で蘇ってくることが——いや、それは考えにくい。人は忘れる能力を持った動物なのだから。

「あなた、羽鳥君を疑ってるの？」

「それは、何とも申し上げられません」

「捜査の秘密？」

「そういうわけじゃないんですが、適当なことは言えませんから」

「あの事件の時、羽鳥君は疑われて大変だったみたいね」

「そう聞いてます。当時、二人の間に何かトラブルでもあったんですか？」

「それはねえ」直子の顔が曇る。「私は間接的に聞いただけなんだけど」

「どんなことですか」

「鷹取君、ちょっと図々しいんじゃないかって」

「図々しい？」

直子が座り直し、カップを唇に持っていった。

「冷めちゃったわね。淹れ直しましょうか？」

「いえ、結構です。それより、図々しいってどういうことですか」

「アースセーブ新潟は、元々羽鳥君のアイディアだったのよ。県内の環境保護団体を一つにまとめて、みんなで協力してやっていこうって。八〇年代の後半頃って、環境保護運動が盛んになった時期だけど、みんなばらばらに活動してたのよ。だから、接着剤というか、つなぎになるような存在が必要だっていうのが彼の考えだったのね。鷹取君はいろいろあって東京から戻ってきて、それから羽鳥君の活動に合流したのよ。その時に、まるで自分が出したアイディアみたいに仕切りたがって。昔から仕切り癖はある人だったんだけど、そういうことでは羽鳥君と結構激しくやったみたいよ」

「殴り合いになったこともあったそうですね」

「私は後で聞いただけで、直接は見てないんだけど」直子が苦笑する。「あの頃だって、二人とも四十歳を超えてたのよ。いい大人でしょう。それを、誰が仕切るとか仕切らないとかで喧嘩するなんて馬鹿馬鹿しいと思いませんか」

「でも、ありえない話じゃない」

「ただね、それで二人の仲が決定的に悪くなったかというと、そういうわけでもなかったみたいね。だからこそ、鷹取君があんなことになるまでは、二人でアースセーブ新潟の立ち上げに一生懸命になってたんだし」

「やっぱり、いい意味でのライバル関係ですかね」

「そうね。でも、最後は羽鳥君が勝ったことになるのかしら。こんなこと言っちゃ失礼かもしれないけど」

「鷹取さんが亡くなった後、羽鳥さんはどんな様子でしたか」

「怒ってたわよ、もちろん」

「友だちが殺されたから？」

「というより、自分が疑われていたからじゃないかしら。鷹取君のお葬式の時と、その後一週間ぐらいしてから彼に会ったんだけど、二回ともものすごく怒ってたわね。警察は俺を疑ってるって、はっきり言ってたし」

「あなたはどう思いましたか」

「あなたは？　羽鳥君が犯人だって思ってるの？」

「いや、あなたの印象です」

「まさか」破裂するように直子が笑いだしたが、それはすぐに収まり、代わって怒りの表情が顔を支配した。「何もやってないのに疑われて、本気で怒ってたと思うわ。何も今になって、羽鳥君を犯人扱いしなくても」

「犯人扱いしてるわけじゃありませんよ」

「でも、疑ってるんでしょう」

私は答を拒絶し、じっとテーブルを見詰めた。ぬるくなったカモミールティーを一口飲み、彼女の言葉を待つ。

「鷹取君も可哀相だったのよ。雅美が急に病気で亡くなって、東京から都落ちしてきて。子どもさんも難しい年頃になってたし、あれやこれやでずいぶんストレスが溜まってたんじゃないかしら。私は直接話してないから何とも言えないけど、人の話を聞いた限りでは、ね」

「仕事も変わったわけだし、確かにストレスになりますよね。そこにさらにアースセーブ新潟のことで動き回っていたんだから、大変だったでしょう」

「逆に、それがストレス解消になってたのかもしれないわね」

「忙し過ぎて目が回りそうですけど」

「私たちの世代はね」直子が親指を自分の胸に突き立てた。「いつも動き回ってないと駄目なのよ」

「競争も好きなんですか？　それも団塊の世代の特徴だと聞いたことがありますけど」

「子どもの頃からそういうのには慣れてるしね。でも羽鳥君は、後からやってきた鷹取君がアースセーブ新潟を乗っ取ろうとしているとでも考えていたかもしれないわよ」

「ボランティアみたいなものですよね？　金になるわけでもないし、そんなに必死にならなくてはいけないものだったんでしょうか」

「守りたかったのは名誉、かしら」

　直子がぽつりとつぶやく。羽鳥がアースセーブ新潟にどれほど力を注ぎこんでいたのかは分からないが、人を殺してでも守りたいと思うほどだったのだろうか。

　礼を言い、名刺をテーブルに置いた。途端に直子の眉が跳ね上がり、質問が洪水のようにその口から溢れる。警視庁の人ってどういうこと？　新潟の事件に何の関係があるの？

適当な嘘がつける人間だったら、とも思った。警視庁の刑事は勝手にどこの事件を調べてもいいんです、とか。

曖昧な言い訳を繰り返し、何度も頭を下げながら私は彼女の家を辞去した。

新潟の中心部へ戻る途中、コンビニエンスストアに車を停めて昼食を買いこんだ。サンドウィッチ二つと熱い缶コーヒー。頭の中でサンドウィッチのカロリーを合計して、溜息をつく。ここのところ体を動かしていないから、二つでは食べ過ぎだ。だが腹は減っている。まあ、いい。夕食で調整しよう。

田舎の店らしく、駐車場がやたらと広い。他人の目を避けるように一番端に停めた車の中で、薄いサンドウィッチをぱくついた。アメリカに留学している時によく食べた分厚いサンドウィッチが懐かしくなる。胡椒の利いたパストラミ。カリカリに焼いたカナディアンベーコンと半熟のフライドエッグ。セロリがアクセントになったチキンサラダ。アメリカは味覚の砂漠だが、素材の味がはっきり分かるサンドウィッチだけは好きだった。そう、野菜も肉も素材自体は悪くない。それを料理法で滅茶苦茶にしてしまうのがアメリカなのだ。

ふと、アメリカに留学する直前のある日を思い出した。出発する前に三日ほど新潟に里帰りした時のことである。祖父とは痛飲して——その頃の私はまだ酒を呑んでいた——将来のことについていろいろと話し合ったものだが、父とは口をきいた覚えがない。

突然、鮮やかな記憶が滑りこんでくる。

あれは出発する日の朝だった。早い時間の新幹線に乗らなくてはならず、朝の五時半に起き出し、まだ酒の残る頭を振りながら台所に下りていった。食事をする気にはなれず、水を一杯だけ飲んですぐに出かけるつもりだった。梅雨の最中で、外ではカーテンのように間断なく雨が降り続き、湿気が鬱陶しく肌にまとわりついた。

台所に父がいた。スクウィーザーでオレンジを潰している。傍らには、ぐしゃぐしゃになったオレンジの残骸が二つ。ちょうど三つ目に取りかかり、一心不乱に押しつけている。どうやら大振りのコップ一杯分のオレンジジュースが出来上がったようだった。ひどくぎこちない仕草で顔を上げ、作ったように驚いた表情を浮かべる。スクウィーザーに溜まったジュースをコップに移し、「飲むか」とぼそりと訊ねた。

無言でうなずいてジュースを飲み干し、家を出た。しばらく日本を離れる私に父が言った一言、「飲むか」。

父が死んだ後に、こんなことを思い出しても。

首を振り、残ったサンドウィッチを口に押しこむ。熱いコーヒーで飲み下し、ゴミをビニール袋に突っこんだ。店のゴミ箱に捨てようと思ってドアを開けた瞬間、不意に不快な空気に包まれる。動きを止め、周囲を見回してドアを閉めた。

誰かが私を見ている。

安藤だろうか——いや、あの男なら尻尾を出すに違いない。気配だけ漂わせて、本人の姿が見つからないなどということはないはずだ。まさか、正明とか。それも可能性としては低いだろう。どこか切羽詰まった感じがする男だが、私の跡をつけ回しても何にもならないはずだ。あるいは他にやることもないのかもしれないが。

相手が誰だか分からない以上、気にしても仕方がない。わざとらしく大きくドアを開け放ち、大股で歩いてゴミを捨てに行った。すでに気配は消えている。店の前に立ち、降りしきる雪を透かして周囲の気配を窺った。誰もいない。少なくとも知った顔は。駐車場には他に車が二台、中には人がいなかった。店内をちらりと見たが、雑誌のコーナーで立ち読みしている二人が車の持ち主だろうか。見覚えのない顔だった。

とりあえず次の証人に当たることにして、車を出す。

一一六号線は田園地帯の只中を貫いて走っており、目につく色は白ばかりだ。次に訪ねる予定の相手がいるのは新潟西港（にしこう）の近くで、また市街地を東西に横切るように走らなければならない。雪が止む気配もないから、一時間は見積もっておかなければならないだろう。まだ午後も早い時間だが、話を聴き終える頃には——上手く聴ければだが——もう暗くなっているだろう。時間だけは刻々と過ぎて行く。私の忌引きも今日を含めて三日を残すだけになっていた。

寺尾(てらお)辺りまで来ると車が連なり始めた。無意識のうちに交差点を左折し、裏道に入る。海沿いを走る四〇二号線、通称日本海夕日ラインに出た。新潟の海に沈む夕日は、確かに息を吞むほど美しく、観光資源としても立派に売り出せる。新潟島に入ると右折して一一六号線に戻った。そこまで行くと、車の流れはスムースになっていた。寄居町(よりいちょう)で右折して柾谷小路に入る。萬代橋を渡ると、道路の両側で柳が雪の重みに耐えているボトナム通りに車を乗り入れた。

尾行されている。

突然はっきりと気配を感じ、思わずハンドルを握り締めた。顔を動かさないように気をつけながらバックミラーを見やる。すぐ後ろにいる軽自動車か？　いや、運転しているのは五十歳ぐらいの女性だ。彼女ではないだろう。ということは、一台挟んで後ろにつけているのか。

黙って跡をつけさせるわけにはいかない。すぐに左折し、信濃川沿いの道路に入る。直後にいた軽自動車は真っ直ぐ行き過ぎた。ついて来る車はいない。が、アクセルを緩めると、黒いギャランが左折してくるのが見えた。ちらりとバックミラーに目をやったが、運転している人間の顔までは見えない。車を路肩に停め、顔を伏せたまま、相手が追い越していくのを待った。やけにのろのろしたスピードでギャランが行き過ぎてから車を出す。一瞬タイヤが雪で空転したが、すぐにがっしりと路面を摑んで走り出した。

覆面パトカーだ。無意味なのは分かっているが、反射的にナンバーを頭に叩きこむ。運転している男の頭がかすかに動き、バックミラーを覗きこむのが分かった。さて、どうしたものか。無駄に刺激する必要はないが、ここまで来たら、相手が何者かぐらいは知っておきたい。

規制速度を保ったまま走るギャランのすぐ後ろにぴたりとつける。ギャランはすぐに右に折れて朱鷺（とき）メッセに向かった。メッセの脇を通り過ぎると、すぐに万代島ターミナル――佐渡汽船の乗り場だ――に出る。

駐車場の周りをぐるりと回る道路に出ると、ギャランが急にスピードを上げた。慌ててアクセルを踏みこみ、相手のバンパーに嚙みつくように走り続ける。駐車場を四分の三周したところで、一台の車の鼻先が駐車場からぬっと出てきた。ギャランが急ブレーキを踏み、雪煙を上げながらスピンした。逆向きになって、道路沿いのフェンスに張りつく直前でようやく止まり、私と正面から向かい合う格好になる。

私はブレーキに足を乗せたまま「何やってるんだ、海（うみ）君」とつぶやいた。

大西海（おおにしかい）は佐渡の漁師の息子である。父親の職業に合わせて名づけられたが、海には出ずに刑事になった。私が新潟県警で最後に手がけた事件で一緒に動いた男である。戸惑っているのは私だけでなく彼も同じだった。駐車場に車を入れると、決まり悪そうに私の車の助手席に乗りこんでくる。

「まだまだ尾行は下手ですね。どこで気づきました？」

「巻のコンビニの近くにいなかったか？」

「ええ」

「あの時に変な感じがしたんだ」

「そうですか」大西が頭を掻いた。

「君だって分かったのは今だけどね。雪道で急のつく操作は絶対に駄目だぜ。目立つからすぐにばれる」

「分かってるんですけどね、いきなり車が出てきたもので」

言葉が途切れる。ちらりと彼の姿を見た。刑事になりたてだった四年半前は服装もなっていなかったが、今はネクタイに綺麗なえくぼができている。オフホワイトのステンカラーコートもちゃんとクリーニングに出しているのか、くたびれてはいるが綺麗なものだった。足元は、ソールがごついゴム製の革靴。これは、雪が降っているから仕方ない。小柄な男だが、しばらく見ぬ間に体が一回り大きくなったようだった。

「今、どこにいるんだ」

「中署です」胸を張る。四年半前は魚沼署にいたのだが、田舎の警察署から新潟で一番賑やかな場所に来たのは、彼にすれば大出世なのだろう。

「暇なのか？」

「どうしてですか」

「太ったみたいだからさ。暇だから無駄飯ばかり食ってるんじゃないか」

大西がにやり、と笑った。

「懐かしいですね、鳴沢さんのそういう言い方。でも、別に太ったわけじゃありませんよ。暇を見つけて運動してるんです」

「走るのは毎日でもいいけど、筋トレは最低四十八時間、間隔を置かないと駄目だぞ」

「それはトレーナーにも言われました。ちゃんと守ってますよ」

「結構。で、君はいったい何をやってるんだ」

「鳴沢さんをつけてるとは思わなかったんですよ」うつむいて、小声で言い訳した。

「車のナンバーだけ教えられて、動向を監視するように言われまして」

「安藤だな」

大西が目を見開く。そうすると、かすかに残る子どもっぽさが強調された。

「何で知ってるんですか」

「あいつ、俺にちょっかいを出してるんだよ」

「どういうことですか」

一瞬躊躇ったが、大西には話しておくことにした。隠しておけるものでもないし、時効になった事件に捜査の秘密はないのだ。

「また、ずいぶんややこしいことをしてるんですね」大西が私の顔を覗きこむ。「あの、正直に言っていいですか」

「どうぞ」

「無理だと思いますよ」

「そうか」

「鳴沢さんは認めたくないかもしれないけど、何十人もの刑事が十五年かかっても犯人を割り出せなかったんですよ。今さらどうしようもないでしょう」

「どういうことだ」

「普通はそう考えるよな」

「鳴沢さんは違うんですか」

「俺は――」言葉を切る。こんなことを言ったら、大西に正気を疑われるかもしれない。

「ちょっと動いただけで、羽鳥が真っ黒に見えてきた」

「そうですか」関心なさそうに大西が相槌を打った。

「当時も真っ先に疑われた人間だけど、攻め切れなかったみたいだ。取り調べを担当してたのは親父だったんだけどね」

「部長が？」大西の眉がきゅっと釣り上がる。「あの、もしかしたら部長にとっては唯一の迷宮入り事件ってことですか？　誰かがそんなこと言ってましたよ」

「結果的にそうなったみたいだな」

「部長が絡んだ捜査本部事件の解決率、九十九パーセントなんていう話だったけど、残り一パーセントがその事件だったんですね。冗談だとばかり思ってたけど。とすると、鳴沢さんにとっては敵討ちですね」

「そういうわけじゃないんだけどな」自分としては、父と競っているつもりでいた。

「で、安藤さんがそこにどう絡んでくるんですか」

「君は何て言われたんだ」

「俺はただ、このナンバーの車の動向を監視しろと言われただけですから。あの人、ちょっと変なんですよ」

「そうなのか？」

「はい」はっきりと認める大西の顎に力が入った。「何て言うか、強引なんですよ」

「それじゃあ、俺と同じじゃないか」

「いや、強引さでは鳴沢さんの方が上ですけどね」大西がにやりと笑ったが、すぐに表情を引き締める。黙っていると、ようやくそろりと切り出した。「安藤さんは、ピントがずれてるんですよ。ものすごく思いこみが激しい人で、しかもそれが変な方向に行っちゃってましてね。捜査でも、人とは違う方向に勝手に走って、しかもだいたい見当違いのことをしてるんですよねえ。何だか焦ってるみたいですけど」

「焦ってる？」

「安藤さん、交通の方から来たせいか、変な劣等感を持ってるみたいなんですよ。早く手柄でも立てないとまずいと思ってるんじゃないですか」

「考え方は人それぞれだな」私は肩をすくめた。

「どうしますかね」

「何が？」

「一応、安藤さんに何か報告しておかないとまずいですし」

「君の都合のいい報告をしておけばいいよ。俺に見つかったことは黙ってた方がいいと思うけど」

「いやあ、面目ないです」大西が頭を掻く。「じゃあ、適当に報告しておきます。あの人、いろいろうるさいですからね」

「一つ、忠告があるんだ」

「何でしょう」

「これからは、あいつには捕まらないようにしろよ」

大西が声を上げて笑った。直後、真面目な顔になり「僕も忠告していいでしょうか」と言った。

「まさか君に忠告されるとは思わなかったよ」大袈裟に目を剝いてみせたが、彼の真剣な表情は変わらなかった。

「いや、真面目な話です。無理はしないで下さいね。鳴沢さんがあの事件を何とかしたいと思う気持ちは十分分かりますけど、この街では何の権利もないし、そもそも時効になってるんですから」

「分かってる」

「でも、ちょっと嬉しいですね」

「何が」

「鳴沢さんが、部長の気持ちを汲んで頑張ってるなんて」

大きな勘違い。だが、それを正す必要はないと思った。

3

それにしても安藤の奴、他にやることがないのか。

小さく溜息をつき、肩を上下させる。だいたい、私に嫉妬する理由が理解できない。例えば同じ事件の捜査本部にいて、私が彼を出し抜いたということでもあれば、嫉妬を感じるのも分からないではない。中学校時代にまで溯って、彼との接点を探ってみたが、どう考えても一方的な言いがかりである。この手の人間は無視してやり過ごすに限る。

気持ちを入れ替え、次の相手に会いに行くことにした。大西との一件で時間を食ってしまったので、すでに街は暗くなり始めている。雪の粒は少し小さくなってきたが、視界は悪く、早々とスモールライトをつけた。

今回は少し強い態度に出ることにした。相手は小学校の教師なのだが、この時間ならまだ学校にいるはずである。直接乗りこむといろいろ問題が起きそうなので――それこそ安藤につけ入る隙を与えてしまいそうだ――まず電話を入れて呼び出してもらった。

「鳴沢と申します。井田（いだ）先生ですね？」

「はい」こちらが名前しか名乗らなかったせいか、口調に警戒心が滲む。

「警察のものなんですが」

「はい」さらに声が暗く落ちこんだ。

「ちょっとお話したいことがあるんですが、お時間をとっていただけませんか」

「いや、それは……」

「何か都合の悪いことでも？」

「そういうわけじゃないですけど」

「ご自宅にお伺いしてもいいですし、職員室でもいいんですが」

「それはちょっと困ります。どっちも困ります」

「では、外に出てきていただけますか？　正門の横に車を停めて待っています」ちらりと校舎を見上げながら言った。

「ええ、まあ」依然として歯切れが悪い。

「先生には直接関係ないんですが、アースセーブ新潟の羽鳥さんのことです」

「ああ」軽く言ったが、依然として警戒心は薄れていないようだった。「何をお聴きになりたいんですか」

「それは、電話ではちょっと話せません。五分待ちます。五分経ったら直接職員室に出向きますので」

最後の台詞は脅し過ぎだっただろうか。たぶん井田は、びくびくと左右を見回しながら出てくるだろう。会ったら最初に、電話を取り次いでくれた職員には警察だと名乗っていないことを打ち明け、安心させてやろう。

待つ間、周囲の気配に注意を向けた。まだ部活で残っている生徒がいるようで、ブロック塀の向こうにある体育館から、バスケットボールをドリブルする鈍く重い音と、シューズが床を擦る軽快な音が重なり合って響いてくる。校門から三人の生徒がばらばらに出てきて、歩道を白く染めた雪を踏みしめながら慎重に歩いていった。塀に積もった雪の塊がばさりと落ち、一人の肩を直撃したが、何事もなかったかのように平然としている。

三分後、四十歳ぐらいの男が、カーディガンを引っかけただけという軽装で出てきた。辺りを見回し、車が私のレガシィしかないことを確認すると、早足で近づいてくる。窓を開けると、恐る恐る顔を突っこんできた。眼鏡のレンズに水滴が付き、薄い唇をぎゅっと引き結んでいる。口を開くと、やや甲高い声が飛び出した。

「鳴沢さんですか」

「井田先生ですね」精一杯の笑みを浮かべてやった。優美は「あまり効果がないからやめた方がいい」といつも言うのだが。「どうぞ、入って下さい。冷えますから」

井田がシートに滑りこんでドアを閉めたが、できるだけ私と離れようとするように、助手席のドアにぴたりと体をくっつけた。エアコンの設定温度を上げ、噴き出し口を助手席の方に向けてやる。

「羽鳥先生のお話ですか」

「ええ」

「あの件ですよね」声に恐怖が滲む。薄くなり始めた髪に積もった雪を摑むと、掌を握り締めて押し潰した。溶けた雪が拳の下から流れ落ち、ズボンの腿に黒い染みを作る。

「先生は、当時から羽鳥さんたちとつき合いがあったんですか」

「ええ。私は、アースセーブ新潟発足当時の最年少メンバーでして。今は大学生や高校生も出入りしてますけどね」

「ということは、教職に就かれてすぐ、ぐらいですか」

「三年目、でしたかね」

「参加されたきっかけは？」

「引き抜きです」

「引き抜き？」

ちらりと横を見ると、井田の顔が少しだけ緩んでいた。何度も繰り返して手馴れたジョークを披露している感じだった。

「引き抜き。あるいはヘッドハンティング。言葉はともかく、そういうことです。もちろん、お金が動いたわけじゃありませんけどね。私は当時、『森林環境を考える新潟の会』というボランティア組織に入っていたんですよ。当時はバブルの全盛期で、湯沢や塩沢の方にリゾートマンションがばたばた作られてましてね。中にはひどい計画もあったんですよ。自然と共生することなんかまったく考えていない、ただ作れば売れるだろうっていう業者の姿勢が見え見えでね。それに地元も、適正価格よりずいぶん高い金額を示されて、ばたばたと土地を切り売りしてました。これじゃいかんっていうんで、リゾートマンションの計画を調査したり、地元の反対運動に手を貸したり、そういうことをずいぶんやってたんですよ」

「ずいぶん熱心だったんですね」井田がいきなり能弁になったので、私は一歩引いた。

「今考えるといい加減な業者も多かったですよ。計画だけぶち上げて、資金繰りが苦しくなって突然撤退したり、会員制のリゾートマンションを建てたけど、売れないでおばけ屋敷みたいになったりね」

「羽鳥さんとは、そういう活動を通じて知り合ったんですか」

「前から知ってました。私、大学で羽鳥先生から教わってましたから」

「ああ、なるほど」

「でも、初めて話をしたのは、塩沢のリゾートマンションの反対運動の時でした。私は小学校の教師だから、そういう時にも表に立って活動はしにくかったんですけど、羽鳥先生はぐっと前に出て行きましたね。地元の人には、『関係ない人間が何やってる』なんて馬鹿にされてましたけど」

「大学の先生がそういう住民運動に首を突っこむのは問題ないんでしょうか」

「啓蒙、という意味もあるんじゃないですか」

直接金の問題が絡む地元の人間にしてみれば、羽鳥たちはむしろ鬱陶しい存在だったのではないだろうか。

「鷹取さんは？」

「ちょうど新潟に帰ってこられた時期ですね」

「塩沢のマンション反対運動にも参加してたんですか」

「ええ」井田がきゅっと唇を結んだ。話が前置きから本題に入りつつあるのを意識したのだろう。

「どんな感じでした、羽鳥さんと鷹取さんの関係は」

「アジるのは、鷹取さんの方が上手かったですね」

私の質問には直接答えていなかったが、「そうですか」と相槌を打ってそのまま喋らせた。

「地元で反対集会をやるでしょう？　当然、事務的な話も出ます。業者との折衝結果や環境評価の話、自治体の対応についてなんかですね。そういうのが一通り終わってから自由発言になるわけですけど、鷹取さんが喋った後っていうのは、参加者全員が過激な反対論者になってしまうわけですよ。今すぐにでも東京に出て行って、業者のビルを焼き討ちしよう、なんて雰囲気になるんだなあ」

「話が上手かったわけですね」

「緩急自在でしたよ。最初はくすぐりっていうんですか、冗談の一つも飛ばして笑わせておいて、そこから急に問題点を箇条書きみたいにぴしぴしと挙げていくわけです。話がきちんと整理されていて分かりやすいものだから、みんな納得しちゃうんですよね」

「羽鳥さんは？」

「鷹取さんに比べれば……いつの間にか、集会の最後にシメで喋るのは鷹取さんの仕事になってましたね」

「演説競争で負けたわけですか、羽鳥さんは」

「勝った負けたじゃないと思いますけど、まあ、そういうことになるんでしょうね」

「塩沢のリゾートマンションの計画、結局どうなったんですか」

「潰れました」井田の表情が綻んだ。「と言っても、私たちの手柄じゃないですけどね。計画は大々的にぶち上げたんですけど、その業者さん、話ほどには業績がよくなかったようで。何でも、瀬戸内海の方に計画してた海のリゾート施設が立ち行かなくなって、多額の負債を背負いこんだらしいですよ。それで会社が倒産してマンション計画は撤回、塩沢の反対運動も一段落して……その後ですね、アースセーブ新潟を結成しようっていう動きが具体的になったのは。環境問題を扱う市民団体はこれからもたくさん出てくるだろうけど、どこかが連絡役をしなくちゃいけないっていう話は、反対運動の時から出てましたからね」

「羽鳥さんと鷹取さんは、いろいろと激しく言い合うことがあったみたいですね」

「うーん、確かに。私から見れば、お互いにちょっと言い過ぎかなって感じたこともあったけど」

「殺し合いになるほどに？」

「いや」井田の喉仏が大きく上下した。「まさか、そこまでは」

「でも、関係はよくはなかった？」

「いつも仲良しってわけじゃありませんでしたけど……刑事さん、まだ羽鳥先生を疑ってるんですか」

「あなたはどうですか」

「私は、今でも羽鳥先生と一緒に動いている人間ですよ。信用してなかったらとっくに離れてます。羽鳥先生、あの事件の後で大学も辞めて、アースセーブ新潟だけに打ちこんでますからね。それは、亡くなった鷹取さんの遺志を継ぐという意味もあったんじゃないでしょうか」

あるいは罪滅ぼし。そうすることで、鷹取を滅多刺しにした罪の意識を薄めようとしていたのかもしれない。

「もしかしたら、私の知らないところで二人の関係は捩れてたかもしれませんね」井田が顎に手を当てた。

「そうなんですか？」

「いや、ただの想像ですよ。そういうのって、当人同士じゃないと分からないでしょう。

いや、本人たちだって分かってるかどうか。どうして憎み合うか、その原因も忘れちゃったりしてるんじゃないかな」

「そうかもしれません」

「しかしなあ」井田が腕を組んだ。「あの件は、私にも影響がないわけじゃなかったですからね」

「と言いますと？」

「物理的な問題じゃありませんよ」慌てて言い訳するように言う。「気持ちの問題ですけどね」

「と言いますと？」

「鷹取さんに息子さんがいたの、ご存じですか」

「ええ」急に思いも寄らぬ方に話が動き出して、私は身構えた。

「実は、最初に教師として赴任した学校で、私はあの子の担任だったんですよ」

暴れだした情報を頭の中で抑えこもうとしながら、私は慎重にアクセルを踏んだ。井田の言葉を、できるだけ正確に頭の中で再現する。

ええ、私は六年生の担任だったんですけど、年度始めに正明君が転校してきましてね。

いじめとかそういうこともない学校で、子どもたちも仲良くまとまってたんですけど、正明君はなかなか馴染めない子でしたね。周りは結構気を遣っていたんですけど、ちょっと暗いというか、自分からは話しかけないようなタイプでした。家庭では羽鳥さんがいろいろと協力していたのは知ってますけど、やはり父親だけというのは、難しい環境だったのかもしれません。もちろん、今時片親の子どもなんて珍しくもありませんけど、子どもがちゃんと育つかどうかは親にかかってますからね。中学生ぐらいなら、もう自我がしっかりしてますけど、正明君の場合は微妙な年齢でした。母親が亡くなったのが五年生の時で、それから父親の田舎に帰ってきたわけですけど、環境の変化についていけなかったのかもしれません。

あの事件がどんな影響を与えたか？

一時的には錯乱状態になってました。それは当然ですよね。大人だって、自分の肉親が死んでいる現場に出くわしたら仰天するでしょう。まだ十二歳ですよ？　呆然自失になるのも当然です。養護施設に入ってからは学校にも出てこなくて、卒業証書も施設に届けました。その時の様子ですか？　実は会えなかったんですよ。

それからしばらくして、正明は施設で別の子どもの腕を折る。

子どもはよい方にも悪い方にも簡単に変わるものだ。それには必ずしも長い時間を必要としない。一瞬の出来事で人生の行方が大きく捻じ曲げられることもままあるし、正明にとっては、その一瞬の衝撃はあまりにも大き過ぎたはずだ。

頭では理解できたが、この出来事が指先に刺さった小さな棘のように気にかかる。井田に頭を下げて、正明の小学校時代の友人を紹介してもらった。私から電話を入れることはできません、と断られたので、教えられた住所に直接向かうことにする。

会える保証はありません、と井田は言った。井田に言わせれば、教え子の中でも出世頭で、次の衆院選に出馬すべく準備を進めているという。被選挙権があるからおかしくはないのだが、二十七歳というのはやはり若い。だいたい、二十七歳で国会議員になろうなどと思う人間は、何を考えているのだろう。話が上手く嚙み合えばいいが、と祈らずにはいられなかった。私が何の権利もないのに捜査を進めていることを知ったら、然るべき筋に文句を言いそうだった。

その文句も、一つだけならまだいいのだが。

予想に反して、井田が紹介してくれた今藤という若者は非常に愛想がよかった。選挙事務所の看板はもちろん掲げていないが、市内の中心部である古町通の雑居ビルに事務所を構え、窓には彼の巨大なポスターがべたべたと貼ってあった。私が訪ねた時、彼はちょうど帰ってきたところで、三十分なら時間が取れるというので無理に面会を押しこんでもらった。

奥まった場所に衝立で仕切られた一角があり、そこに通された。お茶が出ると二人きりになる。誰かが電話で話す声が低く聞こえてくるが、さほど気にはならない。衝立がささやかなバリアになっている。

「鷹取君……正明ですか」最初に用件を話しておいたので、今藤はすぐに切り出してきた。おろしたてのように見える濃紺のスーツに白いワイシャツ。胸元は赤のレジメンタルタイで固めている。雪の中を歩き回っているはずなのに、黒いプレーントゥの靴もぴかぴかだった。ぴっしりと七三に分けた髪は照明を受けて光り、面長の顔には染み一つない。人間ごと洗濯機で洗ってから乾燥機にかけ、その後でぴしりとアイロンをかけたような印象だった。清潔だが深みがない。顔にもまだ幼さが残っていて、それは爽やかさよりも軽さを象徴するものになっていた。

「小学校の同級生と聞いてきました」

「ええ、一年も一緒にいなかったですけどね。あいつは……」顔をしかめ、指で中空に円を描いて見せた。「施設に入って、中学校は我々とは別のところに行きましたからね。遠かったんですよ、施設が」

「亀田（かめだ）でしたよね」

「そうです」

「なるほど」このまま喋らせておいて大丈夫だろう。「時間がないので単刀直入にお聞きしますけど、小学生の時の正明さんはどんな感じでした」

「静かな子でしたよ。転校してきたんで、遠慮してたんじゃないかな。実はね、あまり転校生のいない小学校で、私の場合は六年間で正明一人でした」

「ほう」

「だからみんな、興味津々でしたよ。東京から来るっていうんで、成績がいい連中は気にしてましたけどね。ほら、東京の子の方が勉強ができそうな感じがするでしょう？　私は、そういうことは気にもしなかったけど」声を上げて気さくに笑う。皮肉にしか聞こえなかった。

「実際の成績はどうだったんですか」

「普通でしたね。中の上、ぐらいじゃないかな。でも社会だけはよくできて、一度、五回連続で百点っていう時がありましたよ。あの時のあいつはヒーローだったな」

「友だちは？」

「私なんかが一番親しい方だったと思いますよ。あいつは、積極的に友だちを作るタイプじゃなかったから。話しかけても最低限のことしか喋らないし、静かな男でしたね。自分から人に声をかけることはほとんどなかったなあ」

「家に遊びに行ったことは？」

「一度だけ」今藤が脚を組み、ズボンの折り目を指でつまみ上げた。「びっくりさせてやろうと思って、二、三人で急に押しかけたことがありましたよ。夏休みに入ってすぐだったかな。あいつ、妙に慌ててね。ドアから顔を出しただけで『悪いけど帰って』って。何だか、蒼い顔をしてましたよ」

「どう思いました、その時」

「いや、特には」

「そうですか？」

「友だちといつも一緒にいたいと思う奴ばかりじゃないでしょう？　今なら私生活を大事にするって言うところですけど、話は同じです。そういうもんなんだろうなって、みんな気にもしてませんでしたよ。ふだんの学校での様子もありますからね。ただ、あの時は調子が悪かったのかもしれない。ここのところにね、ちょっと痣(あざ)ができてました」口の横を指差す。「怪我でもしてたんじゃないかな」

「そのことは聴かなかったんですか」

「いや、その時は話ができるような感じじゃなかったですから」

「例の事件があってから、彼の様子はどうでしたか」

それまでぺらぺら喋っていた今藤が急に口を閉ざした。ずっと顔に張りついていた薄い笑みも消える。茶を一口飲み、組んでいた脚を下ろすと、前屈みになって膝に両手を載せ、堅く組み合わせた。指の関節が丸く盛り上がる。

「あれはね……他の人が何て言ってるかは知らないけど、私にはトラウマになりましたよ。同級生の父親が殺されるなんてね」

「その前後の正明さんの様子は？」

「ちょっと待って下さい」今藤がさらに身を乗り出す。「あなた、まさかあいつを疑ってるんですか」

「そういうわけじゃありません」

「向こうは友だちだとは思ってなかったかもしれないけど、私にとっては大事なクラスメートだったんですよ」

「それは分かってます」

「だったら、侮辱するような言い方はやめてください」

「侮辱したわけじゃありませんよ」

「それならいいですけど」今藤が大袈裟に深呼吸した。友人を庇う、正義感の強い若い候補者の図——板についていない。十年続けていれば素顔になるかもしれないが、今はまだ台詞も棒読み、態度にもわざとらしさが透けて見えた。

「ひどい事件でした。それは間違いありません」今藤が髪を撫でつける——一本も乱れてはいなかったが。「あの事件の後は、一度も正明に会っていないんですよ。事件の日、学校が終わって別れたのが最後でした。正明は施設に引き取られて、その後は学校に出てこなくなりましたからね」

「会いに行かなかったんですか」

「行きましたよ、もちろん」私が放送禁止用語を連発して罵倒したとでもいうように顔をしかめる。「あいつ、卒業式にも出てこなかったから、担任の先生と一緒にクラス代表で卒業証書を持って訪ねて行ったんですけど、本人がどうしても会いたくないって言って。精神状態がかなり悪かったんでしょうね。まったく、あいつは何も悪いことはしてなかったのに、ひどい目に遭ったものです。今でも同情してますよ。人は簡単に社会的弱者になるんですよね。私が政治家を目指したのもその辺りが原点なんです」

最後はちゃんと自分のことに話を持ってくる。それだけ見れば、若き候補者の資格十分だ。

「それにしても、ずいぶんお若いのに選挙に出るんですね」

「オヤジの後を早々と継ぐことになっただけなんですけどね」

「ああ」そういえば、この選挙区に今藤という代議士がいた。ただ、前回の選挙には出馬せずに引退したはずである。「お父上は、まだお若いんじゃないですか」

「六十になったばかりですけど、糖尿の持病がありましてね。若い時に無理したのがたったんじゃないかな。で、結局二期しかできずに引退ですよ。体は大事にしないとね」

「急に出番が回ってきて驚いたでしょう」

「まったくです。昔と違って、新潟も選挙は読めなくなりましたからね。地盤なんて当てにできませんから、今、必死で顔つなぎに回ってますよ」

「選挙の準備を始めるまでは何をしてたんですか」

「弁護士です」今藤がわずかに胸を張った。「と言っても、大した経験はありませんけどね。実際に業務に係われたのはほんの一年ですよ。東京の弁護士事務所にいたんですけど、そっちは辞めてきました……それにしても、こんな昔の事件を調べてるなんて、大変ですね」

「ええ、まあ」

「小学生時代の正明のことなら、私より詳しい奴もいるんですけどね。教室で、あいつと普通に話してましたから」

「そういう人がいるなら紹介していただけませんか」

「ええ、それはいいですけど――」

乱暴にドアが開く音が今藤の言葉に重なり、急に事務所が騒がしくなった。振り返り、衝立の隙間から事務所内の様子を窺う。その場にいた職員は全員、スウィッチを入れられたように立ち上がっていた。

「警察が来てるんだって？」しわがれ声が響き渡る。誰も返事をしないでいると、かつかつと床を蹴る靴の音が次第に大きくなってきた。衝立がどかされ、ほっそりした今藤とは似ても似つかぬ巨漢が姿を現した。今藤の父親だろう。濁った目で私を睨みつけ、怒りで引き攣った頰を震わせている。とても病人には見えなかった。

「あんたが警察の人か？」

「ええ」私はゆっくりと立ち上がった。

「出て行ってもらおうか。うちは、警察に嗅ぎ回られるようなことは何もない」

「別に今藤さんに問題があるわけじゃありませんよ。別件で――」

「別件だろうが何だろうが関係ない。警察がここに来たなんていう話が広がったら迷惑なんだ」

「ずいぶん神経質なんですね。私がここにいると、選挙に悪い影響でも出るんですか」

「分かってるならさっさと出て行きたまえ。さもないと、上の人間に連絡するぞ」

「不当捜査だとでも言うんですか」

「違うのかね」

「違います」実際は、そのように指弾されれば申し開きはできない。

「とにかく、お前もお前だ」今藤が太い指で息子を指差した。「警察にぺらぺら喋る馬鹿がどこにいる」

「いや、全然関係ない話――」

「黙れ！」雷が落ちた。「何を喋るかは問題じゃない。警察と喋ったというだけで、余計な詮索（せんさく）をする人間が出てくるんだ。とにかく、あんたはさっさと出ていってくれ。人に顔を見られないようにしてな」

今藤が腕を振るってドアを指差した。ぴんと伸びた指先がかすかに震えている。太った体の横をすり抜けながら、思わず口にしてしまった。

「そんなにお元気なら、ご自分で選挙に出られたらどうですか」

罵声が飛ぶ。私の捨て台詞など、彼の血圧を少しばかり押し上げるだけの効果しか持たないようだ。

4

家まであと百メートルという時、携帯電話が鳴り出した。もう少しなのに、と舌打ちしながら通話ボタンを押し、車を路肩に寄せて停める。

「了?」

「勇樹」頬が緩む。「どうした」

「アメリカのこと、ママから聞いた?」

「ああ、聞いた」

「僕、どうしたらいい?」

「勇樹はどう思う」

「うーん」電話の向こうで考えこんでいる様子が目に浮かんだ。思わず笑みが零れる。

「分からない」

「アメリカにいる時に見てたテレビ、覚えてるか」

「アニメとか?」

「そうじゃなくて、ドラマだよ」

「覚えてないなあ。日本とはそんなに違うの？」

「そりゃ違うさ。勇樹、英語はちゃんと喋れるだろう」

「うん。でも、ちょっと忘れちゃってるけど」

勇樹が日本に来たのは四歳の時だ。アメリカにいる時から家庭では日本語で話していたので、ほぼ完全なバイリンガルである。

「ママ、妙に張り切ってないか？」

「そうでもないけど」

「でも、アメリカに行きたいみたいなことを言ってたからな」

「そうだね。でも、僕は分かんないや。そんな、テレビなんて言われてもね」

「野球の方が大事か」

「うん」勇樹は、来年の春に学校の野球チームに入るのを楽しみにしている。

「でも、アメリカでも野球はできるよな。おじさんに教えてもらえるだろう」

優美の兄、七海は、膝を故障する前までは大リーグ入りも確実という評価を受けた大型内野手だった。今も膝の具合は思わしくないらしいが、子どもに教えるぐらいはできるだろう。

「了は、僕がアメリカに行った方がいいと思う？」探るように勇樹が切り出す。

「そりゃあ、勇樹とは一緒にいたいけど、ずっと向こうにいるわけじゃないしな」

「ママも一年だって言ってた。でも、一年は長いよ。了は、僕のこと忘れない？」

「一年じゃなくて十年でも忘れないよ。なあ、行きたくないのか？　だったらママに嫌だって言えばいい。そうしたら、ママだって分かってくれるよ」

「だけど、本当に分からないんだ。テレビも面白いかもしれないけど、友だちと会えなくなるのは嫌だし」

　勇気づけることも、適切なアドバイスを与えることもできないまま電話を切るしかなかった。ここのところ、私の人生は二人を中心に回ってきたと言っていいだろう。それが突然、新たな転換点を迎えた。

　身動きが取れない。

「行くな」と言うのは簡単だ。ただそれでは、勇樹の可能性を私の言葉で閉ざしてしまうことになる。かといって、笑顔で「頑張って来い」と送り出すのも愛情が薄いような気がした。もしかすると優美は、本心では止めて欲しいのかもしれない。アメリカ行きの代わりに、私のプロポーズを求めているのかもしれない――そう考えることすら、単なる希望的観測かもしれないが。

これは、事件を追うよりもずっと難しいことだ。世間の人が簡単に恋人を見つけ、結婚に踏み切れることが、今の私には大変な偉業に思える。

レガシィを車庫に入れて玄関に回ると、エンジンをかけっぱなしの車が家のすぐ近くに停まっているのが見えた。また安藤か？　それとも正明か。どっちでも関係ない。そう自分に言い聞かせて無視しようとしたが、鍵穴に鍵をさしこんだ途端、車のドアが開く音がした。

振り返ると、髪の長い女性が慌てて傘を広げたところだった。知り合いだろうか？　いや、見覚えがない。だが彼女は、旧知の友に会おうとするような足取りで私に近づいてくる。途中一度滑りそうになったが、簡単に体勢を立て直した。一つだけ分かった。間違いなく雪国で生まれ育った人である。

「すいません」傘を傾け、私を見上げる。ずいぶん小柄だった。優美が百五十二センチだが、それよりも小さいだろう。

「はい」ドアノブに手をかけたまま体を捻り、彼女と向かい合った。

「鳴沢さんですよね」

「そうですが」

私が眉をひそめたのに気づいたのだろう。彼女は「危害を加えるつもりはない」とでも言いたげに、弱々しい笑みを浮かべた。

「私、大塚と言います。大塚尚美(おおつかなおみ)です」

「どこかでお会いしましたか？」

「いえ」

「じゃあ——」

決然と顎を上げ、唇を嚙み締める。わずかに開いた彼女の口から押し出された言葉は「鷹取正明」だった。

「申し訳ないですね。暖房も効かないしお湯も沸かせないんですよ」電気やガスは使えるが、父はエアコンもヤカンも処分してしまっていたのだ。

「結構です。お構いなく」言いながら、尚美が両手を揉み合わせる。ソファに置いた手袋に恨めしそうな視線を送った。コートを脱ごうとしたので、慌てて押しとどめる。

「寒いですから、そのままで」

「あの、引っ越しか何かなんですか」

「何か、の方ですね」

私もダウンジャケットを着たままだった。客間は静まり返り、吐く息は白い。腿を擦りながら尚美の様子を観察した。ふわふわとした白いセーターを着て、踝まで届くキルトのスカートを穿いている。長い髪から覗く耳は、寒さのせいでまだ赤かった。

「じゃあ、正明さんが別れた恋人っていうのはあなただったんですか」

「ええ」うつむきながら認める。

「よくここが分かりましたね」

「昨日、彼と電話で話したんです。その時に、あなたのことを言ってましたから。電話帳で調べたら、鳴沢という名前でこの辺りの住所は一軒だけだったから」

「なるほど」擦り続けた腿が温かくなってきたので、背筋を伸ばして足を組んだ。「それで、私に何の用でしょう」

「あの、彼が何か迷惑をかけてるんじゃないですか」

「迷惑ってほどじゃないですよ」何とか笑顔を作ろうとして失敗した。私に引きずられるように、尚美の表情も強張る。

「でも、いきなり家に押しかけてきて、無理な相談をしたんでしょう」

「押しかけたって、彼がそう言ってたんですか」

「そうじゃないですけど」尚美の頬が赤く染まった。「そんなことは言ってませんけど、そうじゃないかなって。思いこみの強い人なんで、いつも周りに迷惑ばかりかけてるんですよ。だから、今度もそうかなって」

「失礼ですが、彼とはどれぐらいつき合ってたんですか」

「二年ぐらいかな」尚美が両手をきつく揉み合わせた。寒さのためでないのは明らかだった。

「彼が二十五歳ぐらいの時からですね」

「そうですね」尚美が一本ずつ指を折り、そこに目線を落とした。「二年って、結構長いですよね。その間にはいろいろあって」

「こんなことを聴くのは失礼かもしれませんけど」私は固いソファの上で座り直した。「正明さんに暴力を振るわれたことはありますか」

びっくりしたように目を見開きながら尚美が顔を上げる。

「どうしてそんなことを聴くんですか」

答えず、無言でじっと彼女の顔を見詰めた。やがて短い吐息が漏れ出す。

「ありましたよ、二度や三度は」

「どんな風に？」

「そんなこと、言う義務はないでしょう」怒ったように唇を捻じ曲げるが、声には力がなかった。

「失礼ついでにもう一つ。別れた理由は何なんですか」

「それは——」勢いこんで喋り始めて、すぐにぱたりと口を閉ざす。

「暴力が原因ですか」

「違います」

「仕事もうまくいってなかったみたいですね。最後の仕事は首になったんですよね」

「ええ。いろいろあったみたいですけど、一言で言えば勤務態度が悪かったということじゃないでしょうか」

「具体的には」

「先輩と喧嘩になって殴っちゃったのが決定的だったんですけど、その前から評判はよくなかったんですよ。実は、その会社は私が紹介したんですけど、何度か呼び出されましたから」

「身元引受人、ですか」

「そんな感じです。時々ぼうっとして、話しかけても全然答えない時もあったらしいし、急に凄んだり、誰彼構わず口論を吹っかけることもあったみたいですね」

暴力。正明の周囲には暴力が薄く巻きついている。

「ということは、元々乱暴な人だったんじゃないですか？　あなたにも手を上げたぐらいだし」

「そうじゃないんです」強い口調で否定したものの、私と目を合わそうとはしなかった。「最初は優しい人だったんですよ。でも、彼は昔からいろいろ苦労してたから」

「あの事件のことはご存じですよね」

「ええ」

「知っていて、彼とつき合い始めたんですか」

「後で知りました」急に決然とした表情を浮かべ、尚美が顔を上げる。「その時は、私が支えてあげないといけないんだ、なんて思っちゃって。若かったんですね」

「今でも十分若いでしょう」

「でも、人を見る目ができるぐらいには年を取りましたよ」寂しく笑う。「最初は可哀相な感じだったんですよ。彼はずっと、ひどい目に遭い続けてきたでしょう？　お母さんを病気で亡くして、お父さんは殺されて。その後は施設に入って、そこでもずいぶん苦労したみたいだし。仕事が上手くいかなかったのは、集団生活に上手く馴染めなかったせいなんですよ。それで、失業している時はすごく荒れて、酒癖も悪くなるんです。もしかしたら私が立ち直らせることができるかもしれないって思った時期もあったんですけど……無理でしたね。私も疲れました」

「結局、どうして別れたんですか」

「今回、会社を首になってから自暴自棄になっちゃって。この二年間で失業したのは二回目ですけど、今度は特にひどかったんです。見てるのも辛いぐらいでした。何を言っても聞かないし、私から強引にお金を取っていくこともありました。連絡が取れなくなることもあって」

「今でも心配してるんですね」

「心配ですけど、彼のことじゃありません。彼のことは……もう忘れたいから」

「では、何を？」

「誰かに迷惑をかけるんじゃないかって。実際、あなたに訳の分からない話を持ちかけてきたんでしょう。それで心配になって」

「私のことなら心配いりませんよ。それほど訳の分からない話じゃないし」

「だけど」

「それより、彼は十五年前の事件のことをよく話してましたか？」

「最近は特に多かったですね。あの、時効になったんですよね？　それをずいぶん気にしてました」

「どんなことを言ってましたか」

「誰がやったのかは分かってるとか、警察がだらしないから捕まらなかったんだとか。気持ちは分かりますけど、それって思いこみだし、因縁みたいなものですよね。正直言って、私は『また始まった』って思ったぐらいです」

「でも、彼の気持ちは分かりますよ」

「お願いですから、もう相手にしないで下さい」尚美が座り直した。ぴんと背を伸ばし、私の顔をまっすぐ見詰める。「十五年も前の事件なんて、今さらどうしようもないんでしょう？　それがあの人には分からないんですよ。そのうち爆発して、あなたに迷惑をかけるかもしれない」

「ご忠告はありがたいですけど、あなたが心配する必要はありませんよ。それとも、まだ彼の面倒を見なくちゃいけないとでも思ってるんですか」

「そういうわけじゃないんですけど」尚美が膝の上で組み合わせた指先に視線を落とす。「誰かが首に縄をつけないと、そのうち大変なことになるかもしれません。私、正直言って、怖くて彼から逃げたんです」

「怖い？」

「あの目が……」ゆっくりと目を閉じる。「時々、すごく怖い目をするんです。酔った時とか。それに耐えられなくて」

帰るまで、尚美は何度も「これ以上係わらないで下さい」と念を押した。しつこく言われているうちに気持ちが揺らいでくる。確かに羽鳥の印象はひどく悪い。だが、今さら彼に自白させることなどできないだろう。それに、私が動ける時間もどんどん少なくなっている。正明と上手く縁を切る方法を考えるべきかもしれない。

雪の中、赤く点るテールランプを見送りながら、私は腰に両手を当てて背中を伸ばした。夕飯の時間だが、一向に食欲は湧いてこない。何の実りももたらさない話を調べて何になるのか、という疑問だけが頭の中で膨れ上がってきた。オヤジのため？　それとも自分のためか。自分がオヤジよりも優秀な刑事だということを証明したいがために、私は動き出した。だが、何も分からないままだったら、結局自分は中途半端な人間だということを意識させられるだけではないのか。

古町か万代シティまで出て食事にするか。それとも近所のコンビニエンスストアで弁当でも仕入れて、一人寂しく家で食べるか。あるいは、これからまだ聞き込みを続行するか。アースセーブ新潟の関係者で、まだ話が聴けそうな人間は何人かいる。

そうだ。時間が許す限りは追いかけたい。中途半端に終わるのを恐れるよりも、そうならないように足と頭を使うべきなのだ。食事は聞き込みの合間にでもできるし、これからの時間帯なら、大抵の人間を家で捕まえることができるはずだ。

そう思って車庫に向かいかけた時、声をかけられた。

「尚美とはやったの？」

振り向くと、肩と頭に雪を積もらせて正明が立ちすくんでいた。その目は——おそらく、尚美に彼の許を去る気持ちを固めさせた、暗い炎が宿る目だ。

「何言ってるんですか」

「あいつ、すぐやらせるからさ」顔には薄い笑みが張りついていたが、やはり目は笑っていなかった。

「話をしてただけですよ」

「何の話？」正明の目つきが鋭くなった。

「あなたの話です」

「俺？」正明が自分の鼻を指差した。「どうせろくでもない話だろう」

そうだ、とずばりと指摘してやりたかったが、彼の暴力的な性癖を思い出して言葉を呑みこんだ。別れたと言っても完全に切れたわけではなく、連絡は取り合っているわけで、何かの拍子で彼女が危険に巻きこまれる可能性もある。

「あなたがどれほどついてなかったか、という話です」

「ああ、それは事実だけどね」

「で、今夜は何の用ですか」

「用がなければ来ちゃいけないの？」

「そういうわけじゃないけど、私の方でもそうそう話すことはありませんよ」

「でも、調べてくれてるんでしょう」

「それはね……とりあえず、中に入りませんか？　凍え死にますよ」

今夜の正明は愛想がよかった――最初だけは。コンビニエンスストアの袋の中から、小さなウィスキーの瓶とペットボトルのお茶を取り出す。つまみのつもりなのか、ポテトチップスも出てきた。

「昨日のステーキのお返しですよ。悪いけど、今の俺じゃこんなものしか買えなくて。酒、呑みますか」

「いや」

「じゃあ、お茶をどうぞ。俺はこのままいただきますから。コップはいらないっすよ」

ウィスキーの蓋をねじ切り、口に当てた。喉仏が一度だけこくりと動く。この違和感は何だろう。距離感――そう、正明は他人との距離感を摑めないのではないか。少なくとも私とは、いきなり酒を持って現れ、突然呑み始めるのが当たり前のような関係にはなっていないはずなのに。だいたい、急にこの家にやってきたのも奇妙である。いきなり相手の懐に飛びこみ、自分を無二の親友のように扱えと無言で強要しているようなものだ。

正明が溜息を吐き、赤くなった目で私を見る。

「お茶、飲んで下さいよ」

「ええ」

「毒でも入れたと思ってるの？」

「まさか」

「じゃあ、飲んで下さいよ。それとも、俺が買ってきたものは飲めないってわけ？」

「鷹取さん、喧嘩腰になっても仕方ないでしょう」

「ああ」大事そうにウィスキーの瓶を握り締めたまま、正明が唇を舐めた。

「辞めた会社、いろいろ気にいらないこともあったみたいですね」

「あいつら、みんな俺を舐めてるんだよ」

「舐めてる？」

「みんな、あの事件のことは知ってる。で、最初は同情の目で見るわけだ。ああ、可哀相な奴なんだな、気を遣ってやらなくちゃいけないって。でもそれも長く続かないんですよ。すぐに俺のことを馬鹿にし始めるんだ」

「どうしてですか」

「そんなこと、知るかよ」正明が、右手に持ったウィスキーの瓶を左の掌に叩きつける。酒場で喧嘩が爆発する直前のような様子だった。「何だか馬鹿みたいに見えるんでしょうね、俺は」

「そんなことはないですよ」

「俺は被害者ですよ。何でそういう目で見られなくちゃいけないのかね。こっちだって、一言言ってやりたくなるでしょうが」

「それで喧嘩になる」

「仕方ないんだよ」

「我慢しろとは言いませんけど、気にしなければいいんじゃないですか。噂話や悪口なんて、いつまでも続きませんよ」

「あんたみたいな人には分からないんだよ」急に声を荒らげた。目も据わってきた。「ちゃんと学校を出て就職して、誰にも文句を言われる筋合いはない。白い目で見られることもない。俺は違うんだ」

「何が違うんですか」

「あんたには家族がいた。俺にはいない」

「私も、母親はいませんでしたよ」

「俺は一人きりだった。ずっと。たぶんこれからも。あんなことがなければ、こんな目には遭わなかったのに」

「気持ちは分かりますけど、苦しいのはあなただけじゃないんですよ」いい加減、この男の甘えが鬱陶しくなってきた。

「羽鳥がやったって証明できればいいんだよな」ぽつりと言ってウィスキーの瓶を口に運んだ。今度は長く呑む。最初の一口で、喉と胃の感覚がすでに麻痺してしまったのかもしれない。テーブルに置いた時、瓶の中身は三分の一ほど減っていた。

「あまり無茶な呑み方はしない方がいいですよ」

「こういう呑み方しか知らなくてね」正明がにやりと笑う。「施設にいる頃から酒は呑んでたんですよ。至れり尽くせりの施設でね、朝も夜も飯は食わせてくれたし、弁当も持たせてくれた。だから結構立派な食堂があってね。当然、料理に使う酒もあるわけですよ。で、夜中に忍びこんでこっそりと」

「ばれませんでしたか」

「ばれてたよ」笑みが少し大きくなった。「毎日使うものだから、施設の職員は減ればすぐに気がつくよね。だけど俺は負けなかった」

「と言うと？」

「説教されても殴られても、絶対に奴らの命令は守らなかった。好き勝手にやってたんだ。戦わない奴は負けるんですよ。自分の縄張りをきちんと守って、他人を入らせないようにしないと、自分が食い荒らされちまう」

「みんながみんな、そういう感じだったんですか」

「それができない奴は負けるんだ」

「施設で勝って、その後の人生はどうなんですか」

正明がいきなりウィスキーの瓶を投げつけた。すでに手元が怪しくなっていたのか、私の頭を大きく外れ、壁に当たった。力ない一撃で、瓶は割れもせずに床に落ちただけだった。零れたウィスキーの甘ったるい香りが部屋に広がる。

「お説教は聞きたくない」

「そんなつもりじゃないですよ」

「説教なら施設で散々聞いた」大きく腕を広げる。「あそこには折檻（せっかん）部屋みたいなところがあってね。悪さしたのがばれるとそこに押しこめられて、説教されるわけだ。会社に入っても同じだった。尚美にも説教されたよ。自分を殺して周りの人と上手につき合えとか、ちゃんと真面目に働けとか。みんな、俺の顔を見ると説教したくなるらしいね」

「嫌かもしれないけど、ちゃんと聞いたほうがいいこともあったんじゃないですか」

「関係ないね。俺は、普通の人間みたいな生き方はできないんだから」

「分かりますよ、そう言いたくなる気持ちは」膝に両手を載せ、身を乗り出す。「でも、犯罪の被害者はあなただけじゃない。肉親を殺されたり、自分が殺されかけて、体が不自由になった人も私は知っています。でもみんな、何かを見つけて生きてるんですよ。後ろ向きで誰かに恨みを押しつけるばかりじゃ、一歩も前に進めない」

正明が顔をそむける。これも彼の嫌いな説教なのだろう。ここに今（こん）がいてくれれば、とふと思った。数か月前にある事件でコンビを組んだ彼は、近い将来警察を辞め、静岡の実家の寺を継ぐと公言している。そう言うだけあって、話は上手いし説得力もある。長くなり過ぎるきらいはあるが。

「説教よりも、早く羽鳥の尻尾を捕まえて下さいよ。あの事件がすっきり解決すれば、俺だって前を向いて生きていける」

無理です、という言葉が喉元まで出かかった。それを察したのか、正明が慌てて言葉を連ねる。

「あんたも、もう俺の人生に絡んでるんですよ。がっしりとね。だから何とかして下さい。最初は刑事だからお願いしたけど、今はそれ以上の関係でしょう？」

5

　正明を送り返すのに難儀するかとも思ったが、最後は案外あっさりと引き下がった。納得したからではなく、酒がなくなってしまったからだろう。カーペットの染みを掃除しようという気にはならなかったようで、顔をそむけたまま、別れの挨拶もなしに家を出て行った。ティッシュを水に浸してウィスキーを拭き取り、窓を開けて、部屋にこもったアルコール臭を追い出す。一滴も呑んでいないのに頭がくらくらした。時計を見ると七時半。まだ動ける。だが、その前にとにかく何か腹に詰めこむことにした。

　車を出し、駐車しやすい万代シティに向かう。食事のできる店は古町の方が多いが、こちらは駐車場が少ないのだ。第二駐車場に車を停め、信濃川に近い場所にあるビルのイタリアンレストランに入った。サラダ仕立てのスモークサーモンと、アサリのパスタ。いつもの癖で誰かと競争するように食べてしまい、何もこんなに急ぐことはなかったのだと思い直してカプチーノを頼んでから、メモに目を落とした。これまで会った人たちの話を頭の中で整理しているうちに、周囲の雑音が消えて行く。

羽鳥と鷹取の諍い。それは若い頃のライバル関係が二十数年後に再燃したものに過ぎないかもしれないが、やはり気にはなる。二十歳の頃は一晩寝れば忘れてしまうようなやり取りも、四十歳を過ぎるとそうはいかなくなるのかもしれない。埃が積もって分厚い絨毯になるように、薄い恨みは消えずに積み重なり、やがて憎悪の山が築かれる。

羽鳥に直接聴いてみたい――あなたは、本当は鷹取に対する積年の恨みを持っていたのではないか。それこそ、十数か所も刺さなければ収まらないほどの恨みを。これが正式な捜査なら、証拠もないのにこんな質問は許されない。だが彼は容疑者ではなく、私も捜査権のある刑事ではない。ただの人間同士だからこういうやり方もできる。だが私には、彼を言葉で傷つける権利はないのだ。

では、どうやって羽鳥を攻めるか。あの性格から言って、物証もない状態では証言を引き出せるわけがない。それに羽鳥は、警察との――私との対決を待ち望んでいる節がある。議論のぶつけ合いになったら絶対に負けないという自信があるのだろう。インテリほど落ちやすいというのは、警察内部に伝わる伝説に過ぎない。実際、あの父が落とせなかったぐらいなのだから。

――本当にやっていなかったからではないか。

冷めてしまったカプチーノを飲み干し、指先にカップを引っかけたまま、お替りを頼むかどうかでしばし迷う。結局やめにして、カップをそっとテーブルに置き、唇についたミルクの泡を紙ナプキンで叩いた。

父はどうやって羽鳥を攻めたのだろう。

私は、父の取り調べのやり方を直接には知らない。が、噂に聞いた限りでは、精緻な工業製品を組み立てるようなものだったという。順序だてて相手に説明を求め、詰まると、はっきりした証言が得られるまで、質問の形を変えて何度でも繰り返す。矛盾点は格好の攻撃材料にされたという。「要するに相手をいびっていただけだ」と批判的に言う人もいるが、私はそうは思わない。少なくとも今の私は。

ただ四角いものは四角く、丸いものは丸くないと納得できなかったのだと思う。ある人間がある時間に特定の場所にいたなら、必ず証言なり物証なりで証明できる。それができないのは嘘をついているか思い違いをしているからだ、という考え方だったのではないか。人の心は定規で測ることはできないが、行動パターンはすべて明確に定義できる。AをすればBになる。Bになれば次に来るのはCだ。時間軸を追って論理的につながり、水の漏れる隙間はない。

取り調べは、刑事の本性が出る部分だ。荒っぽい人間は、多少事実関係に誤認があっても最短距離で真実に近づこうと容疑者を揺さぶる。罪の事実よりも、そこに至った被疑者の心のぶれを知りたがる刑事もいる——祖父のように。「仏の鳴沢」と呼ばれた祖父の別名は「泣きの鳴沢」である。容疑者に同情し、情状で有利になりそうな点を一緒に考えてやることすらあったというのだから。

父と祖父。両極端な二人である。私の針はどちらに振れているのだろう。

「よう、一人か」笑うような声に顔を上げると、中尾が歯を見せて笑いながら私を見下ろしていた。メモを閉じ、こちらも愛想笑いを浮かべてやる。

「お前こそ一人か？　こんな時間に？」

「女房は買い物しててね。飯を食うんでここで待ち合わせたんだ」

「なるほど」

「座っていいか」

私は黙って前の席を指差した。中尾は、座るとすぐにテーブルの上に身を乗り出してくる。勢いがつきすぎて、赤白チェックのテーブルクロスが肘の下で捩れた。

「どうよ、例の事件は」

「まだ何とも、ね」

「ずいぶん弱気だ」

「事件が古過ぎるんだよ」

「そりゃあ、確かにそうだ」

「それにしても、安藤には参ったよ。部下を使って俺を尾行させたりしたんだぜ」

「マジかよ」中尾が目を見開く。「ってことは、お前も何かの容疑者なのか？」

「馬鹿言うな」びっくり君。昔の彼を思い出し、私は頰が緩むのを感じた。

「ずいぶん極端だね、あいつは」中尾が腕組みをして首を傾げる。「確かにお前のことはいろいろ言ってたけど、ちょっと異常じゃないか」

「いろいろ？　何て言ってた？」

「まあ、その、何だ」中尾が視線をテーブルに落とし、拳の中に咳をした。探るように私の顔をちらりと見る。「怒らない？」

「言ったのは安藤だろう。お前に怒っても仕方ないよ」

「ああ、そうだな。まあ、『何であいつばっかりいい目を見るんだ』とか、そんな感じだった。俺には分からないけど、新潟にいる頃はお前の方が出世が早かったとか、そういうことなのか？」

「出世っていうのが階級のことなら、俺もあいつも変わらない」

「って言うか、交通の警察官や交番のお巡りさんよりも刑事の方が偉い、みたいな感じかね」

「どの仕事が偉いとか偉くないとかは、簡単には言えないだろう。市役所の方はどうなんだよ。税金の担当が広報より偉いとか、そういうことはないだろう」

「うーん、じゃあ、これはどうだ。交通整理よりは、刑事の方が花形っぽいとか。ドラマだって小説だって、警察が舞台なら主人公は刑事ってのがほとんどだろう。そうそう、偉い、偉くないじゃなくて、主流かそうじゃないかとか」

「俺には理解できない」私は両手を頭上に上げた。「仮にお前が言う通りだとしても、あいつも刑事になったんだから、俺のことを羨ましがる理由なんかないじゃないか。そもそも俺は、もう新潟県警の人間でもないんだぜ」

「俺には、あいつの気持ちが分からないでもないけどな」頬杖をつきながら、中尾がぼそりと言った。

「何で」

「小学校の時に、どうしてもテストで勝てない子がいたんだよ。女の子。原田美香って覚えてないか？」

「ああ、背の高い子だったよな。六年生の時、クラスで男子も含めて一番背が高かったんじゃないか？　確かに勉強もできたな」

「もう二十年も昔のことだろう？　だけど、忘れられないんだよな。もちろん、向こうの方が成績がよかったからって何があったわけじゃないんだけどな。威張られたとか、喧嘩したわけでもないし。たぶん、彼女は俺のことなんか意識してもいなかったと思うよ。だけど俺は、彼女と同じクラスになるまではずっと一番だったんだぜ。それが、急に頭を抑えつけられたわけだよ。一年間、本当に嫌だったな。どうしても勝ちたくて、一生のうちで一番勉強したのはあの一年間だったかもしれない」

「原田って、今どうしてるんだ」

「死んだよ」中尾の声が湿った。「大学を卒業する直前に、交通事故でね。東大へ行って、在学中に外交官試験に受かってたらしいけど」

「だったらなおさら、いつまでも気にしてるのは変じゃないか」

「それが、そうじゃないんだな。相手が死のうが、俺が一年間負け続けた事実はなくならないんだから。恨んでるとか、そういうことじゃないよ。だけど釈然としない。今でも夢に見たりするんだよ。理科だか国語だかで、俺が九十九点取って喜んでると、彼女は百点なんだ」

馬鹿らしい、と笑い飛ばすことはできなかった。人間は忘れる能力と同じように記憶力を持っている。そして記憶に関して一番不便な点は、どんなに努力しても自分の力では消せないことだ。

一人納得したようにうなずき、中尾が続ける。

「安藤も同じなんじゃないかな。お前がどこにいようが、何をしてようが、ずっと劣等感を持ってるんじゃないか。だけど、それで馬鹿なことをするとは思えないなあ」

「もう十分馬鹿なことをしてるよ」私は唇を捻じ曲げて首を振った。

「話は変わるけどさ、お前、あの家はどうするんだ」

「さあ」

「さあって、しっかりしてくれよ」中尾が苦笑を浮かべ、指先で口の端を二度、三度と掻く。「残しておくか売るか、どっちかしかないだろう？　残しておくとすると、誰かに貸さないとな。空き家にしておいたら、税金だけ取られてもったいないし」

「貸す、ねえ。それは全然考えてなかったな」

「じゃあ、売るのか？」

正明が現れる前は、それが私にとって最大の問題だった。処分するにしろ、中尾が言うように誰かに貸すにしろ、一日や二日でどうにかなるものでもないだろう。結局、宿題として積み残すことになりそうだ。

「いや、何でこんなことを言うかっていうとだな、福沢を覚えてるか？」

「六年生の時に一緒だったよな」

「実家が不動産屋で、あいつも仕事を手伝ってるんだ。ちょっと便宜を図ってもらうぐらいはできるんじゃないかな。手続きの面倒なところを簡単にしてくれるとかさ。何だったら、俺が話をしてもいいよ」

誰も彼も、家を何とかしろという。まるであの家が、私の今後の命運を決める要であるとでもいうように。だが、正直言って私にはよく分からなかった。家族のいない家。そこに誰かが住む。そうなった時、自分がどう思うかは想像もつかない。

故郷とは、生まれ育った家がなくなったら縁が切れてしまうものなのか。縁を切って、新しい家族と真っ白な人生を歩き出す、それでいいのだろうか。

「聴いていいか？」

「何だ」

「どうしてそんなに俺の世話を焼いてくれるんだ？」

驚いたように中尾が目を見開く。

「当たり前だろう。友だちなんだからさ」

今度は私が目を丸くする番だった。

「何驚いてるんだよ」

「ずっと会ってなかったのに」

「何十年会ってなくても友だちは友だちじゃないか」にやりと笑うと、中尾が急に立ち上がって手を振った。その表情は、ほんのわずかだが硬くなっている。「お、嫁さんが来た。ちょっと挨拶してくれよ」

九時近くになってしまったが、この近くにもう一人話を聴けそうな人間が住んでいる。降りしきる雪の中、車を走らせ、駅の南側に出た。昔から「駅南」と呼ばれ、新幹線が開通してからは新興住宅地として注目されてきたのだが、開発のペースはごく緩やかなもので、万代シティや古町の華やかさには程遠いままだ。それでも、四年以上街を離れている間に新しいオフィスビルが建ち、道路沿いにも家電の量販店やファミリーレストランが増えていた。

大雑把に言えば、新潟駅の南側の住宅街は鳥屋野潟(とやのがた)辺りまでで鳥屋野潟の南まで行くと、風景はいかにも新潟らしい水田地帯にとって替わられる。私が目指した家は、鳥屋野潟の北側、女池(めいけ)の住宅地の只中にあった。アースセーブ新潟の理事の一人、山城(やましろ)という男の家で、雪の中、玄関の灯りがぼうっと浮かび上がっていた。

インタフォン越しに彼の妻と話すことができたが、まだ帰宅していないという。十時ぐらいに戻ってくるということだったので、辞去して車の中で待つことにした。フロントガラスに雪が積もらないように時折ワイパーを動かしながら、ラジオを暇潰しの友にする。妙に落ち着いた気分になった。こういう時間なら、いくらでも経験している。ただじっと待っているだけであっても、慣れた環境は人をリラックスさせるものだ。気になるのは燃料計で、針はすでに「E」の位置近くまで下がっている。凍えるのを覚悟してエンジンを止めた。いい車だが、燃費に関してはやはり問題がある。

山城の妻が言っていたより十分早く、車が家の前に滑りこんできた。カマボコ形の車庫に入り、ヘッドライトが消えるのを待ってドアを押し開けて外に出る。

「山城さん」声をかけると、肩をすぼめて車から降りた山城がこちらに視線を向ける。小柄な男で、前を閉めたコートの腹の辺りがぽこんと出っ張っていた。滑らない限界のスピードで近づいていくと、驚くでもなく警戒するでもなく、軽く会釈をしてくれた。

「鳴沢さんですね」旧知の間柄のように笑みさえ浮かべていた。私が怪訝そうな顔をしたのに気づいたのか、笑みを少しだけ大きくして、「どうも」とつけ加える。

「私のことをご存じなんですか」

「アースセーブ新潟の連中の間でいろいろと聴き回ってるそうじゃないですか。そういう話は耳に入ってくるもんですよ。それに、さっき女房からも電話がありましてね」

「ご迷惑でなければ、ちょっとお時間をいただきたいんですが」

「ああ、いいですよ」予想もしていなかった愛想のいい返事が返ってきた。「羽鳥さんのことでしょう？　それなら私もいろいろ言いたいことがある」


妻が妊娠中なのでと断り、山城は私を近くのファミリーレストランに誘った。山城はコーヒーを、私はミルクを頼む。妊娠中という意味を考えた。山城は五十歳ぐらいである。私の疑念に気づいたのか、彼が照れたような笑みを浮かべた。

「女房は十二歳年下でしてね。私、結婚が遅かったもので。子どもは二人目です」

「そうですか。奥さんに申し訳ないことをしました、こんな遅くに」

「いやいや、大丈夫ですよ。煙草、いいですか」

「どうぞ」

山城がキャスターに火を点け、しばらく煙を肺の中にとどめておいてから、天井に向かって噴き上げる。右手に煙草を挟んだまま、左手で黒々とした長い髪をかきあげ、髭が浮き始めた鼻の下を人差し指で擦った。細い指には赤いインクの染みがついている。

「さすがに女房が妊娠中だと、家では煙草が吸えませんでね。この季節だと、ベランダで吸ってると風邪をひくし」

「煙草を吸う人はいろいろ大変ですね」

「やめれば一番簡単なんですが。無駄な金も使わずに済みますしね」寂しそうな笑みを浮かべ、山城がまた深々と煙を吸いこんだ。

水を向けると、山城は自分のことをぽつぽつと語り始めた。四十九歳。新潟市の出身で、東京の大学を出て大手の予備校に就職したが、三十三歳で故郷に戻ってきて、自分で進学塾を立ち上げた。アースセーブ新潟とのつき合いはその頃からで、ごく初期からのメンバーの一人だが、肝心な情報はその後から出てきた。

「鷹取さんとは、アースセーブ新潟に入る前から知り合いでしてね」

「そうなんですか？」

「彼が大学の先輩で。私が学生の頃、彼は助手で、ずいぶんお世話になりましたよ」

「新潟へ戻ってきた時期も一緒ですね」

「別に示し合わせたわけじゃないですけどね。私は人に使われるのに嫌気がさしてましてね。自分で予備校を始めようと思って、足がかりのない東京よりは新潟の方が何かと便利だろうと思って、戻ってくることにしたんです。まあ、故郷へ帰ることについては、鷹取さんにもいろいろ相談しました。鷹取さんには、私の始める予備校で講師をしてもらおうかなって思ってたんですよ」

「それは……」言葉を探したが、上手い台詞が見つからない。仕方なしに不躾な言葉をぶつけた。「格落ちですよね」

「ええ、そうですね」気にする様子もなく山城が同意する。「上手く仕事が見つからなかったら、という前提でそんな話をしたこともあるんですけど、鷹取さん、ものすごく嫌そうな顔をしてました。その頃はえらく疲れてましたし、気に障ったんでしょう」

「学内の派閥争いに負けたと聞いてます」

「そんな風に言うのは簡単ですけどねえ」山城が苦笑を浮かべ、コーヒーに袋の砂糖を加えた。空になった袋を丁寧に折り畳み、スプーンで押さえる。「ま、どう言ってもそういうことになるか。あなた、鷹取さんがどんな人だったかはご存じですか」

「仕切り屋だった、とは聞いています」

「仕切り屋。ああ、なるほど」山城が小さくうなずく。「それはある程度当たっています。どんなことでも、自分が中心にいないと気が済まない人なんですよ。もちろん、それだけの能力がある人でしたけどね。ちょっと極端だったかもしれないけど」

「教授レースで一番乗りできなかったのが、そんなに屈辱だったんですか」

「だと思います」山城がコーヒーを一口飲み、ミルクを加える。丁寧にかき混ぜてから味を確かめ、納得したようにうなずいた。「何でもかんでも一番になれるわけがない。そんなことは、ちょっと考えればすぐに分かるでしょうにね。そういう意味では、鷹取さんは子どもみたいな人だったな」

「それで、アースセーブ新潟では仕切ってやろうと思った。トップに立ってやろうと思った。そういうことですか」

「そうでしょうね。はっきり聞いたわけじゃないですけど、私は鷹取さんの性格は熟知してたつもりですよ」

「羽鳥さんと激しく対立してたのは間違いないですね」

「ええ」

「深刻だったと思いますか」

「こういうことです」山城がテーブルの上で手を組み合わせた。「鷹取さんは、東京の大学で挫折した屈辱を、どこかで挽回したかった。そのターゲットが羽鳥さんだったんじゃないでしょうか」

「主導権争い、ですね。あなたが見たところでは、どっちが有利だったんですか」

「当然、鷹取さんがリードしてました。でも、私たちとしてはどっちがリーダーでもよかったんですよ。方針はがっちり固まってましたから、基本的な運営方針を巡っての争いはほとんどなかったですしね。それこそ、会議でどっちが議長をやるかとか、講演会でどっちが司会をやるかとか、そういう下らないことばかりが原因でした。ま、子どもの喧嘩です」

それを下らないと言えるだろうか。劣等感はずっと消えない、と中尾も言っていた。それが記憶の底に深い傷跡として残ることもあるだろうし、蓄積された屈辱と怒りが何かのきっかけで爆発することもあるだろう。

それでも動機としては弱過ぎる。

「そういうことが積み重なって、羽鳥さんが鷹取さんに恨みを抱いていた？」

「それはあると思います」

「殺してやろうと思うほどにですか」

「私は――」山城が一瞬宙に視線を漂わせる。「今でも彼がやったと思っています」

「そういう疑いを持ちながら、羽鳥さんとずっと活動を続けてきたんですか」

「アースセーブ新潟は、鷹取さんの夢だったんですよ。その遺志は継いであげないと。それは確かに、羽鳥さんに対する疑念は今も消えてないけど、結局警察がそれを証明できなかったんだから、私がどんなに疑っても仕方ないでしょう。私が彼の犯罪を証明できるわけでもないですしね。どうなんですか、彼がやったと証明できますか」

「今のところは難しいと思います」正直に認めた。何よりも時間の壁が立ちはだかる。「そうですか」うつむき、山城が深い溜息をつく。「警察は、どうして詰め切れなかったんでしょう」

「現行犯でもない限り、確実に犯人を逮捕できるものじゃないですからね」

「そうですよねえ」また溜息。「この前時効になったでしょう？　一月ぐらい前に『間もなく時効』って新聞にも出てましたよね。それを読んでから、またもやもやしてしまいましてね。本当にどうしようもないんですか？」

返事をせず、腕組みをした。山城が灰皿に置いた煙草から、白い煙が細く立ち昇る。

私は質問で沈黙を破った。

「羽鳥さんが、具体的に鷹取さんに対する恨みを口にしたことはあったんですか」

「それはないです」力なく山城が首を振る。「でも、あの目ですね。鷹取さんを見る目。あれは、ちょっと怖かった。凍りつくような目つきでね。でも、鷹取さんは気づかない振りをしてたのか、気づいても無視していたのかもしれません」

「そういうことを鷹取さんに忠告したことはないんですか」

「羽鳥さんとそんなに張り合って大丈夫かって聞いたことはあります」

「何か言ってましたか」

「笑い飛ばされました。そういう人だったんですよ。誰も自分には勝てないと思ってたんでしょうね」

「一つ、いいですか」

「何でしょう」最初の煙草は長い灰になり、灰皿でくすぶっていた。山城がフィルターをつまんで灰皿に押しつけ、新しい一本に火を点ける。

「鷹取さんが、すごく嫌な人みたいに聞こえるんですが」

「そうですか？」

「山城さんはどう思ってたんですか」

「鷹取さんは、自分の子分には優しいんですよ。子分っていう言い方が悪ければ、頼ってくる人の面倒はよく見てくれました」

「ライバルに対して厳しいのはその裏返しですかね」

「そうかもしれません」

「あなた以外にも、アースセーブ新潟の中には羽鳥さんに疑いを持っていた人がいたはずです。それなのに、よくここまで十五年も続きましたね」

「それは、理想は穢(けが)せないからですよ。羽鳥さんが鷹取さんを殺したとしても、アースセーブ新潟を立ち上げた時の理想は曇らないんです。理想のためには、疑惑に目を瞑る必要がある時もあるんじゃないでしょうか」

6

四年半前、初めて会った時の大西は、社会人として人に不快感を与えないような服装も知らない、頼りない新米刑事だった。だがその後の経験は、彼に刑事としての基本を叩きこんだようである。それとも私が気づかなかっただけで、元々刑事に向いた人間だったのか。少なくとも彼はしばらくの間、私をつけ回すことに成功したのだから。

それに比べて安藤はどうだ。

車を出して十秒後に気づいた。急にバックミラーが明るくなり、背後の車がヘッドライトをつけたのに気づく。しかも、交通量の少ない住宅街の路地なのに、見失うのを恐れるようにぴたりと後ろにつけてきた。顔も丸見えだ。

放っておくことにした。どうせ口先だけで手は出せないのだし、話があるなら堂々とくればいい。話だけならいくらでもしてやる――そう思ったが、結局私の方が我慢しきれなくなった。この男に家までついて来られたらいい迷惑である。この辺できっちり決着をつけてやろう。駅の北口に出て、万代シティまで近づいたところで、信号が黄色から赤になる直前にアクセルを踏みこんで、交差点直前でウィンカーを出して左折する。交差点を三十メートルほど行き過ぎたところで車を停め、ハザードランプのスウィッチを押して安藤が追ってくるのを待った。彼の車が交差点を曲がるのが見えたところで車の外に出て、腕組みをしたまま車に寄りかかって待つ。安藤は私を追い越すと、五メートルほど先に車を停めた。苛つかせるつもりなのか、何か別の手を考えているのか、車から出ようとしない。馬鹿馬鹿しくなって彼の車に歩み寄り、助手席のドアを引きちぎるように開けてシートに滑りこんだ。

「署まで来てもらおうか」フロントガラスを睨みつけたまま、安藤が低い声で告げた。

「どこの署だ？」

「中署に決まってるだろう」

「じゃあ、先導してくれるか？　もう中署の場所は覚えてないんでね」

「ふざけてる場合じゃない。この車で、俺と一緒に行くんだ」

「車は置きっぱなしでいいのか？　ここは駐車禁止だぞ」

「こっちの知ったこっちゃない」

冷たい声で言って、安藤が車を発進させた。スタッドレスタイヤがだいぶへたっているのか、一瞬尻が左右に大きく振れる。

「俺を逮捕するのか」

「そんなことは、お前が知る必要はない」

「ちゃんと用件を告げないで署に引っ張っていくと、後で問題になるぞ。犯人扱いするつもりなのか、参考人なのか、それともただの嫌がらせなのか」

「黙ってろ」ハンドルを握る安藤の手が強張る。

「ずいぶんいい加減なことをするんだな。新潟県警も変わったのか？　それとも、これがお前のやり方なのか」

　返事はなかった。手の中にあるレガシィのキーの感触を確かめ、腕組みをして前を睨みつける。雪が激しく叩きつけ、すれ違う車のヘッドライトが蛍の光のように頼りなくぼやけた。安藤はヘッドライトをハイビームにして視界を確保しながら、前屈みになってハンドルを握り締めている。交通畑に長くいた割に、運転は上手くない。万代シティから中署までは二、三キロぐらいなのだが、私は事故を恐れてずっとフロアに両脚を突っ張り続けた。

　新潟市内の警察署の中で、中署は微妙な立場にある。管轄は新潟島の中だけと狭いのだが、二十数年前までは市役所と県庁、それに日本海側最大の繁華街である古町を管内に抱えていたために、名実ともに県内でもっともランクの高い警察署だった。だが県庁は東署管内に移動し、古町の賑わいも昔ほどではなくなってしまった今は、実質的にナンバーワンの座を東署に譲り渡してしまっている。今では中署の主な仕事は、知事公舎や県警本部長公舎の警備だ、などと揶揄されている。

建物自体も相当古く、暖房の効きも鈍い。安藤は裏の駐車場に車を乗り入れ、普段留置人が出入りする時に使う出入り口から私を中に入れた。屈辱を味わわせているつもりかもしれないが、それなら彼の狙いは的を外れている。中署に勤務したことはないが、県警時代、私は何回もここから出入りしていたのだから。

「調べ室を使うのか」階段を昇る彼の背を見上げながら訊ねる。やはり返事はない。ふと、ここで踵を返して逃げてしまおうか、と思った。安藤は、私をここへ引っ張ってきた理由をまだ一言も喋っていない。あくまで任意だ。それなら私には、黙って立ち去る権利がある。だいたい、身柄を抑えるのに一人で来るのがおかしい。彼が独断で動いているか、不当な捜査をしているかのどちらかである。あるいは両方か。

二階にある捜査一課の大部屋はがらんとしていた。照明はついているが、人気はない。暇な夜なのだろう。宿直の刑事も一階に降りて、警務課の辺りでストーブを囲みながら時間を潰しているはずだ。安藤が、自席らしいデスクに腰を下ろし、無言で私を見上げる。

「いい加減にしろよ。何のつもりか知らないけど、時間の無駄だ。はっきりしないなら帰らせてもらう」覆い被さるようにして言ってやった。

「相談されたんだよ」

「誰に」

「羽鳥氏」安藤の口が大きく横に広がった。目に凶暴な光が宿る。

「ほう」ありえない。羽鳥は、警察に対して異常な敵愾心を抱いているのだ。私がうろついて迷惑だというなら、まず弁護士辺りに相談するのではないだろうか。

「お前が、ありもしない話をでっち上げて、いろいろ聴き回ってるんで、迷惑してるそうだ」

「なるほど」

「なるほど、じゃない！」安藤がいきなりデスクに拳を叩きつけた。「いいか、お前の身柄を抑えるぐらいは簡単なんだぞ。お前には何の権利もない。お前がやっていることは単なる嫌がらせだ」

「阿呆か、お前は」安藤がむきになるのに反比例して、私の気持ちは冷えてきた。

「何だと」安藤が気色ばむ。

「だいたいお前、俺をここに引っ張ってきたのは何の容疑なんだ？　説教だったらもう十分に聞いたから、帰るぞ」

「彼に近づくな」

「だから、何の権限でそんなことを言ってるんだ」

「とにかく、近づくな」

これでは、むやみやたらに腕を振り回して相手に当たるのを待つ子どもの喧嘩だ。理屈もなければ戦法もない。

「お前、羽鳥から金でも貰ってるのか？」

「何だと」顔を張られたように目を見開き、椅子を蹴倒しながら安藤が立ち上がった。私の胸倉を摑んでぎりぎりと絞り上げる。私は安藤の手首を握り、押し潰さんばかりの力を入れた。たちまち彼の顔が歪み、低い呻き声が漏れ出る。

「何やってるんですか！」悲鳴に近い声に、思わず力を緩める。同時に安藤も私の胸倉から手を外した。声のした大部屋の入り口の方を見ると、乱闘騒ぎの仲裁に入った野球のアンパイアのような険しい表情で、大西が腰に両手を当てている。

「何だ、お前は」安藤がすごんだが、大西を真っ直ぐ見ようとはしなかった。

「やあ、海君。泊まりか？」

「泊まりです」大西が短い足をフル回転させて近づいてくる。「お二人がこっちに上がってくるのが見えたものですから、ちょっと気になって……とにかくいい加減にして下さい。ここは一課の部屋ですよ。誰かに見つかったらヤバイでしょう」

「分かってる」シャツの捩れを直しながら息を整える。「こっちは正当防衛だ」

「ふざけるな。公妨でぶちこんでやろうか」安藤が凄んだ。

「お前の話は誰も買わない」

「大西」安藤が鋭い声で呼びかける。「余計なことは言うなよ」

「知りませんよ」不貞腐(ふてくさ)れたような声で大西が答える。うつむいていじいじと床を爪先でこすっていたが、一瞬だけきっと顔を上げて安藤を睨み返した。

「さて、俺は帰らせてもらうよ」安藤、大西と順番に顔を見てから宣言した。「そもそも俺を引き止めておく理由がないんだからな。ところで安藤、帰る前に一つだけ質問があるんだが」

「答える義務はない」安藤があらぬ方を向いた。

「羽鳥からは、お前に直接電話がかかってきたのか？」答がないのを、肯定の印と見て続ける。「お前、それが本当に羽鳥かどうか確かめたのか？　もしも誰かのいたずらだったらどうする」

「お前はインチキ野郎なんだよ」

「頼むから、ガキの喧嘩みたいなことは言わないでくれ」

「お前、ジイサンの葬式に出なかったよな。あれは何でだ？」

瞬時に血の気が引いた。気取られないよう、下を向いて上目遣いに安藤を睨む。

「何かあるんだよな。あったんだよな」安藤の声に自信が戻っていた。「そうでなければ、身内の葬式に出ないわけがない。実際、父親の葬式には出たんだからな。他の奴は気にしないかもしれんが、俺は諦めないぞ。必ずお前の尻尾を摑んでやる」

「お前はそんなに暇なのか」私の捨て台詞は、かすれた語尾の彼方に情けなく消えた。


大西が車で万代シティまで送ってくれた。ずっと何か言いたそうにしていたが、結局口を開かないまま、車を停めていた場所までたどり着く。すでにレガシィは雪で白くなっていた。

「お茶でも奢ろうか」

「え」心底驚いた様子で、大西が目を見開く——口もぽっかりと開いていた。「どうしたんですか、鳴沢さん」

「どうしたって、何が」

「俺は勤務中ですよ。昔の鳴沢さんだったら、さっさと追い返したでしょう」

「四年前ならな」

「何かあったんですか」

「大人になったんだよ、俺も」

二人で、雪の積もった歩道を歩き出した。マクドナルドが遅くまで店を開けている。店に入った大西は未練たっぷりにメニューを眺めていたが、結局コーヒーだけにした。店内はもうがらがらで、暖房が入っているのに寒々とした空気が流れている。ここのところコーヒーを飲み過ぎている私はミルクにした。冷たいミルクをストローで啜り、窓の外を白いカーテンのように染める雪を見やる。雪の不思議なところは、自分の頭に降りかかるのでない限り、つい見とれてしまうことだ。

「ちょっとおかしいですね、安藤さんは」怒ったように吐き捨て、大西がコーヒーに砂糖とミルクを加える。

「ちょっと、じゃない。かなりおかしい。君が言った通りで、自分の頭の中で間違ったシナリオを書いてるみたいだな。そして、そこから逃げられなくなってる」

「例の羽鳥から電話があったって、本当でしょうか」

「気になるなら、電話の記録を調べてみろよ。安藤が嘘をついているかどうかはすぐに分かる」

「何だったら、ちょっと羽鳥を締め上げてみますか」

「何の容疑で？」

「それは……」

「俺のことを心配してくれるのはありがたいけど、君が気を遣う必要はないよ。俺は勝手にやってるだけだし、何も心配はいらないから。それに、俺の死体が信濃川から上がったら誰を締め上げればいいか、これでもう分かっただろう」

「縁起でもないこと言わないで下さいよ」大西が顔をしかめる。

「いいんだ。誰かが背中を見ていてくれると思えば、安心して突っこめるから」

「突っこむって、どこにですか」

「それがまだよく分からないから困ってる」

「安藤さんは、羽鳥と何か特別な関係があるんでしょうか」

「そんなことはないと思うけど……電話の件は、俺に対する嫌がらせを正当化するための嘘かもしれないな」

「それなら放っておけばいいですね」

「そういうことだ」

「それより、ちょっといいですか」大西が無理に固い笑みを浮かべ、カップの縁に指を逭わせた。「安藤さん、変なことを言ってましたよね」

「うちのジイサンのことか？」

「ええ」遠慮がちに目を伏せる。「俺には、鳴沢さんにこんなことを聴く権利はないとは思いますけど」

「家族には家族にしか分からない事情があるんだよ。ま、葬式に出なかったのは、オヤジとの関係が上手く行ってなかったからってことにしておいてくれないかな」

「はい……」

祖父の葬式にも出ず、県警に辞表を出していきなり街を出て行ったことに関して、様々な噂が流れたであろうことは容易に想像できる。だが、父の葬儀で会った県警の人間は、誰一人として当時のことに触れなかった。それが優しさなのかどうかは分からない。いつかは誰かが持ち出すだろうと覚悟はしていたが、それが安藤のような嫌な奴でかえってよかったと思う。

「しかし大変でしたね、鳴沢さんも」一つ溜息をついてから、ぎこちない笑みを浮かべて大西がカップを両手で包みこむ。「短い間に家族を二人も亡くして……」

「俺の話はやめにしないか？　事件の話をしてる方が気が楽だ」

大西が、真夏の太陽のように眩しい笑みを浮かべた。

「やっぱり変わってませんね、鳴沢さん」

不思議なものだ。自分では何十回も折れ曲がったと感じているのに、何年かぶりで会う大西はそうは見ない。

結局誰でも、自分自身のことが一番理解できないのだ。

日付が変わった頃、私はまた羽鳥の家の前にいた。雪は降り止んでいる。窓の灯りは消えていたが、何故か立ち去りがたく、ひたすら待った。

街は深く雪に覆われている。降り積もった雪は効果的な吸音材になっているようだった。雪ででこぼこになった路面をタイヤが踏む音、急発進できゅるきゅると滑る音が時折聞こえてくるぐらいで、それらが途切れると、再び沈黙が周囲を押し包む。

やはり、父と同じ轍(てつ)を踏むことになるのだろうか。誰がやってもどうにもならない事件はあるものだ。誰かが何かに気づいた時には、もう手をすり抜けてしまっているし、一度逃げた事件を取り戻すことはできない。然るべき時が流れた後には、とうとう手が届かなかった犯人が良心の呵責に苛(さいな)まれ、自殺するか、生涯続く不眠症に苦しめられるのを願うしかなくなる。

玄関の灯りが点いた。羽鳥だ。何かに用心するように、玄関から顔を突き出して左右を見回す。私には気づいていないようだが、誰かにつけ回されていると確信しているように、執拗に周囲を見続けていた。しばらくすると玄関から出てきて、肩をすぼめてうろつき始める。おかしい。これは警戒しているというより、誰かが来るのを待っている様子だ。五分ほども右、左とうろついていた羽鳥の脚がぴたりと止まる。暗い灯りの下で浮き上がった表情は強張っていたが、それは恐怖や不快感のためではなく、無理に笑おうとして失敗した結果であるように見えた。

羽鳥が出迎えた相手は正明だった。羽鳥が肩にそっと手を置き、一言二言正明に告げる。もちろん車の中からでは何を言っているかは聞こえないが、親密そうな様子は見て取れた。深夜の訪問を労わり、「寒くなかったか」とでも言っているのではないか。

なぜだ。

ドアをノックするかどうかで一分だけ迷った。このまま放っておくと、正明が羽鳥を殺すかもしれない。だが、玄関先の二人は穏やかな様子だった。それに、久しぶりに会う感じでもない。結論——正明が私を騙していた。しかし、何のために？

徹夜も覚悟したが、正明は三十分ほどで出てきた。家に入った時に比べて変わった様子はない。酒を呑んでいるわけでもなく、顔つきも平静だった。足首まで積もった雪を気にしながら、うつむいてとぼとぼと歩き始める。跡をつけようかとも考えたが、先回りして家で待つことにした。彼がふだんどんな生活を送っているかは知らないが、この時間からどこかへ出かけていく可能性は低いだろう。

少し離れた場所に停めた車に戻り、西へ向かって走らせる。この時間になると他に走っているのはタクシーぐらいだ。十五分後に正明のアパートに到着して、十分待つ。軽自動車がアパートの前に停まり、正明が姿を現した。慎重に雪を踏みしめて歩いており、酔っ払いに特有の無謀さはない。車を降り、音をたててドアを閉めると、正明が振り向いた。呆気(あっけ)に取られたように口を丸く開け、目を見開く。次の瞬間には、取ってつけたような笑みを浮かべた。ドアノブに手をかけたまま「何ですか」と声をかける。自分から動こうとはしなかった。

二、三歩歩き出し、三メートルの距離を置いて向き合った。正明は平静な表情を取り戻し、じっと私を見ている。

「今までどこにいましたか」

「何、いったい」おどけたように両手を広げる。

「羽鳥さんと会ってましたね」

「ああ」気が抜けたように低い声で認める。「何か問題でも?」

「あなたは羽鳥さんを疑ってるんでしょう」

「当然」

「そういう人に直接会いに行くのはどうかと思いますけどね」

「どうして」

どうして？　あんたが彼を殺すかもしれないから。首を振り、真っ先に頭に浮かんだ考えを押し潰した。

「いろいろな意味で危険でしょう」

「あの男は腑抜けだ」挑みかかるように唇を歪めて笑う。「危ないわけないでしょう」

「何を話したんですか。まさか、直接確かめたんじゃないでしょうね」

「ちょっと突っついただけですよ。プレッシャーをかけるってやつ？　びびってたよ」

「あまり賢いやり方じゃないな」

「あんたがちゃんと動いてくれないから、俺が自分でやるしかないんですよ」急に顔が赤くなり、胸が大きく上下し始めた。

「急ぎ過ぎてませんか」

「何が」

「時効になってるんだから、時間はいくらでもある。これから民事で争うことがあるかもしれないじゃないですか。それを、相手を慌てさせるようなことをして……」

「どうにかなりそうなんだよ、俺は」低い声で唸るように言った。唇が震え、端から唾液が泡になって小さく溢れ出す。「早く決着つけないと、どうにかなっちまう」

「焦っても、いいことはありませんよ」

「じゃあ、あんたが何とかしてくれよ。あんたのオヤジさんは、事件を解決してくれなかった。息子のあんたが何とかしてくれるのが筋だろうが」

　滅茶苦茶だ。父の失敗、それに対して自分が責任を取らなくてはならない――私が密かにそう思うのはおかしくないだろうが、人に堂々と宣言するものではないし、ましてや他人から言われたくはない。

「あまり無理に脅したりすると、羽鳥さんが反撃するかもしれませんよ」

「反撃って何だよ」正明の顔を不安の影が過った。

「警察に通報するとか」安藤の顔を思い出しながら答える。「プレッシャーを受けた、不安になったと思ったら、脅迫なり何なりで告訴するかもしれない。そうしたら、あなたは自由に動けなくなりますよ。実際彼は、私がつきまとって鬱陶しいと警察に相談しているんです」

「クソ」正明が右の拳を太腿に叩きつけた。「何であんな奴が守られなきゃいけないんだ」

「法律の仕組みはそうなっているんです。それより、この件を別の人間に話すつもりはないんですか」

「別の人間って」

「弁護士とか、新聞や雑誌の記者とか。彼らには時効は関係ありませんからね」

「奴には、思い知ってもらいたいんだ」

「記事にでもなれば、十分思い知りますよ。社会的制裁を受けるっていうのは、そういうことです」

「それだけじゃ駄目なんだ」正明が手を二度、三度と拳に握った。「オヤジは殺されたんですよ。滅多刺しにされてね。そんな死に方、ありますか。奴には、同じ苦しみを味わってもらわないと納得できない」

「あなたが殺すと言ってるように聞こえますよ。それなら私は協力できない」

「殺す？」正明がにやりと笑った。爬虫類を思い起こさせる冷たい笑いである。目はガラス玉のようで、感情を読み取ることができなかった。「死ぬよりひどいことなんて、世の中にいくらでもあるでしょう。少なくとも俺は、そういうことをたくさん味わってきたんだ。どうやれば苦しめられるかは、あんたに教えてもらわなくても分かってる」

一時過ぎに家に帰り着いた時には、さすがにくたくたになっていた。当たり前だが家の中は静まり返り、空気も凍りついている。風呂を沸かし、湯船に三十分体を浸して、ようやく体がほぐれてきた。

もう何もする気になれなかったのに、何故か父の部屋に入ってノートを広げてしまう。文字を追ったが、頭には入ってこない。こんなことをしていても何にもならないのだ。思い直し、一番下にあったノートを広げた。実に三十年近くも前のものである。

『了、五歳の誕生日。身長百十三センチ。平均よりやや上。体重十九キロ。ほぼ平均。最近野球に興味を持ち始めたようで、よくナイターの中継を見ている。今日、子ども用のグラブを物色した』

普通の父親ではないか。

そうか。父の買ってくれたグラブは、小学校の高学年になるまでずっと使っていた。最初は手に大き過ぎたのが次第に馴染み、最後の頃は自分の掌と同化しているように感じられたものである。それにしても、そのグラブで父とキャッチボールをした記憶がない。ノートをひっくり返していけばどこかに書いてあるかもしれないが、見つけ出すには一苦労するだろう。

畳に寝転がり、頼りなく瞬く蛍光灯を眺める。何かがおかしい。いや、すべてに違和感がある。問題は、羽鳥も正明も私に対して何かを隠していることだ。正明の話は狂気を感じさせ、これ以上本音を引き出すことはできそうもない。とすると、やはり羽鳥か。

朝になったら、もう一度羽鳥を捕まえてみよう。家の近くのコンビニエンスストアで張っていれば、また朝食を買いに来るかもしれない。そう決めたら、後は寝るだけである。寝るのも仕事のうちなのだ。寝不足でついうたた寝し、大事なものを見過ごしてしまうようでは刑事失格である。

だがその夜に限って、すぐに眠ることはできなかった。父のノートが私を誘っている。日付が古い順に、ページをぱらぱらとめくってみた。六歳の私。八歳の私。十歳の私。仕事の記録の合間に、成長記録が挟みこまれていた。私自身は、覚えていないことも多い。日和山の海水浴場で初めて泳いだこと。日本海タワーに上って、佐渡島がはっきり見えて喜んだこと。冬場、家の前の道路で初めてスキーを履き、車に轢かれそうになったこと。一ページ一ページが埋もれた記憶を呼び覚まし、同時に父の顔が思い出される。

笑って欲しかった。ずっとそう思っていた。

だが私も、いつの頃からか、父に笑いかけようとしなくなった。二人の人間の関係がこじれる時、一人だけの責任に帰することはできない。

自分のくしゃみで目が覚める。胡坐をかいたまま、うとうとしてしまったのだ。寒気が襲い、反射的に両の二の腕を強く擦る。目の前に、開いたままのノートがあった。十五年前の事件を読み返そうとして、つい眠気に負けてしまったのだ。

咳払いをしてからノートを取り上げる。目を擦り、薄くなり始めた文字に焦点を合わせた。あの事件のあった年のノート。そう、父の異動の話が出たところまで読んだのだった。事件の発生から三か月後。すでに苦悩の言葉の数々が、自分のためだけのノートに現れ始めている。『何かを滑らせた』『最初に立ち戻れ』『関係者が少な過ぎる』

最後の言葉が頭の中で渦を巻いた。本当に場当たり的な犯行か通り魔でもない限り、人と人とのつながりを辿っていけば、犯人にたどり着けるケースは多い。人間関係が薄いということは、それだけ当たる人間が少ないわけで、それが潰れてしまえばあっという間に手がかりが途切れる。当時の捜査本部は、羽鳥という鷹取にとって濃過ぎる存在に執着するあまり、他の可能性を自ら消してしまったのだろう。

『異動が決まった。これで鷹取事件を手放すことになる。この件を集中してやりたいので異動を先延ばしにしてもらえないかと何度も頼みこんだが、結局無駄になった。この組織にいて不満を感じることはほとんどなかったが、今日は心底嫌気がさした。自分で担当した事件の決着を自分でつけることもできないのか』

『毎度のことだが異動の準備は大変だ。今回は特に、つい事件の書類を読み直してしまって時間がかかる。どうも我々は、一か所に集中し過ぎてしまったようだ』

『どうしても気になることがある。これだけははっきりさせたいが、デリケートな問題だし時間もかかりそうだ。何より、証拠が一切ない。緑川部長にはそれとなく相談してみたが、反応は鈍かった。もう少しはっきり言ってみてもいいが、可能性の低い推測を強硬に推すことはできない。自分で調べられればいいのだが、異動の時期は迫っている。おそらくこれ自体が妄想なのだ。何の根拠もなく、ただ頭に浮かんだ疑問に過ぎない』

『自分でも分かっているのだが、一度浮かんだ疑問は簡単には消えない。これから事件を洗い直す機会があるとも思えないが』

　捜査一課での最後の日、父はノートにアルファベット一文字を記していた。何度もなぞったその字は、ページをつき破りそうになっていた。

第三部　祈りを捧げる者

1

朝六時、欠伸を嚙み殺しながら車を走らせた。眠気覚ましにブラックの缶コーヒーを買い、信号待ちの度にちびちびと飲んで睡魔を抑えつける。

家の前で三十分待っていると、羽鳥が出てきた。やはり、毎朝七時前後に朝食の買い出しに出るのが日課らしい。気づかれないよう、距離を置いて徒歩で跡をつける。昨日と同じコンビニエンスストアに入り、五分後に出てきた。声をかけるかどうか迷い、結局そのまま見送って家まで尾行する。顔色は悪くない。苛々や恐怖が表情に表れているわけでもなかった。少なくとも、昨夜正明と険悪な会話を交わした様子は窺えない。

このまま出てくるのを待つか、それとも思い切ってドアをノックするか。だが私にはもう一人、会わなくてはならない相手がいた。今はむしろ、そちらの方が急務だ。この時間だと、直接家に押しかけると入れ違いになってしまうかもしれない。それなら会社まで出かけて、そこで話を聴こう。相手が仕事を始める時間に合わせるため、朝食を取って時間を潰すことにした。

新潟市内でチェーン店を展開しているコーヒー専門店がある。そのうちの一つに入り、モーニングセットを頼んで黙々と口に押しこんだ。ただ栄養を補給し、空腹を紛らすためだ。コーヒーを半分飲んだところで電話帳を借り、緑川の勤める警備会社の住所を探した。心の準備をさせたくなかったので、電話は入れないことにする。取り調べではないが、虚を突いて本音を探り出したかった。いや、思い出してもらいたかった。彼が嘘をつくとは思いたくなかったから。

八時半、駅に近いオフィスビルの二階と三階を占める警備会社の支社に着いた。二階の受付で呼び出してもらい、観葉植物を脇に置いたソファに腰かけた途端、緑川がドアをぶち破るような勢いで出てきた。真っ白なワイシャツの袖を肘までまくり上げ、驚きと喜びが入り混じった表情が浮かんでいる。

「何だよ、わざわざ会社まで」

「お忙しいですか」

「なーにが」緑川がにやにや笑った。「俺の仕事は、朝礼の時に一言喋って、後は一日中書類に判子を押すことだよ。ちょうど今、朝礼が終わったところだ」

「ちょっとお時間をいただけますか」

一瞬私の顔を眺め回してから、緑川が「かまわねえよ」と短くつぶやいた。顎が引き締まり、目には小さな疑念が浮かんでいる。

「お茶でも飲みに行きましょうか」

「馬鹿言いなさんな。お茶ぐらい出してやるよ。それとも、ここでは話しにくいことなんかね」

「いいえ。じゃあ、お邪魔します」

白を基調にした清潔なフロアを通り抜け、窓際にある応接スペースに通される。途中、私が気づかないうちに誰かに合図でもしたのか、座ると同時にコーヒーが出てきた。香り高く、先ほど喫茶店で飲んだコーヒーにも負けない味を予感させる。ブラックのまま一口飲み、笑みを浮かべてみせた。

「美味いですね」

「だろう？　俺がここへ来てから真っ先に、コーヒーマシンを変えさせたんだ」緑川が口の端を持ち上げて笑い、コーヒーに砂糖とミルクを加える。しばらく丁寧にスプーンでかき回していたが、やがて顔を上げると私を真っ直ぐに見た。「で、どうした」

「例の件です」

「まだやってたのか。俺はてっきり、東京へ帰るから挨拶にでも来たのかと思ったよ」

「そんなこと、考えてもいないでしょう」

「まあな」緑川がカップからスプーンを引き抜き、二度、三度と縦に振ってコーヒーの雫（しずく）を切った。急に何かに気づいたように身を乗り出す。「中途半端にしたまま放り出すわけがないわな、おめさんが。ということは、まさか、解決したのか」

「いえ」

「そうか」緑川が椅子の肘掛に腕を預け、天井を見上げる。背筋をぐっと伸ばした姿勢のまま顎を引き、ぼそりとつぶやいた。「そう簡単に行くわけがないな」

「あの事件の発生からしばらくして、父は異動してますね」

「そうだったかな」

「そうなんです。無念だったでしょうね」

「そりゃあそうだよ。刑事なら誰だって、事件を途中で放り出したくないからな。それはおめさんだって分かるろ？　でも部長の場合はそうもいかなかった。偉くなる人間は、現場を離れなくちゃいかん時があるんさ。ヒラ刑事みたいに、一つの現場に固執しているわけにはいかんのだよ」

「そんなもんですかね」

「組織なんだから。誰かが偉くならんきゃいかんわけだし、そういう人には広い視野を持ってもらわんとね……だけど、それとこれが何の関係があるんだ」

「どうも父は、異動直前に妄想に捕われてたようなんです」

「妄想？」コーヒーを飲もうとして、緑川が慌ててカップを口から離した。「馬鹿言いなさんな。あの人が妄想？　ありえないね。そういうのと一番縁遠い人だぞ」

「妄想が悪いなら、思いこみ、妙な想像、何でもいいんです。父は、そのことを緑川さんに話しているんですよ」

「俺に？」緑川が自分の鼻を指差した。誤魔化しているわけではなく、その顔に浮かんでいるのは真の戸惑いだった。「いや、何だったかな。だいたい、なんでおめさんがそんなことを知ってるんだ」

「父はずっとノートにメモをつけてたんです。日記みたいなものですけど。そこに、緑川さんに喋った、というようなことが書いてありました」

「だったら間違いないな。そういうことで勘違いしたり、嘘を書いたりする人じゃないからね。しかし、思い出せんな……それこそ、あの事件に関しては毎日いろんなことを話してたからね。何か、ヒントはないのか」

アルファベット一文字。それを口にしても、緑川の顔には何も浮かばなかった。わずかに首を傾げ、ゆるりと顎を撫でる。

「分からんな」

「本当ですか？」

「おいおい」緑川の顔に翳りが射した。「おめさん、俺を疑ってるのか？」

「違いますよ。思い出すようにお願いしてるだけです」

「でも、『参考人だ』って言われながら調べ室で刑事と向き合う人間の気持ちは、こんなもんじゃないかね」

コーヒーを一口飲んだ。濃く、深い味が口中に広がる。眠気を一気に蹴散らすような苦さだった。

「しかし、分からんな」緑川が首を捻る。「他にヒントはないんかね」

「父も、突拍子もない考えだとは思っていたようです。自分で考えついたのに、必死に否定しようとしてました。どうせなら、もう少しちゃんと書いておいてくれればよかったのに」

「日記だろう？　人に見せようと思って書くようなものじゃないからな。いや、ちょっと待てよ……」

「何か思い出しましたか?」

「そう言えば、ちょっとぐずぐず言ってたことがある。奥歯に物が挟まったような言い方でな。確か、異動の直前だよ。呑みに行って、何か言いたそうにしてたのに結局はっきり言わなくてね。らしくない話だよな」

「何の話だったんですか」

「そりゃ、例の事件に決まってるだろう」

「もう少し具体的に」

「だから、羽鳥はやっぱり違うんだろうって話になって、犯人像についてあれこれ喋ったんだよ。その途中で急に口が重くなってね。どうも、何か目星をつけてる感じだったけど……」緑川はカップに手を伸ばしたが、持ち上げずに、取っ手を握ったまま目を閉じた。「適当なことや想像は絶対に口に出さん人だったすけな。ということは、自分でも相当突飛な考えだと思って、頭の中に封じこめてたんじゃなかろっか」

「例えば、予想もしていない人間が犯人だと考えていたとか?」

「あるいはな」

「緑川さんはどう思いました?」

「俺は酔っ払ってたからね」にやりと笑ってコーヒーを口に含む。「聞き流してたな。俺は現場のヒラの刑事だったわけで、捜査の全体像が分かってたわけじゃないし。ただ……ああ、思い出した。何度も言ってたよ、『ありえない』ってな」

「ありえない？　どういうことですか」

「分からん」緑川が力なく首を振る。「聞いてみたんだけど、ありえないって繰り返すだけでな。よほど突拍子もない人間を犯人だと思いこんでたのかねえ」

「その後で、父の考えが捜査本部に伝わることはなかったんでしょうね」

「ない」きっぱりと言い切る。「あれば、当然俺も知ってたさ。部長はきっちりした人だからね。異動してしまえば、捜査本部のやることに直接口を出す権限はなくなると思ってたんだろう。けじめってやつでね」

「それでも何かの機会に、それこそ酔っ払ったりすれば誰かに喋る可能性はありますよね」

「ないね。あの人は、酒を呑んだからって簡単に口を滑らすような人じゃないんだよ。それはおめさんもよく分かってるろ？」

分からない。父とは一緒に酒を呑んだことがないから。祖父は違った。酒が入ると、自分が手がけた事件について、面白おかしく大袈裟に話してくれた。今考えると話半分というところだろう。

「ありえない犯人像って何でしょうね」

「何だろう。それこそ警察官とか？　いや、それは珍しくもないな。実際、いくらでもそういう話はあるし。嫌だね、まったく」

「過去に例のない犯人ということですか」

「そうなのかなあ……おい、おめさんは、やっぱり課長に似てるわな」

「ジイサンに、ですか」

祖父は、最後は中署長で引退したのだが、一課時代に一番いい仕事をした、と常々自負していた。昔の部下が訪ねてきた時も「課長」と呼ばれると急に相好を崩したものである。組織的には、捜査一課長は中署長よりも大分格下なのだが。

「ころころと会話を転がしてさ。全然関係ないことを話しているうちに、相手がぽろっと本音を話しちまったりする。時間はかかるけど、これも一つの方法だ。強引に調べを進めて、公判になって急に否認される可能性は、こういうやり方の方が少ないだろうしな。俺が聞いてる話じゃ、課長が調べた人間が後になって話をひっくり返したことは一度もないそうだよ」

「そうですか」

相槌を打ったが、緑川の言葉はもう耳に入ってこなかった。

正明が小学生としての最後の一月余り、それに中学高校の六年間生活の場としていた養護施設の所在地は、合併前の亀田町である。信越本線の亀田駅を中心にしたこの町は、元々新潟市のベッドタウンで、それなりに開発が進んでいるが、中心部から車で五分走れば田園地帯の風景に変わる。施設は、市街地と農村地帯のちょうど境目辺りにあった。

一見すると古びた幼稚園といった建物で、子どもたちの声も聞こえてくる。就学前の幼児のようだ。学校の校舎を思い出させる素っ気ない平屋建てが一棟、それに細長い二階建てのアパートのような建物が二棟ある。おそらく校舎のような建物が事務棟、後は入所者が暮らす寮だろう。事務棟の前には、校庭というには狭過ぎ、庭というには広過ぎるスペース。遊具の類は雪に埋もれたブランコだけだったが、大人でも十分入れそうなかまくらが一つ、私の肩の高さほどもある雪だるまが二つ、隅の方に作ってあった。

敷地内にある駐車場の一番奥に車を停め、建物の前で雪かきをしている男に声をかけた。名乗ると怪訝そうな表情を浮かべる。六十歳ぐらいだろうか、首にタオルをかけ、素っ気ない黒のゴム長靴を履いていた。ずいぶん長い時間雪かきをしているのか、赤いフランネルのシャツ一枚という格好なのに、額には薄らと汗が浮かんでいる。

「刑事さん」男が名刺をまじまじと見た。それから私の顔に視線を移す。「鳴沢さん、ですか」

「はい」

「ちょっと……」踵を返して事務棟に入りかけ、振り向いて「どうぞ」と声をかける。彼の後に続いて建物に入った。まさに学校のような作りで、玄関には木の箱を積み重ねたような下駄箱が並んでおり、その先にはひんやりとした気配を感じさせる廊下が左右に走っている。履いている意味がないほど薄いスリッパを突っかけ、男の後に続いた。廊下を右に折れるとすぐに、部屋のドアを開ける。小型の職員室という感じで、部屋の中央に机が四つくっつけて並べられ、奥に一つだけ別の机が置いてあった。表皮に皹（ひび）の入ったソファが二脚。その間に挟まれた木製のテーブルは、どこかのゴミ捨て場から拾ってきたのではないかと思えるほどガタが来ていた。

男が一つだけ離れたデスクに向かい、腰を曲げて引き出しの中を確認した。一分ほどあれこれ調べていたが「ああ」と納得したように声を漏らし、一枚の名刺を持って私の方に歩いてくる。

「同じお名前でしょ」名刺を差し出す。鳴沢宗治（むねはる）、父の名前があった。肩書きは、異動後のものだった。

「父です」

「ああ、なるほどね。似てらっしゃる」男がすっと笑みを浮かべ、シャツの胸ポケットから名刺入れを取り出した。滝沢直道(たきざわなおみち)。園長の肩書きがある。

「ま、お座り下さい」

勧められるままソファに腰を下ろした。木の部分には無数の傷がつき、茶色い塗装がほとんどはがれて、木地がむき出しになっている。クッションもへたっていた。

滝沢が茶を淹れ、私の前に湯呑みを置いた。ゆっくりと向かいに腰を下ろし、首にかけたタオルを取って額をすっと拭う。

「どういったご用件ですか」

「父が来た時のことを覚えてらっしゃいますか」滝沢の前に並んだ二枚の名刺に目をやった。どちらも素っ気ない、いかにも公務員の名刺である。

「ええ」滝沢がうなずく。「あの子のことでした。鷹取正明君。あれは春になってからだから、彼はもう中学校に入っていた時期ですね。鳴沢さんがいきなり訪ねて来ましてね。お土産に果物を持ってました。確か、イチゴだったかな」

「鷹取さんのお見舞い、ですね」

「そうですね」滝沢が音をたててお茶を啜った。

「まあね」滝沢の顔に苦しげな笑みが浮かんだ。「養護施設のことはご存じですか」

「ある程度は」

「病院に似ていないこともないんですよ。みんな何かしら事情があって、自分の家を離れているという点ではね。ただ、長い子だと二歳から十八歳まで十六年間もいることになるのが違いです。でも、彼らにとって家であることには変わりないんですよ。だから、友だちなり親戚なりが訪ねてくることも珍しくはない。中には嫌がる子もいますけどね」

「正明さんはどうでしたか」

「嫌がってました」簡単に認めた。「嫌がってたというか、外の人に対しては頑なになってましたから。ここの人間に心を開いていたわけでもないけど」

「父とはどんな話をしたんでしょう」

「結局話はできませんでした。正明君は、自分の部屋に引っこんで出てきませんでね。鳴沢さんは一時間ぐらい粘ってたんですが、無駄足になりました」

「ただの見舞いだったんでしょうか」

「だと思いますよ。鳴沢さん、あの事件の捜査を担当されてたんでしょう? 異動になって捜査から離れるから、その挨拶がてらじゃなかったんですかね。確か、そんなことを言ってましたから」

「そうですか」私も茶を一口含んだ。見た目通りで非常に薄い。ほとんど白湯だった。

「父が来たのは、その時一度だけでしたか」

「いや、その後も二、三回は来られたんじゃないかな。正明君のことはずいぶん気にしてましたよ。何しろ、あんな悲惨な事件に遭ったわけですからね。それにしても、なかなか優しい人だ。刑事さんにしては珍しいんじゃないですか」

「どうでしょう」小さく笑みを浮かべておいてから、湯呑みをテーブルにそっと置く。両手を揃えて膝に置き、わずかに濡れた指先をズボンに擦りつけた。「正明さんですが、ここではどんな様子だったんですか」

「あの」滝沢の顔に影が差した。「彼に何かあったんですか」

「いや、そういうわけじゃないんですが」口を濁した。どこまで説明していいものか――入り口までが限界だ。「例の事件を改めてひっくり返してましてね。彼にも何度か会ったんです」

「ああ、そうですか」気づいていないのか、時効のことには触れようとしなかった。

「中学生になってすぐ、この施設で人の腕を折ってますよね」

それと分かるほど、滝沢の顔が蒼褪めた。慌てて首を振り、否定にかかった。

「あれは事故ですよ」

「事故」

「いや、事故というか喧嘩です。子どもの喧嘩。それでちょっとやり過ぎただけのことですよ。よくある話でしょう？　中学生はエネルギーが有り余ってますからね」

彼の弁明は不自然か？　何かを取り繕ってはいないか？　そうは思えなかった。

「別に、今さらそれを問題にしようというわけじゃないんです」

顔をしかめながらも、滝沢が安堵の溜息を漏らす。

「じゃあ、どうしてそんなことをお聴きになるんですか」

「彼がどんな子どもだったのか、知りたいんです」

「正直言って、難しい子でした」滝沢が自分を納得させるようにうなずいた。「こういう施設にはいろいろな子どもが来ます。両親を亡くして親戚にも引き取り手がない子。家庭内暴力で親と一緒にいられなくなった子。これはいいことなのかどうか分かりませんが、最近では引きこもりの子を無理矢理施設に入れるようなこともあります。うちにはそういう子はいませんけどね。どのケースにしても、子どもは難しい問題を抱えています。小さい子は扱いやすいけど、ある程度大きくなれば、自分がどういう事情でここにいるのかが分かりますからね。そういう子を素直に育てて高校まで卒業させるのは……」

「大変でしょうね」

「学校に行けば行ったで、自分が友だちとは違う立場なんだってことを意識するわけですし、正直言えば、施設の中も一枚岩じゃありません。二歳から十八歳までいろいろな子どもたちがいるわけですから、私たちの目の届かないこともあるんですよ」

「いじめとかですか」

むきになって滝沢が首を振る。

「一般論です。うちの施設がそうだと言ってるわけじゃありません。実際、ここではみんな仲良くやってますから」

「正明さんはどうでしたか」

「うん、そうですね……」声が低くなり、事実から一歩引くように、滝沢がソファに背中を埋めた。私は逆に身を乗り出した。

「喧嘩はよくあることかもしれません。でも、腕を折ったとなったら、その後も仲良くというわけにはいかないでしょう」

「まあ、一般論としてはそうですかね」

「一般論ではなく、具体的にはどうなんですか」

「すいませんが、こんな話があなたのお役に立てるとは思えません」

「それは私が決めることです。こういう言い方で申し訳ないんですが」

しばらく無言の睨み合いが続いたが、結局は滝沢が折れた。

「彼は、非常に難しい子でした」うつむいたまま滝沢が話し始める。「私は、この施設に三十年近く係わっています。でも、ああいう事件の被害者の子どもを預かったのは、後にも先にも正明君だけでしたね。ここへ入って来た時、彼は完全に自分の殻に閉じこもっていました。口をきかないどころか、食事もろくにとろうとしないでね。中学に入る直前の頃には、しばらく入院させなければいけなかったんですよ」

「長く、ですか？」

「二週間かそれぐらいですけどね。その後も、なかなか馴染もうとしませんでした。子どもたちもちょっと引いていましたね、正直言って。自分から話しかけてこない子でも、何とか輪に引き入れようとするんですけど、全然効果がない。彼が入ってきた当時は、一つ年上の子が一番年長で、彼がいつも子どもたちをまとめてくれたんですけど、その彼でも、正明君の殻をこじ開けることはできませんでした」

「事件の影響だと思われましたか」

「それは間違いないでしょう。私は心理学者じゃないから、科学的にどうこうは言えませんけど、子どもはたくさん見てますからね。夜中にうなされたり、眠れなかったりっていうのは、事件のショックがあまりにも大きかったからじゃないですかね」

「ええ……ところで彼は、高校を卒業するまでここにいたんですよね」

「ええ」

「それまで、ずっとそんな状態だったんですか」

「いや」否定してから躊躇い、滝沢が説明の言葉を呑みこんだ。

「変わったんですか、彼は」

「残念ながら、悪い方向に」苦々しげに言って、煙草に手を伸ばす。火は点けたものの、一口吸っただけですぐに灰皿に置いた。「高校に入ると、悪い仲間と係わるようになりましてね」

「それで警察が出てきたとか？」

「いやいや、そうじゃないんです」慌てて滝沢が否定した。「彼は被害者ですよ」

「被害者？」

「この辺りの高校、その頃は結構荒れてましてね。彼はしょっちゅう小突かれたり金を巻き上げられたりしてたんです」

「学校でいじめに遭ってたんですね」

「その反動かもしれないけど、施設では逆に、ね」滝沢が右の掌を表から裏へひっくり返してみせた。

「いじめる方に回ってた？」

慌てて首を振る。

「もちろん、警察沙汰になるほどのことはなかったですし、注意すれば一旦はやめるんですよ。でも同じことの繰り返しで、そのループから抜け出せないまま、高校を卒業するまでここにいたわけです」

「その後も不運続きだったみたいですね」

「ええ、ここを出てすぐに仕事を始めて、アパートも借りたんですけど、どうも仕事の方がうまく行かなくてね。一生懸命やるんだけど、順応性が低いっていうか。彼のせいだけじゃなくて、会社が倒産したりする不運もあったりして」

「そういう時、ここには相談に来なかったんですか」

「来ませんでした」滝沢がすぐに断じた。「残念ですが、彼にとって、ここはあまり居心地のいい場所じゃなかったようです。私が何度も厳しく注意したこともあって、避けてたような感じもありましたしね。卒園者はたいてい、年に一度ぐらいは訪ねてくるか便りを寄越すものですけど……彼がここを出てからのことも、噂で知っただけなんですよ。実際、卒園してからは一度も会っていない」

「彼には、誰か相談できる人はいなかったんですかね」

「いや、二人はいたんじゃないかな」

「誰ですか」

「一人は、ここで正明君が腕を折った相手ですよ。その、腕を折られた子は本当に面倒見がよくてね。私がいない時でも、彼がいれば子どもたちは大人しくまとまっていました。その子は交通事故で両親を亡くして、本人だけ生き残ったんですけど、クリスチャンで、『生き残った人間には義務があるんです』って口癖みたいに言ってましたよ。正明君は避けてたけど、それでもあれこれ面倒を見てましたね」

「今はどうしてるんですか」

「別の養護施設で働いてます。人の世話をするのが性に合ってるんでしょうね」

「会えますかね」

「大丈夫でしょう」滝沢が立ち上がり、デスクにメモを置いてペンを走らせた。破り取ると私の前に置く。二つに折り畳んでダウンジャケットのポケットに入れた。

「連絡してみます。ところで、もう一人は誰ですか」

「羽鳥さんってご存じですか。殺された正明君の父親の親友だった人ですけど」

「彼が？」声がかすれた。

「羽鳥さんは何回も訪ねて来ました。やっぱり、親友の息子さんだから気になったんでしょうね。金銭の援助もしてたはずですよ」

「毎月定期的に？」

「そうですね。大学に行けるぐらいの金は用意してたんじゃないかな。一度、羽鳥さんがそんなことを言ってましたからね。結局正明君は、受験する気にはならなかったようですが。羽鳥さんも、責任みたいなものを感じてたんじゃないですかね。親友の息子ですから、自分が面倒を見て当然というか」

「だったら、施設に入れずに自分で引き取るという手もあったんじゃないでしょうか」

「なかなかそうも行かなかったんでしょう。独身だから手も回らないし、少なくともここにいればちゃんと食事はとれるからって言ってました。何だか寂しそうにね」

礼を言い、愛想園を辞去する。訪れる前よりずっと多くの情報を手に入れてはいたが、それで目の前の闇が開けたわけでもなかった。むしろ想像が勝手に翼を広げ、私の常識を超えたところまで飛び立とうとしている。その翼が巻き起こす強風に吹き飛ばされないよう、私はしっかりとレガシィのハンドルを握り締め続けた。

2

新潟の中心部に戻り、滝沢が渡してくれたメモの住所を探した。新潟めぐみ学園。新潟大学附属中のすぐ近くである。そこへ行く前に、中署に電話を入れて大西を捕まえた。

「今、そこに安藤はいるか」

「ええと……はい」

声の調子からしてすぐ横にいるようだ。

「話しにくいよな」

「そうですね」

「『はい』か『いいえ』で答えてくれ。これから出てこられるか」

「はい」

「五分後?」

「いいえ」

「十分?」

「はい」

「じゃあ、外で待ち合わせよう」

「はい。ところで何事ですか」

「助けが欲しいんだ」

「はい」

「面倒な話で悪いんだけど」

「慣れてますよ」にやりと笑う彼の顔が目に浮かんだ。

待ち合わせ場所を指示して電話を切る。

中署のすぐ近くにあるコンビニエンスストアの前で車を停めると、すぐに大西が助手席のドアを開けて車内に滑りこんできた。コートも着ていない。エアコンの噴き出し口の前に手を突き出して擦り合わせる。

「何だよ、その格好は」

「安藤さんに怪しまれないように、トイレに行く振りをして逃げてきたんですよ。背広を着るのが精一杯で」

「悪かったな」

「いえいえ、何てことはないです」手を引っこめ、シートに背中を預ける。

「お茶でもって言いたいところだけど、あまり時間がないんだ」

「いいですよ、走りながらで」

考えをまとめながら自分の疑念をまとめてを話した。ちらりと横を見ると目を剝いていたが、反応はない。話し終えると、大西が一つ唸ってから溜息をついた。

「それは……確かに妙ですね」

「ああ、妙だ」

「仮にはっきりしたところでどうします？　そこから先につながる材料が出てきても、警察的にはどうしようもないじゃないですか」

「そうだけど、はっきりさせたいじゃないか」

「それは分かりますけど、そんなに上手く行くかな」

「まず、一つ頼まれてくれ。銀行の口座を洗って欲しい」

「銀行じゃないかもしれませんよ。郵便貯金かもしれないし、信用金庫かもしれない」

「できるだけ当たってみてくれ。現金を渡してたらどうしようもないけど」

「そうでしょうね……ま、やってみましょう。でも、それが分かって何になりますか」

「攻める材料にはなるさ。矛盾だらけだから、そこを突いていけば白状させられるかもしれない」

「とにかく調べてみます。口座が今でも生きてれば、何とか分かるでしょう」

「忙しいのにすまない」

「新潟は、冬になるとワルも冬眠ですから。暇で困ってるぐらいですよ」

「それならいいんだけど」

「あ、そこで降ろして下さい」署の建物が見えてきた。交差点の角に車を停めたが、大西はすぐに車を降りようとしない。「鳴沢さん、そろそろ東京へ帰るんですよね」

「ああ、忌引きももうすぐ終わりだから」

「飯を食べる時間もないんですか。せっかくまた会えたんだし、話もしたいんですよ。いろいろ相談したいこともあるし」

「俺なんかに相談しても仕方ないぜ」

「無理ですか？」

「無理ってことにしておこうか」

「仕方ないですね」大西が小さく溜息をつく。「残念ですけど」

「俺に相談しなくちゃいけないような心配事でもあるのか」

「彼女のことなんですけどね」

思い切り鼻に皺を寄せてやった。

「結婚話とか？」

「そんなところです。これがいろいろ大変でしてね」

「仕事のことならともかく、それは俺に話しても無駄だよ。相談するなら、もっと適当な人がいるだろう。県警の人間に知られたくないんなら、警察の外にいる友だちや先輩がいいんじゃないか」

「まあ、そうですね。そもそも独身の鳴沢さんに相談しても意味ないか」

「そういうことだ。とにかく、よろしく頼むよ」

「できるだけ早く電話します」

車を降りて一度だけ振り向き、大西が手を振った。早足で横断歩道を行く後ろ姿が、雪の中であっという間に小さくなる。昼飯ぐらい奢っておけばよかったと一瞬後悔した。彼にただ働きをさせる権利などないのだから。大体彼は、どうして私の言うことをきいてくれるのだろう。一緒に事件で苦労しておきながら、何の説明もなく新潟を逃げ出した私の言うことを。

中署からは羽鳥の家が近い。まだ証拠を摑んでいないので突っこむわけにはいかないが、話をして顔色を窺うぐらいはできるだろう。それに、何度も話をしているうちにぼろを出すこともある。車を彼の家に向けた。

不在だった。先にめぐみ学園に行ってみよう、そう思ってアクセルに足を乗せた途端、誰かが羽鳥の家のインタフォンを鳴らすのが目に入った。池田幸平、アースセーブ新潟の会長だ。返事がないのが意外だったのか、ぽかんと口を開けて二階の窓を見上げる。どうするか決めかねているようで、しばらくその場で佇み、ぼんやりとコートの肩から雪を払い落とした。

「池田さん」車から降りて声をかける。池田がこちらを向いた。最初私が誰だか分からなかったようで、目を細めて不審そうに私を見たが、気づくと今度は露骨に不快な表情を浮かべる。雪に脚を取られながら駆け寄った。

「いないでしょう」

「そうみたいだね。おかしいな」

「おかしい？　何がですか」

「そんなに出歩くような人間じゃないんだが」

「家にこもりっきりじゃ生きていけないでしょう。今朝は買い物に行ってましたよ」

「張り込みでもしてたのかね、君は」池田が目を細める。彼の質問を無視して逆に質問をぶつけた。

「何かご用だったんですか」

「用がなければこんなところまで来ないよ。電話にも出ないし、困ったもんだ」

「どうしますか？　帰るならお送りしますけど」

「いや、私も車だから。結構です」

　歩き出そうとするのを、腕に手をかけて引き止める。

「ちょっとお話できませんか」

「話すことはないけどね。あなたと話をするとろくなことにならないから」

　そう言いながらも、結局彼は私の車の助手席に収まった。

「私と話すとろくなことにならない、ですか」気になって訊ねてみた。単なる皮肉には聞こえない。「何かあったんですか」

「正直に言えば、あんたがあちこちで動き回ったせいで、妙なことになっている」

「どういうことですか」

「疑念ですよ、疑念」池田が腹の上でぎゅっと両手を握り合わせた。「それこそ、羽鳥君があの事件の犯人じゃないかっていう話が蒸し返されてね。昨夜、何人かで集まって話をしたんです。今さらそんなことを言ってもどうしようもないけど、一人一人の胸の内に収めておくには重過ぎる話だからね」

「それで、本人に直接聞きに来たんですか」

「そんなところです」

「仮に、彼が認めでもしたらどうするつもりなんですか」

「認めるも何も、そんなこと、あるわけないでしょう」

「池田さんは、羽鳥さんがシロだと思ってらっしゃるわけだ」

「それを疑う理由はない」

「だったら、放っておけばいいじゃないですか」

「いや、納得してくれない人もいるからね。会長の私が直接話して羽鳥君が否定すれば、そういう人も納得してくれるでしょう」

話し合いで済むようなことではないはずだ。「君がやったのか」「違います」「だったら私がみんなに話しておこう」。そういう会話ですべてが終わるわけがない。噂は理性の枠を超えたところから生まれるものであり、それ故に簡単に否定するのは難しい。

「今まで、羽鳥さんとこういう話をしたことはありますか」

「ないね」即座に池田が否定する。

「話せませんか」

「それはそうだ。こんなこと、仮に酒が入ったにしても話せるものじゃない」

「ということは――」

「あなたのせいですよ」じっと前を向いていたが、彼の目には非難の色が浮かんでいた。

「あなたがいろいろ掻き回さなければ、我々も静かにやっていけた」

「真実がそのまま埋もれてしまってもいいんですか」

「真実が明らかになっても、誰かが幸せになるわけじゃないでしょう」

池田の台詞は、ある意味核心を突いていた。この事件が解決すれば、正明の溜飲(りゅういん)は下がるかもしれない。私も小さな満足感を得るかもしれない。だが私は、事件においてはあくまで第三者なのだ。では、どうしてこんなにむきになっているのか。

真実は、生きている人のためだけにあるわけではないからだ。死んだ人間の霊魂がこの世を彷徨い、誰かが真相を明らかにするのを待っているなどと思っているわけではないが、鷹取の無念を晴らさないわけにはいかない。死者にも名誉はあるのだ。

「あんたは、いつまでこの件に係わるつもりなんですか」

「どうでしょう。あまり時間はないんですけどね」

「羽鳥君がやった証拠はない。あんたがやっていることは嫌がらせとしか思えないんだが」

「いくら十五年前のことと言っても、殺人の事実が消えるわけじゃない。事実を知りたいだけなんです」

「そういう考えもありますかね」池田がドアに手をかけた。「ま、私は私でまた羽鳥君に会いに来ますよ。できればもう、あなたとはお会いしたくないけどね」

「寝た子を起こすようなことになるとでも思ってるんですか」

「そんなこと、私に分かるわけがないでしょう」怒ったように吐き捨て、池田が車を出て行った。背中を丸め、もう一度家の前まで行ってインタフォンを鳴らしたが、やはり返事はない。肩を怒らせ、一度だけ私に鋭い一瞥（いちべつ）を投げてから大股で歩み去った。雪を溶かしそうな彼の怒りを感じながら、私はその背中をじっと見送った。

新潟めぐみ学園は、愛想園より規模は小さいもののまだ新しく、清潔な雰囲気が漂っていた。事務室に通され、事情を説明するとしばらく待たされた。エアコンの効きはよく、頭がぼうっとしてくる。先ほどの愛想園の寒さが妙に懐かしく感じられた。

十分ほどして現れた三富寛一（みとみひろかず）は、小柄だがエネルギッシュな男だった。そのまま突進すれば部屋の壁をぶち抜きそうな勢いで駆けこんできて、ソファにけつまずいてようやく動きが止まる。子どもがよくやるように乱暴に腰を下ろすと、ソファの上で体が弾んだ。

「すいません、今日は何だか滅茶苦茶忙しくて」荒い息が落ち着かない。

「こちらこそすいません、約束もなしに訪ねてきて」

「何ごとですか、警察の方が」

「昔の話についてです」

「昔だって警察のお世話になったことはありませんけどね」おどけたように言って両手を広げる。「知ってるでしょう？　俺は養護施設で育ったもんで、今でも変な目で見る奴がいるんですよ。何か、間違ったイメージを持ってる奴が多くてね。少年院か何かと勘違いしている人間も多いんです。今さら説明するのも面倒臭いから、何か言われたら『ガキの頃はワルだった』って言ってやることにしてますけどね」

一気に喋ってふっと口をつぐみ、私の顔色を窺う。

「それで、何の話ですか」

「昔、腕を折られたそうですね」

「何ですか、いきなり」本当に驚いたように三富が大きな目をさらに大きく見開く。

「もしかして、愛想園の話ですか」

「ええ」

「確かにそんなことはありましたよ。だけどまさか、そんな昔のことを調べてるんじゃないでしょうね。あれは、単なるガキの喧嘩じゃないですか」

「本当にそうだったんですか？　喧嘩は分かりますけど、腕は簡単には折れないものですよ」

「でも、実際に折れましたからね。突然やられたから、こっちも抵抗できなくて」

「原因は何だったんですか」

「あの、刑事さん？」三富が目を細めた。「あいつのことを言ってるんですよね、鷹取正明」

「そうです」

「あいつ、何かしたんですか」

「というわけでもないんですが、愛想園での彼の生活ぶりを知りたいと思いまして」

「何で今さら。あいつだって、卒園してから十年近くになるんですよ」

「それは、捜査の秘密に係わる問題ですから」

溢れ出る好奇心を抑えきれない様子で、三富が身を乗り出す。だが、私が腕組みをして口をつぐんだのを見て、あっさりと諦めたようだった。質問を続ける。

「さっきの話ですけど、本当に突然だったんですか？」

「あれはですね、食堂で、夕飯が終わった時だったんですよ。あの日は確か、アジフライにポテトサラダだったかな……そういうことは妙にはっきり覚えてるんですよね。で、みんなでお茶を飲みながらテレビを見てる時、鷹取がいきなり近づいてきて、俺の右の手首を持って引っ張りあげてね。何かの冗談だろうと思って『何だよ』って言ったんですけど、あいつは何も答えないで、いきなり俺の腕を振り下ろして自分の肩にぶつけて。嫌ですね、耳のすぐ側で自分の腕が折れる音が聞こえるってのは。痛いのもそうだけど、その音を思い出すと気持ち悪くて」

「分かります。結局、理由は分からずじまいですか」

「ええ、愛想園の先生たちもずいぶん厳しく説教したみたいだけど、鷹取は何も言わなかったんですね。結局俺にも、一言も謝りませんでした」

「本当に一言もなしですか」

「あんまり何も言わないものだから、気持ち悪くて突っこめなくなっちゃいましたよ」

「原因は何だったと思いますか」

「うーん、どうだろう」三富が、顎に薄らと生えた髭を引っ張った。「あいつも苛々してたんだとは思うけど……あんな事件があって施設に来たでしょう？　相談できる人もいなかったみたいだし、簡単には先生たちにも心を開きませんよね。内へ内へ閉じこもってしまった感じで、それが爆発したんじゃないかな。ああいう施設にいる子なら、誰でもそういう可能性はある。いくら先生たちが親代わりになろうとして頑張っても、結局は親じゃないですからね。本当に小さい子は、案外そういう環境に慣れちゃうんだけど、ある程度大きくなってから入ってきた子の方が落ち着かないですね。それは分かってたから、俺もあんまり鷹取を追い詰めちゃいけないって思ったわけで」

「愛想園では、その後もずいぶん喧嘩したんじゃないですか」

「ええ、まあ」

「お山の大将だった？」

「いや、そういうわけじゃないんです。あいつはハリネズミみたいなもので、仲間を作るんじゃなくて誰も近づけないようにしてたんですよ。そりゃあ、すぐに手を上げるような奴には誰も近づかないでしょう」

「外では？」

「何か聞いてるんですか」三富が声を潜め、膝に置いた自分の手を見下ろした。

「悪い連中とつき合いがあったとか」

「まあ、ぶっちゃけて言えばそういうことです」三富が両手で頬を擦った。そういえば目も充血している。ひどく疲れているのだ、と改めて気づいた。「夜遊びを始めて、先生たちには頭痛の種になってたんですよ」

「金を巻き上げられてたとか」

「らしいですね」三富が眉をひそめる。

「はっきり聞いたことはない？」

「その悪い連中のことは、俺も知ってましたよ。あの辺の不良高校生で、地元では結構有名な奴らだったから。変な話だけど、俺は鷹取からじゃなくて、その高校生から話を聞いたんです。お前も金持ってるのかって、脅されたんですけどね」

「つまり、彼は金を持っていた。少なくとも、そういう不良たちが目をつけるぐらいは持っていたわけですね」

「そういうことでしょう」

「金の出所はどこですか」

「それは、あれじゃないですか。亡くなったあいつのオヤジさんの友だちっていう人」

「間違いないですか」

「他に金を送ってくれる人なんかいなかったでしょう。もちろん、ちゃんと鷹取から聞いたわけじゃないけど」

「あなたは、彼とは親しい方じゃなかったんですか」

「いやあ、どうだろう」短く刈りそろえた髪を右の掌でごしごしと前後にこする。かすかに汗の臭いが漂ってきた。「あのですね、俺は昔から仕切り屋だったんですよ。養護施設ってのは、気をつけないと変な方向に転がって行っちゃうんですよね。施設の中でいじめとかセクハラとかがある話、刑事さんも聞いてるでしょう？」

「そういう施設もあるようですね」

三富がうなずく。力強く、確信に満ちた態度で、顔つきもいつの間にかひどく真面目になっていた。

「俺は、自分がいるところは絶対そんな風にはしないぞって思って。そのためには、先生たちに規則を押しつけられるんじゃなくて、自分たちでちゃんとルールを作るのが一番なんですよ。みんな何がしかの恨みや傷は抱えてるから、すぐにいがみ合ったり喧嘩になったりするんだけど、自分たちでルールを決めちゃえば何とかなるんです。それに、きちんとやっているって分かれば、先生たちからも余計なことは言われないしね。だから俺は、小さな子から高校生まで出来るだけ声をかけるようにしてました。そういう意味では、鷹取とも話した方だって言えば言えるけど」

「当時の会話で、何か印象に残っていることはありますか」

「それがねえ」困惑が力強さに取って代わる。「実は、ほとんどないんですよ。学校の話をしても『ぼちぼち』。天気の話をすれば『寒い』。園のほかの子たちの話を持ち出しても『知らない』。これじゃ、会話になりませんよね。壁に話しかけるみたいなものでした」

「でも、話しかけることはやめなかったんですね」

「そうです。鷹取みたいなタイプが一番危ないから」

「と言うと？」

「いつまでも事件の記憶を引きずって、誰にも相談しないで自分の中で膨らませるタイプ。それでどんどん落ちこんじゃってね……そう言えば、愛想園にはこういう女の子がいましてね。両親が離婚して母親に引き取られて、ところがその母親がすぐに自殺しちゃいましてね。父親はアルコール依存症で、とても子どもを引き取ることはできない。自分の子の顔さえ分からなくなってたって言うんだから、ひどい話ですよね。それで小学四年生の時に愛想園に来たんだけど、すぐに拒食症になっちゃいましてね。本当に食べないんですよ。無理に食べると必ず吐く。今でも覚えてるんだけど、体重が二十一キロしかなかったんですよ。四年生の女子の平均体重って、確か三十キロぐらいなんですけどね。しばらく入院したんだけど、結局亡くなりました」

「鷹取さんもそういうタイプですか？」

「肉体に出るというより、精神的に不安定になるタイプでしたけどね。まあ、不運続きの人生なのは間違いないですよ」

腕を組み、しばし目を閉じた。人は誰でも問題を抱えている。養護施設に入る子どもたちの問題は、人よりも少しだけ大きいはずだ。そこから抜け出すためには、それなりの要素が必要なはずである。本人の努力とか、周りの取り立てとか、それこそ運とか。

一気に喋った三富は口を閉ざし、私の言葉を待っている様子だった。

「カツアゲの件ですが」

「はい」

「それ、警察沙汰にならなかったんですか。相手は相当のワルだったんでしょう」

「いや、そういう話は聞いてません」三富が首を捻った。「微妙なところだったんじゃないかな。ワルと言っても、誰かに大怪我させるとか、覚醒剤に手を出したとかしたわけじゃないし。田舎のワルですからね、可愛いもんですよ」

「あなたはふだんからつき合いはあったんですか」

「やめて下さいよ、つき合いなんて」三富が顔の前で手を振った。「確かに連中は同じ高校の生徒だったけど、そんな奴らとつき合ってる暇なんてないですよ。勉強もあったし、愛想園に帰れば小さい子どもの世話もしなくちゃいけなかったですからね」

「いろいろ大変だったんですね。大学の学費なんかはどうしたんですか」

「奨学金を貰って、もちろんそれだけじゃどうしようもないですから、高校を出てからもしばらく愛想園のお世話になってたんですよ。子どもたちの面倒を見るのと引き換えに。要するに住みこみのアルバイトですね」

「鷹取さんは……」

「俺が大学の二年になる時に高校を卒業して、印刷屋に就職して。それをきっかけに愛想園は出ました」

「自活できるだけの給料は貰ってたんでしょうか」

「ここは新潟ですよ」三富がふっと笑みを漏らす。「家賃だってそんなに高いわけじゃない。贅沢（ぜいたく）しなければ何とかなるもんです。それに鷹取は、その頃になっても援助してもらってたんじゃないかな」

「羽鳥さんに」

「ああ、そうそう」三富がぽん、と手を打った。「そういう名前でしたね」

「羽鳥さんは愛想園にも何度か来ていたようですけど、お会いになったことは？」

「見かけたことはありますよ。鷹取にしても、やっぱり俺らとは違うんでしょうね、普通に話してる様子でした……あの、愛想園には行かれました？」

「ええ」

「庭の隅にブランコがあるの、気づきましたか」

「ああ、そう言えば」

「そこに二人で座ってね。小さい子どもと若い父親みたいな感じで腰かけて、よく長いこと話しこんでましたよ。あれは、本当の親子みたいだったな。鷹取のオヤジさんの親友なんですよね」

「ええ」

「今考えると何か不思議なんですよ」三富が首を捻る。「本当の親子みたいに見えたし、あいつも心を開いてる様子だったし。何も施設に来なくても、二人で暮らせばよかったんじゃないかなあ。まあ、そういうのは他人の俺がどうこう言う問題じゃないかもしれないけど」

そう、私の心に引っかかっていた疑問もそれだ。二人の親密さを裏づける材料が次々と浮き上がっている。それなのに正明は羽鳥を犯人だと名指しし、何かにせきたてられるように私の尻を蹴飛ばしている。

「二人が何を話していたか、具体的に聞いたことはありませんか」

「いや、別に盗み聞きしてたわけじゃありませんから」

「なるほど」言葉を探した。三富はよく喋ってくれたが、私の質問は尽きている。後は補強材料を探して、直接質問をぶつけるしかない。できれば二人揃ったところで。

「結局俺は、鷹取のことは理解できなかったんだろうな」しみじみとした口調で三富が言った。「それは、ちょっと悔しいんですけどね。ああいう施設に入った人間は、お互いに助け合わなきゃいけないんですよ。あいつは一人で泥沼に入りこんで、俺はそこから助け出してやれなかった」

「あなたは、まだ十代だったんでしょう。そこまで責任を感じることはないんじゃないですか」

「年は関係ないですよ。まったく、力不足だったな。今こうやって施設で働いているのも、ああいう経験があったからかもしれませんね。天職だってわけじゃないけど、何か遣り残したことがある気がして」言葉を切り、急に顔をしかめる。

「どうしました？」

「いや、何か思い出しかかってるんだけど。何だったかな」喉元に手をやり、首を振る。

「ああ、気持ち悪いな。ここまで来てるのに。何かあったんですよ」

「大事なことですか？」

「いや、それは分からないけど」

「思い出したら電話をもらえますか」テーブルに置いてあった自分の名刺を取り上げ、裏に携帯電話の番号を書き綴る。「いつでも結構ですから」

「ええ。でも当てにしないで下さいよ。こういうのって、すぐに出てこないと結局思い出せないまま終わるんですよね。すいませんね、長々話した割に役に立たないで」

「とんでもないです。仕事中に失礼しました」立ち上がり、一礼する。そこで、質問を一つ忘れていたことに気づいた。「鷹取さんに絡んでいた不良、名前は覚えてますか」

「ええ」急に三富の顔に笑みが浮かんだ。唇の端を歪めるような皮肉な笑いだった。「何とねえ、今や土建屋の専務ですよ。やっぱり中途半端な田舎の不良だったんでしょうね。オヤジの会社に入って、すっかりまともになっちゃって。会社は亀田の方にあります。イエローページの『建設』の項目の一番最初に載ってるんじゃないかな。『相田建設』って名前ですから」

3

反抗や暴力に明け暮れた学生時代の生活から抜け切れず、そのまま暴力団に入ってしまうような人間はほんの一握りだ。大抵の人は、学校は学校という組織から解き放たれると、自分の反抗心がいかに無意味だったかを知る。学校は一応生徒の面倒を見なければならないが、社会は、突っ張る人間を切り捨てるだけだからだ。学生時代に荒れまくっていた同級生に久しぶりに会うと、私よりもよほどまともな人間になっていたりする。少なくとも、私のように死体やワルとつき合っている人間はほとんどいない。たいていの人は、一生のうちに一度も、殺人犯と真正面から視線を切り結ぶことはないのだ。

相田健介も、過去をあっさり清算した類の人間だった。会社はすぐに見つかり、電話もつながったのだが、警察だと名乗ると、あれこれと理屈をつけて私との面会を避けたがった。結局、これは正式の話ではないが、面会を拒否すれば正式の話にせざるをえないと脅すしかなかった。それで渋々納得してくれたので、彼が真の意味での社会的病質者ではないと確信できた。生まれた瞬間から奈落の底へ落ち始めた人間は、刑事の脅しなど鼻息一つで吹き飛ばしてしまう。

ようやく会社から出てきた相田が、歩道に立って左右をきょろきょろと見回した。道路を挟んで会社の向かい側に車を停めていた私は、「相田さん」と声をかけて横断歩道の方に歩き始めたが、相田は「ちょっと待って」と慌てて答え、一階にある駐車場に駆けこんでいった。ほどなく、白いメルセデスのSクラスが鯨のような巨体を現す。歩道で待っていた私の眼前で停まると、助手席側の窓がすっと開いた。

「乗って」怒っているというよりも、切羽詰まった口調だった。

「人の車に乗るのは気が進まないですね」

「いいから。誰かに見られるとまずいんですよ」

「警察官と話をするのがまずいんですか」

「そうじゃなくて」相田が露骨に嫌そうな顔をして舌打ちをしたが、すぐに言い直した。「そういうことでいいですよ。とにかく乗って下さい」

　助手席に滑りこむと、相田がすぐにメルセデスを発進させる。

「強引な人ですね」真っ直ぐ正面を見据えながら溜息をついた。

「失礼しました」一言謝ってから、ハンドルを握る相田を横目で観察する。背丈は百八十センチある私と同じぐらいだろうが、腹回りはすでに中年のそれだ。顎の下でも肉がだぶついている。綺麗にオールバックに梳かしつけた髪から、甘い整髪料の香りが漂い出していた。左腕には金銀コンビのロレックス、両の袖口からは金色のカフスが覗いている。

「ちょっとその辺を流しますから、その間に話をして下さい。今、一応仕事中なんでね、あまり長くはいられない」

「新潟の建設業界は、冬は暇かと思ってました」

「公共事業も減る一方だしね……そんな話じゃないんでしょう」

「失礼」一つ咳払いをして話を切り出す。「鷹取正明さんをご存じですよね。中学、高校と新潟愛想園で暮らしてました」

「鷹取？」相田が拳を顎に押し当てた。「さあ」

「あなたがカツアゲしてた相手ですよ」現在の年齢から十歳ほど若い正明の姿を想像しながら、その容貌を説明した。

「ああ」わざとらしく相田が甲高い声を上げる。「あの鷹取ね。カツアゲって、人聞きが悪いな。勘弁して下さいよ」

「じゃあ、何だったんですか」

「確かに俺も、あの頃はやんちゃでしたよ。悪い仲間も一杯いたし」

「そういうことは言い訳にはならないでしょう」

相田がブレーキを踏みこむ。メルセデスの尻が派手に滑って、後続の車からクラクションを鳴らされた。ほうっと息を吐き、そろそろと加速を始める。雪の上であってもメルセデスの乗り心地は滑らかだったが、相田は小型車で荒れ地を走っているかのように、きつくハンドルを握り締めていた。

「勘弁して下さいよ。そんな昔の話を今さら持ち出されても」懇願するような口調に変わっていた。「ガキの頃のことじゃないですか。俺だって今は、それなりに責任ある立場にいるんだから」

「昔のことで責任を果たさないままで、責任ある立場も何もないでしょう」

「きついな、刑事さん。だいたい俺は、あいつのことなんか忘れてましたよ」乾いた声で笑いながら、顎の下の弛んだ肉を指先でいじる。

「実際にカツアゲしてたんですか」

「まあ、その……ええと、本気で俺をどうこうしようってわけじゃないですよね」

「協力してもらえれば」

「頼みますよ。これでも俺、一応二児の父親なんだから。今は、本当にワルはやってませんって」

「何で鷹取さんに目をつけたんですか」

「それは、何て言うか、あいつ、萎(しな)びてたから」

「萎びてた？」

「元気がないっつうか、しおれてるって言うか。そういう奴は目をつけられやすいんですよ。分かるでしょう？」

「彼は、素直に金を出したんですか」

「最初は二万円ね。財布を出したら万札が何枚か入ってて、結構持ってるじゃねえかって話になって、その後もね」

「彼の境遇は知ってたんですか」

「ああ、オヤジさんが殺されたって話？　最初は全然知りませんでしたよ。後から聞いたんです」

「それを聞いても何とも思わなかった？」

「だって、俺らには関係ない話じゃないですか。別に友だちってわけでもないんだから。でも刑事さん、勘違いしてませんか？　いつも無理矢理金を巻き上げてたわけじゃないんですよ。何回か続くと、あいつの方から金を出すようになって、一緒に遊んでたし」

「それは、あなたたちが怖かったからじゃないんですか」

「そうかもしれないけど、こっちが何も言ってないのに向こうが金を出してたら、カツアゲとは言わないでしょう。あいつもツレが欲しかったんじゃないかな」

「それを決めるのはあなたじゃないんですよ。金を出した本人が『怖かったんで渡した』と言えば、恐喝になります」ぴしりと言ってやった。この男の情けない言い訳に、早くも嫌気がさしてきた。

「勘弁してよ」相田が唇を舐める。「本当に、今さらそんなこと言われたって困るって。オヤジに殺されちまう」

「社長さん、ですか」

「そう。俺、専務なんて言ったって、まだオヤジには頭が上がらないから。六十近くになるけど、ぴんぴん元気でおっかなくてね。ガキの頃は隠れていろいろ悪さしてたけど、一度こっぴどく怒られて滅茶苦茶ぶん殴られてね。それで悪さは卒業したんですよ」

「家族には言いませんよ」

「それならいいけど」相田が大きな溜息をついた。「だけど、鷹取も相当変わってたなあ」

「具体的には？」

「急に笑うんですよ。何でもない時にいきなりテンション上がっちゃってね。ちょっと気持ち悪いでしょう？　で、どうしたって聞くと黙りこんじまってね」

「彼とはまともに話ができましたか？」

「いや。あいつは、俺たちの後をくっついて歩いてるだけだったから。いつも金離れがいいんで理由を聞いたことがあるけど、『スポンサーがいるんだ』って言ってましたね」

「スポンサーね」

羽鳥のことだ。やはり、定期的に正明に金を渡していたのだろう。アパートの経営でどれほどの収入があるか分からないが、羽鳥にとっても大事な金だったはずである。その金を、正明はむざむざ捨てて歩いたようなものだ。

「結局、鷹取さんからあなたたちに渡った金はどれぐらいだったんですか」

「いや、それは」相田が苦笑を漏らす。「分からないですよ。だって、金が出てくる先から使っちまうわけだから」

「百万とか？」

「まさか、そこまでは」相田が首を振った。「だって、俺らが鷹取とつるんでたのって、一年かそれぐらいですよ。いくら何でも、一年で百万にはならないでしょう」

「じゃあ、五十万？」

「勘弁して下さいよ。本当に覚えてないんですって。別に帳簿をつけてたわけでもないし」相田が泣き言を連ねた。

「まあ、それはいいです。鷹取さんとつき合ってたのは一年ぐらいっていう話でしたよね。何かきっかけがあって別れたんですか」

「うん、それはまあ……」赤信号で車が停まり、相田がうつむいた。指先で神経質そうにハンドルを叩く。「ちょっとヤバイことがあって」

「警察沙汰ですか」

「いや、そうじゃない」相田が慌てて頭を振った。「警察沙汰になってたら、刑事さんだって知ってるでしょう。あいつが急に暴れ出してね」

「いつ頃ですか」

「確か、夏休みだったかな。新潟のゲームセンターで遊んでたんだけど、急に切れちゃって。俺らの仲間の一人を外へ引っ張っていって、鉄パイプで殴り始めたんですよ」

「鉄パイプ？」

車が流れ出した。相田が少し強めにアクセルを踏みこみ、私の体はシートに押しつけられた。

「三十センチぐらいに切ったやつ。それでいきなり殴りかかってね」

「その鉄パイプ、どこから出てきたんですか。近くに落ちてたわけじゃないでしょう」

「奴が持ち歩いてたんですよ。三十センチぐらいだとバッグにも入るでしょう」

「いつもそんなものを持ち歩いてたんですか」

「それは分からないけど……殴られた奴も大した怪我はなくて、病院にも行きませんでしたよ。それで警察沙汰にならなかったんだけど」

「何で急にそんなことを？」

「それは分かりませんね、あいつに聴いてみないと」

「その時は聴かなかったんですか」

「冗談じゃない。みんな引いちゃって、話できる雰囲気じゃなかったし」ハンドルを握ったまま、相田が肩をすくめる。「あいつ、やばかったですよ。俺らとはレベルが違うっていうか。マジでどこかぶっちぎれてたっていうか。とにかくそれから先は、あいつを避けるようになってね」

「勝手ですね」

「そうかもしれないけど、仕方ないでしょうが。こっちだって、いきなり鉄パイプで殴りかかってくるような奴とはつき合いたくないですよ」

「私には、それほど変な話には思えないですけどね」

「何でですか」相田が目を剝く。

「仕返しの機会を狙ってたのかもしれない。何だかんだ言って、最初はあなたたちが一方的に金を巻き上げてたんだから。つき合っている振りをして、いつか殴ってやろうと思ってたのかもしれませんよ」

「それならそれで、もっとヤバイでしょう。そういう気持ちを腹の底で持ち続けながら、普通につき合ってるとしたら異常ですよ。とにかく、あの時のあいつの目がね……」言いながら、相田が身震いした。「あれは、まともな人間の目じゃなかったですよ。相当ヤバイことを経験してきた人間の目つきだったな。俺たちがガン飛ばすのとはレベルが違ってた」

疑問が疑念に変わりつつあった。おそらく、父が感じていたのと同じものである。だが一方で、「まさか」と強く否定する気持ちもあった。それも父と同じだろう。

事件には「枠」というものがある。

刑事をやっていれば、いつの間にか事件を自動的に処理する癖がついてしまう。虚心坦懐（たんかい）、何の偏見も先入観もなしに捜査をするのは理想だが、実際はそういうわけにはいかないのだ。「この事件なら犯人像はこうだろう」「手口から見て常習犯だ」などなど。言ってみれば、経験のみに頼った非科学的なプロファイリングであり、それがいつも当たるとは限らない。それは分かっていても、眼前の事件を経験の枠組みに当てはめて考えるようになってしまうものだ。

だから、父を責めることはできない。誰にも話せなかった理由が、今の私には理解できる。父はすべてを系統だてて捉えたがる人間だった。非論理的、想像——事件の核心につながる話だったとしても、そんな風に言われることには耐えられなかったのだろう。

父がはまりこんでしまった枠を外して考えなければならない。

「もう、いいですか」

メルセデスは、いつの間にか相田建設の本社前に戻ってきていた。

「お手数を取らせました」小さく頭を下げる。

「本当にもう、勘弁して下さいよ」懇願するように相田が言った。「覚えてることは全部喋りましたからね。そもそも、何でこんな昔の話が知りたいんですか」

「それは勘弁して下さい。いろいろと言えないこともあるんです」

「分かりました。だけど、俺もいろいろ立場があるんで」

「了解してますよ」

ドアに手をかける。湿った雪が舞いこんできた。首をすくめ、ドアを開け放ったまま車の中を覗きこむ。相田はじっとハンドルを握り、過去の記憶を押し潰してしまおうとするかのようにきつく目を瞑っていた。ドアを開けたまま、最後の質問をぶつける。

「鷹取さんはどんな人だったんですか」

「どんな人って」うたた寝を邪魔されたように不機嫌な表情を浮かべ、相田がむっつりと私を見る。

「あなたの印象で」

「あいつはね」眠気が襲ってきたようにゆったりした口調で相田が喋り始める。「何か抱えてたね。それを誰かに言うことはなかったんだろうし、施設や学校の人間は気づかなかったと思うけど、俺には何となく分かりましたよ。同類ってわけじゃないけど、俺らだっていろいろ気に食わないことがあって突っ張ってたわけだから」

それこそレベルが違う話だ。自分たちが世の中に違和感を感じて突っ張っていることと、違和感を突き崩すために何かをやってしまうこととでは。

これからそれを証明しなければならない。もちろん最後は大西に引き渡してやるつもりだったが、最後まで見届けようという意思は萎えていない。だが、これほど気の重い結末はないだろう、そういう予感に私は捕われ始めていた。

正明に会おう。そう思って車を走らせ始めたのだが、ほどなく雪に行く手を阻まれた。相田と別れた頃から急に激しく降ってきたのだが、すぐに前が見えないほどになり、高速道路が通行止めになった。亀田から正明の家までは結構距離がある。一般道を延々と走っていくとなると、かなりの時間を覚悟しなければならない。しかも、信号待ちで停まった時に、私の目の前で練馬ナンバーのトラックが無理に交差点に突っこみ、激しくスリップして多重衝突事故を引き起こした。あっという間に交差点が混乱し、身動きが取れなくなる。何とかすり抜けたが、またすぐに渋滞にはまってしまった。

電話がかかってきたのは、四九号線から八号線に入った時だった。のろのろ運転が続いているし、ここで車を路肩に寄せるとさらに渋滞がひどくなるので、仕方なく走らせながら電話に出る。

「遅くなりました。大西です。銀行の件ですけど、鳴沢さんの睨んだ通りでしたよ」

「手短に教えてくれ」

大西が地元の地銀の名前を挙げた。

「正明が高校を卒業するまでは、毎月三万円ずつ口座に入ってます。その後も、時々数万円ずつ入金されてますね。振りこんでいるのはすべて羽鳥です」

「そうか」

「鳴沢さんの読み通りですか」

「ずっと親代わりに金銭的な援助をしてたんだよ。何人かに話を聞いたけど、それを裏づけるような話ばかりだった」

「しかし、妙ですね。正明は羽鳥を犯人扱いしてるんでしょう？　ずっと金を援助してもらってたなら、正明にとっては恩人じゃないですか。美談ですよ、これは」

「普通はね。殺された親友の息子のためにずっと金を援助してやるなんて、簡単にできることじゃないからな」

「そうですよ。正明の動き、何か変じゃないですか」

「それなんだけどな」

若い頃に噴き出した正明の暴力癖を簡単に説明した。

「裏がある人間なんですか」大西が声を潜める。

「どうだろう。あの切羽詰まった感じは、短気な人間に特有のものだけどね」

「何なんでしょうね、いったい」

「それは本人に聴いてみないと分からない。これから会いに行くつもりだけど、亀田の方で渋滞に引っかかって車が動かないんだ」

「正明の家、俺が行ってみましょうか」

「君が直接動くのはまずいんじゃないかな」

「何か、嫌な予感がするんですよ」深刻な調子で大西が言った。「鳴沢さん、羽鳥が家にいないって話してましたよね」

「おいおい」大西の想像を読み取って、笑い飛ばそうとした。笑い声は喉まで上がってきたが、そこで急に萎み、腹の底に落ちこんで苦い塊になった。「そうだな、急いだ方がいいかもしれない」

「鳴沢さんもこっちに向かってるんでしょう？　正明の家で落ち合いますか」

「いや、俺はその前にもう一軒回るつもりなんだ」

「どこですか」

「正明が最後に勤めていた会社」

正明が首になったばかりの会社「新潟プリントサービス」は駅南のビジネスビルに入っている。二階の一部屋だけの小さな会社で、机の数から見て従業員は十人ぐらいだろう。応対してくれた総務部長、福井（ふくい）の名刺を取り上げ、裏を確認する。「ＤＴＰ　印刷広告総合企画」。なるほど、正明は印刷関係の仕事をしていたわけだ。もっともこの会社にはインクの匂いはまったくなく、デスクにはマッキントッシュの端末が並んでいるだけである。

「何かやったんですか、あの男」不快な表情を隠そうともせず、福井が切り出してきた。まるで正明の名前を口にするだけで、自分も汚れてしまうとでもいうように。

「どうしてそう思いますか」

「あの男、警察のお世話になるようなことをやったんですか」私の質問に、質問で切り返してきた。神経質そうな四十歳ぐらいの男で、貧乏揺すりをする代わりに、右手の人差し指を膝に叩きつけている。

「そういうわけじゃありません」

「でも、わざわざ東京から見えて」福井が私の名刺を取り上げ、眼鏡を額にずり上げてから顔に近づけた。「鷹取、ここを辞めた後に東京へでも出たんですか」

「いや、まだ新潟にいますよ」

「ああ、あのボロアパートね」福井が唇を歪めて笑った。「何だかひどいところに住んでるんですよ。実は、首を言い渡す前はしばらく会社に出てきませんでね。わざわざ私が家まで行ったんですけど、あまり人間らしい暮らしはしてなかったな」

この男の露骨な敵意はどこから来るのだろう。想像はできたが、順を追って話を引き出すことにした。

「彼は、ここに来る以前も別の印刷会社で働いてたんですか？」

「ええ」

「ここへは誰かの紹介で？」

「ええ、間接的にね」

尚美の名前を出すかどうか迷い、結局やめにした。彼女はまだ正明のことを心配している様子ではあるが、トラブルに巻きこむわけにはいかない。

「仕事の点では問題なかったんですか」

「まあ、それはそこそこに。そんなに難しい仕事じゃないですから」

「勤務態度は？」

「首にせざるをえなかった理由は、まさにそこにあったんですけどね」

「どういうことでしょう」

「周囲にあまりいい影響を与えないって言うんですか、とにかく、雰囲気を暗くしちゃうんですよ」

「それぐらい、よくある話じゃないですか」事実私も、警視庁の中では鬱陶しがられている。冗談に話を合わせず、愛想よくすることもできない人間は、当然のように煙たがられるものだ。

「暗い奴ってだけなら、別にいいんですよ。でもね、社員を脅しちゃいかんでしょう」

「脅す？」

「そこに給湯室があるんですけどね」福井が首を捻って自分の背中の方を向いた。「鷹取ボックスなんて呼んでた社員もいましてね」

「鷹取ボックス？」

「何か気に食わないことがあると、そこに呼びつけるんですよ。手を出すわけじゃないけど、ねちねち文句を言い続けてね。あれはちょっと異常でした。女の子なんか、泣き出す子もいたし。会社としては、そういう人間を放っておくわけにはいかんのですよ」

「気に食わないことって何なんですか」

「それこそ、話の内容にむかついたとか、目つきが気にくわないとか、そういうことです。冗談じゃないですよね。『俺を馬鹿にしてるのか』ってのが彼の得意の台詞で」

「実際に馬鹿にされてたんですか」

「まさか」福井が鼻を鳴らした。まさに馬鹿にするように。「馬鹿にするってのは、相手を知ってるからこそできることなんですよ。ろくに話もしない奴のことは、馬鹿にもできないでしょう。要するに、あの男の勝手な思いこみですよ」

「それで首ですか」

「とうとう暴力沙汰を起こしましてね。先輩の社員に摑みかかって、殴りつけたんですよ。三人がかりで引き離さなくちゃならなかった。でも、それが何か問題ですか？」急に不安になったのか、福井が身を乗り出してきた。「人事権っていうのは、会社の基本的な権利でしょう。警察にあれこれ言われる筋合いはないと思いますけどね」

「彼が昔、殺人事件に絡んでいたのはご存じですか」

「殺人」言葉を口に出してから意味に気づいたように、福井の顔が蒼褪める。急に早口になって続けた。「殺人って、彼のオヤジさんが殺されたことでしょう」

「そうです。それ以来、彼は不運続きなんです」

「なるほどね」ぞんざいに脚を組み、煙草を咥える。「それは確かに可哀相だと思うけど、仕事とは関係ないですからね。職場で話題になることもなかったし。とにかく、彼を首にしたのは仕方ないことでしょう。私だって、社員を守らなくちゃいけないんだから。何の理由もないのに言葉の暴力を振るったり、実際に殴りかかったりするような人間は置いておけませんよ」

「分かりました」

「いいんですか？」福井が眉をひそめる。「何か、よく分からないんですけど」

「気になさらないで下さい。言えないこともありますので」

「そうですか……まあ、お茶も出さないで失礼しました」さほど失礼とは思っていない口調で言って福井が立ち上がる。私も腰を上げた時に、携帯電話が鳴り出した。

「じゃあ、これで。お騒がせしました」

早足で部屋を出て、階段の踊り場のところで電話に出る。

「鳴沢さんですか？　三富です」顔を合わせた時と同じように、元気一杯の声だった。

「ああ、どうも」

「あれからいろいろ考えたんだけど、やっと思い出しましたよ。遅くなっちゃって申し訳ないですね」

「わざわざすいません。例の件ですよね」三富の喉元に引っかかっていた記憶。

「ええ。それがですね――」

三富の回想は、明快な恐怖となって私の背筋を這い上がった。同時に、どうして父が事件を滑らせてしまったのかも想像がついた。もう一歩だったのだ。もう一歩踏み出していれば、あの時点で真相にたどり着けたはずなのに。あるいは父に足りなかったのは運だったかもしれない。優秀な刑事は運まで連れてくる、と言っていたのは誰だったか。

階段を駆け下りながら、昔祖父からそんな話を聞かされたことを思い出した。

4

夕方のラジオの天気予報は、今夜から明日にかけてこの冬一番の寒気が接近し、大雪になる可能性があると告げていたが、それはすでに予報ではなく現実になっていた。ワイパーを全速で動かしてもフロントガラスに雪が張りつく。ヘッドライトの中で雪が舞い、すぐ前を行く車のナンバープレートさえ霞(かす)んでいた。新潟市は、案外雪に弱い。東京並みに麻痺するとは言わないが、もっと雪深い中越地区に比べれば脆弱(ぜいじゃく)なのだ。

六時を回って、ようやく正明のアパートにたどり着いた。狭い路地に停めた車のすぐ後ろにつけると、前の車のドアが開いて大西が飛び出してきた。私の車の助手席側に回りこんで、素早くシートに滑りこむ。

「いませんね」

「携帯も通じない」

「何してるんでしょう」

「分からない」

ハンドルを抱えこみ、ワイパーの動く隙間から正明の部屋を見やった。灯りはなく、しんと静まり返っている。どこからか煮物の匂いが流れ出してきて、空っぽの胃を刺激した。携帯電話を取り出し、羽鳥の家にかけてみる。出ない。十回鳴ったところで切った。

「やっぱり羽鳥もいないな」

「一緒じゃないんですかね」

「だとしたら、危ない」

大西の眉がぴくりと動いた。

「危ないって、どういうことですか」

これまで調べてきたことに加え、自分の推理を話す。大西は無言で聞いていたが、その間ずっと、指先でダッシュボードを苛立たし気に叩き続けていた。

「だけど、どうして今になって」

「正明は不運続きだった。羽鳥は援助していたけど、それが逆にお節介だと思っていたとか……」

「逆恨みじゃないですか」

「そんなところじゃないかな」

「そうですかね」納得いかない口ぶりで言って、大西が鼻の脇を掻いた。

「とにかく正明を捕まえて、どうするかはそれから考えよう……ちょっと部屋に入ってみようか」

「マジですか」大西の唇がひくひくと痙攣する。「踏みこむ理由がないですよ」

「分かってる」ハンドルを叩いた。確かに、誰かにばれたらまずいことになる。私がではなく、大西がだ。「羽鳥の家に行ってみよう」

「まさか、死体を見つけることにならないでしょうね」

「それは分からない。悪いけど、この車を運転してくれないか。何本か電話をかけたいんだ」

「覆面パトはどうします？」

「ここに停めておけよ。覆面パトを駐車違反で引っ張っていく奴はいないだろう」

「仕方ないですね」小さく一つ溜息をつき、大西が助手席のドアを押し開けた。私も外に飛び出し、助手席側に回りながら携帯電話を手にする。

池田は自宅で捕まった。不快さを隠そうともせず、電話の向こうで悪態をつく。

「またあなたですか。いい加減にしてもらえないかな」

「何度もすいません」雪が襟足に潜りこむ。首をすくめながら助手席に腰を下ろすと同時に、大西がアクセルを踏んだ。「羽鳥さんとは連絡が取れましたか」

「いや、家には戻ってないようだね。電話にも出ない」

「携帯は持ってないんですね」

「ああ。どうかしたのかね、彼は」切羽詰まった私の口調に気づいたのか、池田が心配そうに質問を切り返した。

「どこにいるか、心当たりは？」

「おいおい。いったい何事なんだね」

「それが分からないから困ってるんです」

電話を切り、ヘッドレストに頭をぶつけるように預けた。きつく目を閉じ、押し潰さんばかりの勢いで携帯電話を握り締める。

まずい。

根拠は何もないが、暗い危険を感じる。破滅の臭いを私は確かに嗅いだ。続いて尚美の携帯に電話を入れる。彼女は、私の質問にあからさまに動揺した。

「あの人、何かやったんですか」

「違います」

「何かやったんですよね」

「そうじゃないんです」

納得させるのに一分もかかっただろうか。ようやく声が落ち着いたところで、正明の立ち回り先を訊ねる。

「立ち回り先って……」尚美の声に再び不安が滲み出た。

「彼が行きそうな場所ですよ。行きつけの飲み屋とか、レストランとか、どこでもいいんです」

「あの人、あまり家から出ない人だったから。お金がないから、遊び歩けなかったんですよ」

「でも、家と会社の往復ばかりじゃないでしょう」

「たまにご飯を食べに行ったのは……」家の近くのファミリーレストランを教えてくれた。何度か言葉のキャッチボールを続けているうちに、パチンコ店の名前も出てきた。礼を言って電話を切ると、大西が「どうしますか」と訊ねる。車はすでに中署の近くまで来ていた。

「とりあえず羽鳥の家に行ってくれ」

「了解」

夕方のラッシュがまだ続く一一六号を、レガシィはのろのろと進んだ。

「覆面パトで来た方がよかったんじゃないですか」大西が私の下半身にちらりと目をやる。自分でも気づかないうちに貧乏揺すりをしていた。

「俺が覆面パトに乗ってると、いろいろとまずいだろう」

「鳴沢さん、どうしてこんなややこしいことに巻きこまれるんですか」

「性分なんだ」

「損な性分ですね」

「それは認めるよ」

羽鳥の家の近くで、狭い路地に強引に車を停めて飛び出す。午後遅くから降り積もった新雪が、足元でさくさくと軽い音を立てた。踝まで埋まりながらできるだけ早足で家に向かう。インタフォンを鳴らし、十数えたが反応はない。ドアノブに手をかけると、鍵がかかっていないのに気づいた。

「鍵が開いてる」

私の指摘に、大西が顔をしかめた。

「鑑識を呼んだほうがいいかな」

「それはまだ早い」反射的にハンカチを取り出し、ドアノブに手をかける。慌てて大西が止めに入った。

「ちょっと、やばいですよ。入るつもりですか」

「君は外で待ってろ。俺は単なる善意の第三者だ。訪ねてきたら本人がいなくて、ドアが開いていたから様子を見てみた、それだけのことだよ」

「だったら私も善意の第三者ということにしておいて下さい」

「君まで巻きこむことはできない」

「もう十分巻きこまれてるじゃないですか」諦めの溜息とともに大西が言い、私が開けたドアの隙間から先に玄関に入りこんだ。

家の中は真っ暗だった。空気は重くひんやりとしていて、息をすると冷えたゼリーを食べているような感じがする。

「灯りは点けるなよ」

「分かってます」私の忠告に、少しだけ鬱陶しそうな口調で大西が答える。同時に、ぽっと小さな光の輪が玄関先を照らし出した。「懐中電灯、持って来ましたから」

「了解」

大西が先に立って家の中を改めた。事務室に使っている応接室。キッチン。八畳ほどのこぢんまりとしたリビングルーム。人気はなかったが、何日も家を空けている様子ではない。事実、今朝は私自身が彼を見かけたのだから。そして、キッチンのポットは保温ランプがついたままだった。

「二階に行きますよ」

「ああ」狭い急な階段を、大西の尻を見上げながら上がる。二部屋しかなく、一部屋が寝室、もう一部屋は物置代わりに使っているようだった。といっても物置の中にあるのはほとんどが本で、古い紙に特有のかび臭さが部屋中にこもっている。探せば古い日記か何かあるかもしれないが、整理するだけで半日かかってしまうだろう。寝室にも異常はない。今朝起きてそのままになっているようで、ベッドの布団は半分めくれ上がっていた。

「拉致(らち)された感じじゃないですね」

「そうだな。少なくとも、争った跡はない」言ってから、二人は最近もしばしば会っているに違いない、と思い直した。何食わぬ顔で家を訪ねてきて、羽鳥を誘い出したら。いや、あまり先走るのはやめよう。

「仕方ないですね。誰かに見つかるとヤバイですから、出ましょうか」

「そうだな」

足元を照らしながら、大西がそろそろと階段を降りて行く。一瞬、懐中電灯の光の輪の中で何かが鈍く光った。

「ちょっと待て」

大西の脚が階段の途中でぴたりと止まる。後ろを振り向き「何かありましたか」と怪訝そうな声で訊ねた。

「もう一回、君の足元を照らしてくれ」

大西がゆっくりと懐中電灯を動かした。滑り止めがついた階段の横板、モルタルの壁が少しずつ光の中で浮かび上がる。

「これか」低い声でつぶやいて、大西がその場にしゃがみこんだ。懐中電灯の光の中、階段の白い横板に黒い染みがついているのが見える。私たちには馴染みの染みだった。

「それほど古くないな」

「ええ。でも新しくもないですよ。半乾きみたいですね」

「ということは、半日ぐらいかな。灯りを点けよう」

「いいんですか」

「非常事態だ」

大西が懐中電灯をあちこちに向けて電灯のスウィッチを探した。階段を降りたところの壁にあるのを見つけ、ぱちりと音をたてて押すと、廊下から玄関までが明るくなり、すぐに別の血痕が見つかった。廊下に、直径一センチぐらいの丸い血痕が点々とついている。玄関まで行くと、そこには一回り大きな丸い血だまりができていたが、出血量はそれほど多くなさそうだった。

「鼻血でしょうか」

「たぶんな」

「拉致されたと考えていいんじゃないですかね」

岐路に立たされた。警察は一通りの捜査をするだろう。この血痕を調べる。家の中を徹底して探る。その結果、私たちが見逃していたものを見つけるかもしれない。そうすると、事件は私の手を離れてしまう。

まだ誰かに渡したくはなかった。これは父の事件であり、私の事件である。

「君は中署に連絡してくれ」血だまりを避けて靴を履きながら大西に声をかけた。

「鳴沢さんは？」

「ここから先は新潟県警の出番だよ。俺は消える」

「ちょっと待って下さい」

少しだけ荒い彼の声に思わず振り向く。

「いいんですか。中途半端になりますよ」

「俺のことは気にするな」

自分の面倒は自分で見るものだ。それに、ここは中署の管内である。安藤が出てくるかもしれない。こんなところで鉢合わせは願い下げだった。

車に戻り、雪にタイヤをとられながらそろそろとスタートさせる。どこを当たる？　電話がかかってきて反射的に強目にブレーキをかけたので、リアタイヤが少し滑り、危うく電柱に尻をぶつけそうになる。

「はい」

「鳴沢さん？」かすれた低い声だったが、聞き間違えようがない。

「正明さん？」

「やばいですよ」

「一人じゃないんですね」

「あいつと一緒です」

「羽鳥？」

「そう」一瞬声が途切れる。大声で呼びかけると、正明が電話に戻ってきた。

「俺の車の中なんだけど、動けないんだ。今、後ろの席で手足を縛られてる。何とか電話した」

「拉致されたんですか？」羽鳥が正明を拉致した？　それまでの推理が逆になり、私の頭は混乱した。

「そう」苦しそうに正明が声を押し出す。

「どこにいるか分かりますか？」

「たぶん、西海岸公園の辺り……」声が頼りなく溶ける。

「落ち着いて思い出して下さい。どれぐらい走りましたか？」

「分からない……気を失ってたから」

「怪我は？」

「ああ、鼻血が……クソ、腕が痛い」

「どうして西海岸公園の辺りだって分かるんですか？」

「駐車場に見覚えが……水族館の近くの、海沿いの駐車場」

そこなら私も知っている。夏場は海水浴客やカップルの車で常に混雑する場所だが、この季節に近づく人間はいない。砂と雪、潮の匂いを顔に叩きつける強風が支配する世界が広がっているはずだ。

「電話をつないだままにして、そっちの様子が聞こえるようにして下さい」

「それは――」がさがさという音が耳をくすぐったかと思うと電話は切れた。

降りしきる雪の中、海岸へ車を走らせる。水族館の近くの駐車場を全部見て回るのにどれだけの時間がかかるだろう、と不安を覚えながら。


予想した通り、西海岸公園には人っ子一人いない。車さえ通らなかった。分厚く道路に積もった雪で、タイヤが一回転するごとにレガシィが突き上げられるように揺れる。海岸へ出ると風が一層強くなり、ほとんど吹雪の状態だ。視界は限りなくゼロに近く、これでは正明の車が停まっていても簡単には見つけられそうもない。

海岸沿いの駐車場の一番端に、斜めに車を突っこんだ。前輪が深く雪に埋もれ、表に出る時、ドアの下端が雪をずりずりと擦った。一時間ここに車を停めておいたら、雪だまりから引っ張り出すのにレッカー車が必要になるだろう。

風は冷たい刃のようで、容赦なく切りつけてくる。雪が頬を叩き、羽虫のように目に入りこんだ。目を細め、海岸沿いをずっと眺め渡す。人影はない。砂浜のあちこちでひっくり返ったボートが雪に埋もれていた。手が凍りつきそうになるのも構わず手すりを摑んで身を乗り出す。消波ブロックの辺りに人が——いや、あれは砕け散る波の影か。
焦るな。とにかく正明は生きているはずだ。とにかく二人を見つけることに集中しよう。少なくとも羽鳥はすぐに正明を殺さなかった。ということは、まだ私にもチャンスがあるはずだ。それに、正明が自力で脱出するかもしれない。

前屈みになり、雪が降り積もった駐車場を調べていくと、私が車を停めた二十メートルほど先にタイヤの跡を見つけた。近寄って跪くと、タイヤ痕はまだはっきりと見える。遅くとも十分前まではここに車が停まっていたようだ。だが、鑑識がいてもタイヤを判別することは不可能だろう。すでにただの白い溝になっており、パターンは消えている。

立ち上がり、頭と肩から雪を払い落とす。ダウンジャケットの襟の中に折り畳まれたフードを引き出してすっぽりと被った。耳がちぎれんばかりの寒さは和らいだが、抜本的な解決にはならない。一際激しい風が吹きつけ、反射的に目を瞑って顔を伏せる。目を開けた時、雪の上の黒い染みに気づいた。ゆっくり歩みを進めてその上に屈みこむ。

血痕。

ごく小さなものだし、雪に埋もれかけていたが、誰かの血の跡のように見えた。一か所だけである。本人が言うように正明が負傷しているとして、この血はどうしてここに落ちたのだろう。周りには誰かの足跡や格闘した形跡はない。辛うじてドアを開け、自分の血を証拠に残そうとしたのか、それとも単なる偶然か。

風が何かを叩いた。音のした方に目をやると、手すりのところで白いものが揺れている。紙だ。ノートを破り取り、ガムテープで貼りつけたものが、強い風にはためいては手すりにぶつかって耳障りな音をたてている。雪が昆虫の卵か何かのようにびっしりと紙にこびりついていたが、太い油性ペンで書き殴った文字は読み取れた。慎重に紙を引きはがし、掌の小指側で雪を払い落とす。気温が大分下がっているためか、するすると紙を滑り落ちた。

『日本海タワーで待つ。警察に連絡すれば正明の命はない　羽鳥』

何なんだ、これは。私は鼻梁をきつく指でつまんでから、もう一度脅迫文を読んだ。羽鳥は、私がここへ来ることを知っていた。先ほどの正明の電話も脅されてかけさせられたものかもしれない。それに、「警察に連絡すれば」というのは何なのだ。あの男は、私が警察官だということを忘れている。

丁寧に紙を四つに畳み、大西に連絡するべきだという考えを封印して車に乗りこんだ。馬鹿げている。普通の人間なら刑事に挑戦しようなどとは考えるはずもない。結果が目に見えた、勝ち目のない戦いだ。

　それでも、事態ははっきりしている。羽鳥は反撃に出たのだ。それは私への挑戦でもある。

　海岸から直線距離で五百メートルほど離れた日本海タワーは、高さは三十メートルもなく、万代シティのレインボータワーや旧市役所跡地にできたＮＥＸＴ21の展望台に比べれば、子ども騙しのようなものである。それでも、海に近いこともあってデートコースとしては人気の場所だ。だが営業時間は夕方までなので、当然人気はない。敷地の外に車を停め、雪が積もった階段を慎重に登ってエントランスに向かった。足元で雪が重い音をたてて軋む。沈黙がかえって不気味だった。階段の途中で足を止め、雪が降り積もる音に耳を澄ます。そうすると、そのかすかな音がホワイトノイズのように頭の中を満たし、他の音が聞こえなくなる。頭を振り、再びレーダーを全方向に向けた。人の気配はない。白い建物を見上げる。丸い展望台が頭上に見えた。ここに忍びこんでいるのだろうか。だが、エントランスには鍵がかかっており、中には入れそうもない。

　沈黙を切り裂くように携帯電話が鳴り出した。慌ててズボンのポケットから引き出し、右手で口元を覆い隠すようにして電話に出る。

「大西です」

「ああ——ちょっとこのまま待ってくれ」

階段を降り、車に取って返す。付近に羽鳥が潜んでいるのではないかと私は恐れた。ドアを閉めて周囲に視線を配りながら電話に戻る。

「悪い」

「どうかしましたか」心配そうに大西が訊ねた。「何か変ですよ」

「ああ、実際変なんだ」打ち明けるべきかどうか迷ったが、先に大西に話させることにした。「そっちはどうした」

「鑑識を要請しました。署の捜査一課からも人が来ます」

「どういう理由で呼びつけた？」

「匿名の情報提供者から私に電話が来たことにしてあります」

「それじゃ通用しないだろう」

「ええ。いつまでも嘘はつき通せないでしょうね。いずれ上にも報告しないといけないし」

「俺の名前を出してもいいぞ。君の立場が悪くなるよりは、俺が雷を落とされた方がいい。安藤さえ絡んでこなければ、何とかできるよ」

「でも、できるだけ粘ってみます。いずれにせよ、ここで何があったのかは探り出しますから。で、鳴沢さんの方はどうですか？　何か手がかりは？」

　正明から電話がかかってきたこと、駐車場に挑発的な張り紙がしてあったことを話した。大西が低く唸る。

「B級映画じゃないですか」

「だけど、事実なんだ。羽鳥が反撃に出て正明を拉致するのは理解できないでもないけど、それに俺を巻きこむ理由が分からない」

「うーん。証人かな？」

「何だよ、それ」

「正明を殺す場面を誰かに目撃させたいとか」

「まさか」即座に否定する。否定しないと、事態がどんどん謎めいた方向に落ちこんでしまいそうだった。「自分から捕まえてくれって言ってるみたいなものじゃないか。羽鳥はそこまで馬鹿じゃない」

「でも、やってることは馬鹿そのものですよ」

「何か矛盾してるんだ。分からなくなってきた」

「二人は、正明の車で移動してるんでしょうね」

「ああ、少なくとも羽鳥は車を持っていないはずだ」

「正明の車のナンバーは調べられますから、緊配をかけますか?」

「何の容疑で? 家の血痕が誰のものかも分からないし、羽鳥が正明を拉致してるっていう確実な証拠はないんだぞ」

「そうか……じゃあ、自分で捜し回るしかないですね。分かりました。ここは他の刑事に引き継ぎますから、俺も捜してみますよ。鳴沢さんは、張り紙の指示通りに日本海タワーに行ってるんですよね」

「そうだ。人がいる気配はないけどな。ここにも張り紙がしてあったりして」

「まさか」大西が短く笑った。「それこそB級映画ですよ」

「そうじゃないといいんだけど」

「とにかく、定期的に連絡を取り合いましょう」

「分かってると思うけど、俺と一緒に動いてることが分かったら、お小言を食らう程度じゃ済まないかもしれないぞ。君のキャリアに傷がつく」

「なーにが」突然間延びした声になって大西が笑った。「キャリアもクソもないです。型にはまった仕事をしてても面白くないでしょう。それよりも、俺にとっては鳴沢さんと一緒に動いた方が勉強になります」

「馬鹿言うな」大西の言葉は私の心に温かな火を灯したが、それを大きく育てている暇はない。

「俺、一つだけ鳴沢さんに文句があるんですよ」

「のんびり話してる暇はないぞ」

「これだけは言わせて下さい。一言もなしに新潟からいなくなったのはひどいですよ。俺は、鳴沢さんから教わりたいことがたくさんあったんですから……それだけです」

「悪かった」とは言えなかった。私に何かを学ぶこと――それは周囲に向けて棘を張り巡らせ、無闇に敵を増やし、己の過去に囚われてじくじくと考えることに他ならないのではないか。

電話を切り、もう一度展望台に続く階段を昇る。周囲を一回りして何もなければ、この先のやり方を考え直そうと思いながら――そして、そうする確率は非常に高いだろうとも考えた。だが、私の予想はあっさりと外れた。エントランスまで来て、建物の周囲を一周しようと歩き出した途端に、壁に張り紙がしてあるのに気づいたのだ。今度は雪が吹きこまない位置だったので、夜目にも黒々とした文字がはっきり見える。

『鳥屋野野球場で待て　羽鳥』

鳥屋野野球場。高校野球の県大会でよくメーン会場に使われる球場で、鳥屋野潟の北側に位置する運動公園の中にある。今では鳥屋野潟の向かいにあるサッカー場、新潟スタジアムの方が有名だが、一昔前は新潟のスポーツ施設の代表と言えば、ここと信濃川沿いにある陸上競技場だった。夕方のラッシュは終わっている時刻だが、この雪だと、ここから車で三十分は見ておかなくてはならない。おもむろにダウンジャケットのポケットに手を突っこみ、チョコレートバーを取り出した。多摩署時代の相棒である小野寺(おのでら)冴(さえ)が、「非常食だ」と言っていつも持ち歩いていたのを真似るようになったのだが、実際に食べたことは一度もない。今ここに彼女がいたら、チョコレートバーを口にするだろうか。包み紙を乱暴に破き、寒さでかちかちになっていたのを口に押しこんだ。

今は間違いなく非常時なのだ。

5

鳥屋野野球場が完成したのは、確か新潟国体の前年、昭和三十八年である。四十年以上に及ぶ風雪の攻撃は、コンクリートに無数のひび割れを生じさせていた。今大きな地震に見舞われたらひとたまりもないだろう。

球場のすぐ前に車を停め、歩いて二人の姿を捜したが、人気はまったくない。新潟特有の湿った雪は粒が大きくなり、ダウンジャケットにぶつかって張りつくようになった。

これは何かの冗談ではないか。海水浴場、日本海タワー、鳥屋野野球場。まるで羽鳥は、新潟市内の名所案内をしているかのようだ。とすると、次の指定場所は県政記念館か、レインボータワーか。頭を振って妄想を追い払い、正面に戻った。今まで羽鳥が張り出した二枚の紙を広げてみる。何の変哲もないＡ４サイズで、リングで閉じたノートから無理に引きちぎったように端がぎざぎざになっていた。太い油性ペンで書かれた文字は殴り書きで、どこか子どもっぽさを感じさせた。

マナーモードにしてあった携帯電話が、ポケットの中で震えだした。見慣れぬ電話番号が浮かんでいる。

「誰だ」沈黙に被さるように雑音が流れる。「誰だ！」

怒鳴りつけると声が戻ってきた。

「羽鳥だ」寒さをこらえるような震える声で、どこか不自然な感じがする。

「あんた、何をしてるんだ。鷹取さんは無事なのか」

「余計なことをしてくれたな」

「あんたがやったのか」

「余計なことをしてくれた」感情の抜けた声で羽鳥が繰り返す。「穿(ほじく)り返して滅茶苦茶にしてくれたな」

「認めるのか」

「正明を殺す」

「ちょっと待て」電話を握る手に力が入る。「そんなことをして何になる。今ならまだ大したことにはならないぞ」

誘拐。監禁。ついでに暴行か傷害。十分実刑になるようなことをやっているのだが、今は宥めることしかできなかった。

「考えないでもない」

「どういうことだ」

「考えないでもない」

「鷹取さんは無事なんだな？　電話に出せるか？」

「駄目だ。次の指示を待て」

「何が欲しい？」

「身代金はどうだ」

一方的に電話が切られる。無駄だとは分かっていても、「おい！」と叫ばずにいられなかった。拉致、監禁、そして身代金の要求。立派に誘拐が成立する。だが、刑事に身代金を要求するようなケースはかつて日本では——日本でなくても一度もなかったのではないか。羽鳥は切れてしまったのだろうか。正明に「あんたがオヤジを殺したのか」としつこく詰め寄られ、やらなければやられると追い詰められたのか。追い詰められ、相手は理詰めの説得にもまったく反応しない。こんなことがこれからも続くなら、いっそこいつの口を閉ざしてしまえ――頭の中で勝手にシナリオが書きあがったが、私はそれを一瞬にして消し去った。何かが、どこかで捩れている。重大なパーツが足りない。それは、周辺の状況を探っただけでは絶対に分からないことだ。二人に会わなければ。

やはり、大西には連絡しないといけない。確かに私は、個人的な問題としてこの事件に係わり始めた。だがそれは、時効になり、誰にも調べる義務がなくなったという前提においてのことである。ここにきて状況は急転し、人の命が危険にさらされている。それがどうにも好きになれない人間であっても、殺されるのを黙って見ているわけにはいかない。今は大西の力が必要だ。

車まで戻りながら大西を呼び出す。呼び出し音一回で電話に出てきた。

「何か分かりましたか」声に焦りが混じっている。

「羽鳥から電話がかかってきた」

「何ですって？　あいつ、今どこにいるんですか」

「分からない。動き回っているかもしれないし、どこかに正明を監禁しているかもしれない」電話で話した時の様子を必死で思い起こした。声の後ろで何か目立つ音はなかったか――何もなかった。ということは、状況はいくらでも考えられる。人気のない農道の真ん中に車を停めていたのかもしれないし、羽鳥が所有しているアパートの空き部屋に引きこもっているかもしれない。

「何か要求があるみたいだ」

「それじゃ、誘拐じゃないですか」

「前代未聞の誘拐だよ」

「具体的な要求は？」

「それはまだだ。羽鳥は、俺を一晩中引きずり回すつもりかもしれないな。どうも、俺のことが気に食わないみたいだから」彼との会話をできるだけ正確に再現して大西に聞かせた。と言っても、二十秒ほどで終わってしまったが。

「その話の通りなら、鳴沢さん、羽鳥の痛いところを突いてたんじゃないですか」

「やっぱり羽鳥がやったのかもしれない。あいつにしてみれば、やっと時効になって逃げられたと思ったんだろう。そこへ俺がのこのこ現れて疑うようなことを言ったわけだから、心中穏やかじゃなかっただろうな」

「意外と根に持つタイプかもしれませんね。鷹取を殺したのも、その辺に原因があるのかもしれませんよ」

「それはまだ決めつけられない。中署はどんな風に動きそうだ」

「まだ羽鳥の家を調べてます。ただ、今のところはそれ以上どうしようもないですよ。それより、直接事件に結びつく材料がないんですから。うちの一課長もカンカンですよ。それより、羽鳥の電話の件、報告上げてもいいですか」

「ああ」仕方ない。事件は、私の腕の中から逃げ出そうとしているが、こんな状況では大量動員で二人を捜し出すしかない。

「鳴沢さんには、一度署に出頭してもらわないと。申し訳ないですけど」

「申し訳ないなんて言わなくていいんだぜ。俺はもう、事件の関係者になってるんだから。とりあえず、署で落ち合おうか。でも、俺が足止めを食ってる間も、誰かが二人を捜さないと駄目だ」

「それは何とかします。じゃ、今から署に向かいますよ」

「ああ。こっちは三十分ぐらいで着けると思う」

　車に乗りこみ、エンジンをかける。ふと前を向いた時に、運転席の正面のフロントガラスに、馴染みになりつつあった筆跡でメモが置いてあるのが見えた。

『早川堀(はやかわぼり)のポンプ場で待つ　羽鳥』

「海君」

「はい？」彼の声にははっきりと苛立ちが混じっていた。

「君、今どこにいるんだ」

「中署まで十分ぐらいのところですね」

「中署に出頭するのは後回しだ。羽鳥から呼び出しがあった」

私が球場にいたのは十五分か二十分ぐらいだろう。その間にも雪は降り続き、フロントガラスは真っ白になっている。正面から車に近づいた時にメモが見えなかったのはそのせいだ。ということは、羽鳥は私が車を降りてからすぐにこのメモを置いたのだろう。

クソ、どうして気づかなかったのか。

「早川堀のポンプ場だ、信濃川沿いの」

「了解しました。すぐ行きますから、一人で無理しないで下さいよ」

「分かってる」忠告に従うふりをしたが、私の右足は必要以上に深くアクセルを踏みこんでいた。今ならまだ、県警の連中が大挙して押しかけてくる前に何とかできるかもしれない。そう、これはやはり私の事件なのだ。私が父から引き継いだ事件なのだ。

早川堀のポンプ場は、私の家から二キロほど信濃川を下流に下ったところにある。車を停め、低い堤防を越えて雪を踏みしめる。大西が来るまで待とうかとも思ったが、気が焦る。事態は急激に動き始めているのだ。

車が一台、河川敷に乗り入れていた。弱々しく点ったヘッドライトが、降りしきる雪と川面を照らし出している、エグゾーストパイプからは排気ガスが白く立ち上がっていた。ゆっくりと近づき、ナンバーを確認する。正明の車だった。人が乗っているかどうかは判然としない。このまま行くか、待つか。それほど時間に余裕はないはずだが、少しだけ待つことにした。大西にも連絡を入れなければならない。

自分の車まで早足で戻った。エンジンは切ったが、まだ車内は温かく、シートに座ると体に張りついた雪がすぐに溶け始める。

「すいません、ものすごい渋滞に巻きこまれました」開口一番、大西が詫びを入れた。「車が三台絡んで事故を起こしたみたいで、全然動きません」

「ここまでどれぐらいかかる？」

「十分かそれぐらいは」

「覆面パトに乗ってるなら、サイレンを鳴らした方がいいぞ」

「緊急ですか」

「正明の車を見つけた。信濃川の河川敷に放置されてる。エンジンはかけっぱなしだ」

「署から誰か応援に行かせましょうか」

「君が来るまで待つよ」遠くにある街灯の灯りだけを頼りに、腕時計を読み取る。十時半。今夜は雪が特に激しいせいか、車もほとんど通らない。バックミラーにはかすかに萬代橋が映っているが、車のライトも少ないようだった。

「車の中は確認したんですか」

「まだだ。そこまで近づいてない」

「もう死んでるかもしれませんよ」

「嫌なこと、言うなよ」だとしたら羽鳥はどこにいるのだろう。散々私を引っ張り回して、最後に死体を発見させる役目を負わせようとしたのか。あまりいい趣味ではないし、目的もよく分からない。

「とにかく、何とか渋滞を抜け出しますから」

「頼む」

電話を切り、また雪の中へ飛び出した。車が一台——巨大なRV車——が雪に埋もれるように前方の道路に停まっている。フロントガラスに雪が積もって中が見えないが、ドライバーは大丈夫なのだろうか。無意識のうちにナンバーを見る。レンタカーだった。雪でスタックして、乗り捨てたのかもしれない。私のレガシィもあまり長く置いてはおけないだろう。

再び低い堤防を乗り越え、ゆっくりと正明の車に近づいて行く。車までの距離は十メートルほど。いくら雪が激しく降っていても、車の中に誰かいれば、人が近づいてくることぐらいは分かるだろう。河川敷だから身を隠すものもない。結局、できるだけ身を屈め、中腰の姿勢でゆっくりと車に向かった。たった一つ、身を隠せそうなのは、車の右前方にある一本の巨木である。思い出した。この木は私が子どもの頃からここにあった。河川敷は何度も冠水して水を被っているはずなのに、根腐れすることもなく、夏になると葉を生い茂らせて大きな日陰を作る。木を取り囲むように設置されている四つの小さなベンチも昔のままだ。あそこまで行ってみよう。少なくとも前から見た方が、車内の様子は分かりやすいはずだ。途中、車の横を通ることになるが、大きく迂回(うかい)すれば相手は気づかないかもしれない。

膝を折り曲げるような格好で、しかも二十センチほど積もった雪の上を進むのは、百キロのレッグプレスを三セットやる以上の苦痛を伴った。膝と腰が悲鳴を上げ、おそらく気温は氷点下であるにも拘らず額には汗が浮かんでくる。しまいには両手を突く格好になり、ほとんど四つんばいで前に進んだ。車の横——二十メートルほど距離を置いていた——を通り過ぎてから少し上体を起こし、スピードを上げる。そうするとまた膝の負担が大きくなったが、近づいてくる木を灯台代わりに必死で前に進む。あと十メートル。ここで大きく左に方向を変える。最後の五メートルはほぼ立ち上がり、防御ラインの突破を狙うラグビー選手のような前傾姿勢で一気に木の陰に飛びこもうとした――その瞬間、何かが爪先に引っかかり、派手に前方に転んでしまった。石灰を散らしたように、積もった雪が細く一直線に舞い上がる。

二十センチの積雪がクッション代わりになってくれた。ヘッドスライディングするような格好で、木の陰、正確に言えば小さなベンチの後ろに飛びこむ。風は川へ向かってずっと吹きつけていたようで、木の幹の、私が体を隠している側にはほとんど雪が張りついていない。頰に触れる湿った樹皮は、存外に温かかった。葉は一枚も残っていないが、広く張り出した枝に雪が積もり、それが屋根の役目を果たしてくれる。頭を白く染めた雪を払い落とし、車に目を凝らした。車内灯も点っているのだが、運転席には誰も座っていない。助手席には……曇ったガラス越しに人影が見える。だが、うなだれているので、顔までは分からなかった。双眼鏡でも持っていればよかったのだが、さすがにそこまでの準備はない。大西に連絡しようとポケットを探ったが、電話がない。クソ、車を降りた時か、転んだ時にでも落としてしまったらしい。これでは大西と連絡が取れない。探すか――いや、不要な危険を冒すことはできなかった。とにかくここで動きがあるのを待つか、車に近づく方法を考えよう。

ベンチから立ち上がり、体を伸ばした。子どもの頃の記憶よりも木の幹は細かったが、私の体を隠せるぐらいの太さはある。顔の左半分だけを木から突き出すようにして車を観察し続けた。踝まで雪に埋もれているので、足元から寒さが忍び寄ってくる。無意識のうちに足を動かし、周囲から雪を蹴散らした。それで少しは寒さが去ったが、抜本的な解決にはならない。

突然、空気を引き裂く銃声が響いた――銃声？　こんなところで？　聞きなれていない人間なら、車のバックファイアだと思うかもしれない。だが私は、射撃訓練でもなく、映画やテレビの効果音でもない、本物の銃声を知っている。それは、命を削り取る明確な意図を持っている。銃声の中には憎しみが感じ取れるのだ。

銃声に重なるようにして、ぴしっという硬い音が響く。足元に目をやると、四つあるベンチのうち、私の左側にあるベンチの雪が細長く吹き飛ばされ、コンクリートがむき出しになっていた。私との距離は一メートル。慌ててしゃがみこみ、跳ね上がる心臓を宥めながら周囲の様子を窺った。依然として人気は――いた。降りしきる雪でぼやけているが、車の右後方に黒い人影が見える。胸の前に掲げた拳銃が黒く浮かび上がっていた。距離にして、十五メートルほどだろうか。拳銃の種類は分からないが、日本では拳銃の扱いに慣れている人間は非常に少ない。しかもこれだけ視界が悪いと、目を瞑って撃っているも同然だろう。だが、相手が拳銃を持っていて私が持っていないのは事実であり、抑止力の理論から言えば、私は黙って相手の言うことを聞くしかない。

二発目は足元の雪を抉った。一発目よりも近い。私が動かない限り、相手は着実に狙いを絞ってくるだろう。どうする——このまま動かず、相手が撃ち尽くすのを待つか。だが、相手は距離を詰めることもできるのだ。どこかで活路を開かなければならない。川に飛びこむか、そうでなければ——正明の車がある。ドアがロックされていなければ、運転席に飛びこみ、車を出せるかもしれない。走り出してしまえば何とかなるだろう。車までは十メートル。飛び出して最初の一撃をかわせれば、その後は車が盾になってくれるはずだ。

タイミングを測る間もなく左側に飛び出す。一瞬後に銃声が背後を襲ったが、走り出してしまえば恐怖を感じる暇もなかった。姿勢を低く保ち、足を雪に取られながら走る。わずか十メートルの距離が百メートルにも二百メートルにも感じられ、走れば走るほど、ゴールの車は遠ざかるようだった。

次の銃声は、大分遠くで聞こえた。首をすくめると同時にドアに手をかけ、引きちぎるように開ける。頭を下げて運転席に滑りこみ、すぐにアクセルを踏みこもうとした

──アクセルが動かない。シフトレバーはニュートラルの位置でガムテープで固定されていた。クソ、ガムテープははがせるかもしれないが、アクセルはどうする。このままでは、缶詰になって相手に撃たれるままだ。再び決断を迫られ、まず周囲の状況を確認しようと、さっと車内を見た。助手席に、斜めにだらしなく座った男が一人。ガムテープで口を塞がれ、両手も腹の上でテープでぐるぐる巻きにされていた。シートベルトはしっかり締めている。

助手席に座っていたのは正明ではなく羽鳥だった。

切れた唇が紫色に腫れ上がり、額にも血がこびりついた羽鳥は気を失っていたが、今はその方が都合がよかった。シフトレバーに張りついたガムテープを大慌てではがし、「D」に入れてアクセルを踏みこむ──踏みこめない。クリーピングはしているはずだが、雪でタイヤが滑っているのか、まったく前に進まなかった。頭を下げたまま、周囲の音に耳を澄ます。アイドリングの音が低く響くだけだが、どこか遠くで別の音、新潟の人間には馴染みの音がしていた。ざくざくと雪を踏む音。私を狙い撃ちした人間が逃げ出したのだろうか。

屈みこんでアクセルの下に手を伸ばすと、金属製の物体に手が触れる。ガムテープで固定してあるのを力任せに引き抜くと、缶コーヒーの空き缶だった。シートに寝そべるようにしてアクセルを慎重に踏みこむと、車がそろそろと動き出した。オーケイだ。焦らず、ゆっくりハンドルを切ってUターンしてから河川敷を抜け出そう。

突然タイヤが空転した。空転しているのに、車のスピードは上がっていく。ハンドルは？　思い切り左に切ったが、タイヤが滑るだけで言うことを聞かない。何かに引っ張られているのだ。このままでは信濃川に突っこんでしまう。ブレーキを踏みこんだが、タイヤは滑るだけで何の役にも立たない。ハンドルを左右に回したが、車の尻が大きく振れるだけで止まりそうもない。ドアを開けて飛び出すか？　いや、それでは羽鳥を見殺しにすることになる。

反射的に左手を伸ばして、羽鳥の体を固定しているシートベルトを外した。同時にパワーウィンドウのスウィッチに触れる。窓が下がり、冷気が入り始めた瞬間に、車が急に反対を向いて尻から川に落ちていった。河川敷から川面までの高さはどれぐらいだろう。体が一瞬宙に浮く感じがあり、次いで膝がハンドルにぶつかった。開いた窓から水が一気に入りこみ、全身に冷水を被った。冷たさで目が覚めたのか、羽鳥が喉の奥から悲鳴を上げる。

ゆっくりと車が沈み始めた。こんなに岸辺に近い位置で、車が完全に沈むほど水深があるのか？　羽鳥の顔に手を伸ばし、口を塞いだガムテープを引きはがす。こちらを向いた彼の目には涙が浮かび、胸を大きく上下させて喘いだ。水はすでに、直立した車の後部座席を完全に満たし、頭の後ろでちゃぷちゃぷと呑気な音を立てている。車がわずかに流され始め、斜めに傾いだ。ドアノブに手をかけるとロックは外れたが、壁を押しているようにドアは動かない。体重を預けて肩で押してみたが、両足が踏ん張れないので何の役にも立たなかった。車の中が完全に水で満たされれば、外の水圧と一緒になるからドアが開くはずなのだが、岸に近いこの付近の水深は、ちょうどドアを塞ぐぐらいだ。重石をされたようなものである。最悪だ。このまま流され、横転して運転席側が下にでもなったら、逃げ出す術はない。窓——五センチほどしか開いていない。パワーウィンドウのスウィッチを押したが、ショートしてしまったのか何の反応もなかった。体勢を入れ替え、靴底で窓を蹴りつける。二度目でひびが入り、三度目で粉々になって砕け散った。そこから身を乗り出し、フロントガラスに両の掌をぴたりと密着させて何とか体を引き上げる。直立した車のフロントガラスに腹ばいになり、開いた窓から手を差し入れて羽鳥の体を摑もうとした。いない？　狭い車内なのに捕まらないわけがない。どこかへ流されてしまったのか。フロントガラスから中を覗きこもうとした瞬間、右手をきつく摑まれ、川の中に引きこまれそうになった。右手一本で羽鳥の体を引っ張り上げる。重い。小柄な男なのに、ずぶ濡れになっているのと私の体勢が不十分なせいで、とてつもなく重く、肩が抜けそうになった。喉の奥から声にならない叫びが溢れ出る――次の瞬間、窓から飛び出した羽鳥の体が私の上に覆い被さった。狭いフロントガラスの上で、絡み合うような姿勢のまま荒い呼吸を続ける。

岸辺まで三メートルほど。車は不安定に揺れており、助けを待つ余裕はない。一気に渡りきった方がいい。

「大丈夫ですか」声をかけながら、羽鳥の手首の縛めを解いた。唇を震わせながら、羽鳥が辛うじてうなずく。

「泳いで岸まで戻ります」

「冗談じゃない」寒さのせいばかりでなく、羽鳥が体を震わせた。

「大丈夫です。三メートルしかありませんから、一かきすれば岸に着きますよ」

「私は泳げないんだ」

クソ、三メートルぐらい何とかしろ。私にも、羽鳥を抱えて岸までたどり着く自信はなかった。目を凝らすと、コンクリートで固められた岸壁にロープがぶら下がっているのが見える。こんなところにロープ？　その瞬間、私はどうして車が信濃川に飛びこんだのか理解した。私がさっきけつまずいたのはロープで、この車につながっていたのだ。

私が隠れていた木を滑車代わりに使い、岸辺から別の車で引っ張っていたのだろう。だが今は、このロープが羽鳥にとっての命綱になる。

「待ってて下さい」言うなり、意を決して水に飛びこんだ。すでにずぶ濡れなので、冷たさは感じない。身を切るような風にさらされているよりはよほどましだった。大きく一かき、それでコンクリートに手が触れる。辛うじて足が着くぐらいだったので、その場でロープを手にとって引いてみた。頼りなく、ずるずると落ちてきたので慌てて離し、コンクリート壁に手をかける。ブロックを斜めに積み重ねた形になっているので、手足をかける場所はいくらでもあった。だが体が重く、なかなか水から出られない。震えが来て、目がかすんできた。低体温症か？　冬山で死ぬのはこのケースが多い。寒く湿った環境——今がまさにそれではないか。体温が三十四度まで下がれば体が自由に動かなくなるし、それ以下になると脳の活動に支障を来す。体温計があれば状況は正確に把握できるのだが——そんなことを考えること自体、低体温症の兆候かもしれない。

指先をブロックに引っかける。ブロック同士の隙間は一センチぐらいか？　これで十分だ。フリークライマーなら、五ミリの出っ張りがあれば指一本で全身を引き上げられる、と聞いたことがある。水中で足元を探って、爪先をかけられる窪みを探し、一気に水から抜け出した。足を運び、腕を思い切り伸ばして岸壁の端に掌を乗せる。雪で滑ったが、ここまで来て離すわけにはいかない。じりじりと体を引き上げ、両手でぶら下がる格好になった。ブロックの境目に足先を引っかけ、やっとの思いで陸に上がる。雪の冷たさで震えが来たが、動かなければ逆に凍えてしまう。水中の車を見ると、斜めに傾いで今にも流されてしまいそうだった。ロープを摑み、腰に巻きつける。水の中に流されているのを手繰り寄せ、サイドスローで羽鳥に投げてやった。羽鳥がのろのろとロープを体に巻きつけた。

「飛びこんで！」

羽鳥はなおも躊躇っていた。「早く！」と怒鳴りつけても、その場にへたりこんでしまって動けない。が、次の瞬間、車がぐらりと揺れて大きく左に傾いだ。羽鳥がフロントガラスを滑り落ち、川に落ちる。私は、雪に足をとられながら何とか踏ん張り、思い切りロープを引っ張った。ロープが腹に食いこみ、きりきりと締めつけられる。綱引きの最後尾の人間のように、体を斜めに倒して体重を後ろにかけ、すり足でゆっくりと下がった。手ごたえはある。五秒が十秒になった時、「ああ」という羽鳥の情けない声が聞こえて急にロープが軽くなった。岸壁の端に羽鳥の両手が見えている。慌てて駆け寄り、両腕を摑んで引っ張りあげた。

吐きそうなほど呼吸が荒くなっていたが、止まってはいけない。とにかく車に戻り、体を温めるのだ。ポケットにキーが入っているのを確かめ、羽鳥に肩を貸してゆっくりと歩き出す。

安藤が目の前に立っていた。

「何してる」苦しい息の下、辛うじて訊ねる。安藤は険しい目つきを投げつけてきたが、その底にかすかな怯え（おび）が走るのを私は見逃さなかった。「お前、まだ俺を尾行してたのか」

無言を肯定と受け取った。

「俺たちが死にそうになったのを黙って見てたのか」

「鳴沢さん！」大西が大股で近づいてきた。安藤に気づき、呆然と目を見開く。「安藤さん、あなたは騙されてたんですよ」

怒りに声を震わせながら大西が断言する。私は寒さに震えながら、彼と安藤の顔を交互に見詰めた。

「羽鳥さん、この人に電話をしましたか？　いや、この人を知ってますか」

大西の質問に、羽鳥が力なく首を振る。それを確認して大西が続けた。

「安藤さんに電話を入れたのは正明ですよ。さっき、通話記録がやっと手に入ったんです。あんたは、それが本当に羽鳥さんからの電話かどうかを確かめようともしなかった」

　安藤が唇を噛む。風に切り裂かれたコートの裾が、叱責するように彼の腿に叩きつけられた。大西が低い声で話し続ける。

「正明が、鳴沢さんを不利な立場に追いこもうとしたんじゃないですか。奴は、そのために安藤さんを利用したんです。安藤さんが鳴沢さんを嫌ってることを、正明がどうして知ったのかは分かりませんけどね」

「何でそんなことを」私は自分に問うように言った。羽鳥の体重がずっしりと肩にかかり、今にも二人して崩れてしまいそうだ。

「とにかく、お前は余計なことに首を突っこみ過ぎたんだ」

　強がって言って、安藤が一歩を踏み出す。その瞬間、私の中で何かが弾けた。小枝が折れるような音が耳に響き、頭の中で炎が暴れまくった。羽鳥の腋の下から肩を引き抜き、下から突き上げるようなパンチを安藤の顎に見舞う。安藤の顔が歪み、びっくりしたように目を見開いたと思った次の瞬間、腰からすとんと崩れ落ちる。私の右の拳はびりびりと痺れていた。寒さで強張っているところにいきなりパンチを繰り出したのだ、折れてしまったかもしれない。手の骨は折れると厄介だ。小さな細い骨が多いから、治るのに案外時間がかかる。これでしばらく、勇樹とのキャッチボールもお預けだろう。

「お前、それでも刑事か」羽鳥にもう一度肩を貸しながら、安藤を見下ろす。「刑事失格どころじゃない。お前は人間として間違っている」

安藤からは一切反論がなかった。おどおどした目つきで私を見上げたまま、顔をぶるぶると震わせている。唇の端から、一筋の血が流れ落ちて雪に染みを作った。最後の最後までこんな馬鹿野郎に悩まされるとは。溜息をついて顔を上げると、視線の先に大西の姿を捉えた。こちらは困りきった顔つきで、どうして自分が私のような馬鹿野郎に悩まされなければならないのかと真剣に悩んでいる様子だった。

6

最悪の状態でも、一つぐらいは救いがある。大西の覆面パトカーにはたまたま着替え一式が積んであった。鑑識の係官が履く青いズボンと裏が起毛になったトレーナー、中綿入りのジャケットまである。下着がぐずぐず言うのは仕方がない。靴を脱ぎ、温風が吹き出す下に素足を置いた。だが、一向に温まらない。羽鳥の口から聞いた真相が、私の心を凍りつかせていた。

「正明がやったんですね」

「そうだ。あいつを早く捕まえないと」先ほど停まっていたRV車のナンバーを教えると、大西が車を飛び出して行って、赤い光を振りまいているパトカーの窓に首を突っこみながら一言二言話した。すぐに戻ってきて車を発進させる。

「羽鳥はパトカーに預けました。行きましょう」

「おい」

「捜すんですよ、正明を。逮捕したら、鳴沢さんは話を聞けないでしょう。俺たちで見つけましょう」

「始末書じゃ済まないぞ」忠告したが、大西はにやりと笑うだけだった。「しかし、どこを捜すかだな」

「正明は、鳴沢さんたちは死んだと思ってるでしょうね。自分の仕事はもう終わったと考えているはずです」

「とすると、もう遣り残したことはないと……行く場所もないだろう。原点に帰ってるかもしれないな」

「養護施設？」

「あるいは。アパートかもしれないけど……」

携帯電話を取り上げ——車に忘れていた——愛想園の電話番号をプッシュした。十回呼び出し音が鳴ってから滝沢が出てくる。寝ぼけた不機嫌な声で、私の名前を思い出すのに数秒かかった。

「そちらに鷹取は行ってませんか」

「いや……」もぞもぞと声にならない声で文句をつぶやく。が、一瞬後には声が明瞭になった。「今、車が入ってきましたね」

「どんな車か分かりますか」

「ちょっと待って……何かまずいことでもあるんですか？　カーテンの隙間から見てますけど、あれですね、ジープみたいな車」

「ナンバーは見えますか」

滝沢が告げたナンバーは、問題のRV車のものだった。

「分かりました。彼は、愛想園の鍵を持ってますか」

「いや、持ってないと思います」

「だったら、ドアを開けないで下さい」

「ちょっと待って下さい。何事ですか」

「とにかく、絶対に彼を中へ入れないで下さい。まずいと思ったら、すぐに警察に電話して」

質問を浴びせかけてくる滝沢を無視して電話を切った。歯を食いしばったまま、右手を握って開いてみる。激しい痛みが走り、食いしばった歯の隙間から呻きが漏れた。早くも通常の二倍ほどに腫れ上がり始めている。

「病院へ行った方がいいんじゃないですか」私の方をちらりと見ながら大西が言った。

「って、そんなことを言っても聞く人じゃないですよね」

「いいから急いでくれ」

雪は少しだけ小降りになり、車の流れもスムースになっていた。大西は躊躇わずにサイレンを鳴らしたが、亀田までは少なくとも十五分はかかるだろう。黙っていると手の痛みが強烈に自己主張し始める。

「どういう仕掛けだったんですか」

「河川敷に大きな木が一本あっただろう？　あそこにロープを引っかけて滑車代わりにしたんだ。で、ＲＶ車で軽自動車を引っ張って川に落とした。木を調べてみれば、擦れた跡が残ってるんじゃないかな」

「拳銃を持ってたんだから、最初からそれを使った方が確実だったのに」

「人を撃ち殺すのは案外難しいんだ。川に叩き落とした方が可能性は高い」ふいに水の冷たさが体に蘇る。鋭い小さな刃物で全身を切り刻まれるような痛みであり、川底に引きずりこまれる不気味な感覚であった。

「何て奴だ」大西が吐き捨てたが、その言葉には憎しみよりも恐怖感の方が強く滲み出ていた。「だけど、どうして今になってこんなことを……」

「時効がタイミングになったのは間違いないと思う。奴の心の中には、自分でも知らないタイマーがあったんじゃないかな。時効がきっかけでそれが鳴ったんだ」

「そんなことが――」

「説明できないこともたくさんある。いや、心の動きなんか、絶対に論理的に説明できない」

「とにかく、本人に聴いてみないと」

「そういうことだ――前が空いてるぞ。飛ばせ」

小さく肩をすくめてから大西がアクセルを踏みこんだ。ある程度の筋書きは読めている。後は本人から確かめるだけだ――確かめるべきかどうか、今でもわずかな迷いがあったが。それは父が感じていたのと同じものであるはずだった。

見覚えのあるRV車が、愛想園の敷地に停まっていた。雪の上には、まだタイヤの跡がかすかに残っている。聞こえる音といえば雪の上にさらに降り注ぐ雪の音だけだった。

建物から漏れる灯りで敷地内がぼんやりと白く見える。まず滝沢に電話を入れて異常がないのを確認してから、十分後に警察に連絡するよう指示する。正明から話が聴けたにしても、その後は県警に任せなければならない。

車から降りた途端、建物の玄関先に座りこんでいる正明の姿が目に映った。両膝を引き上げて胸に抱えこみ、かすかに体を前後に揺らしている。彼にしか聞こえない子守唄が頭の中で鳴っているようだった。背後から回りこむよう大西に指示し、私は正面から向かう。二、三歩歩いたところで、雪を踏む音に気づいたのか正明が顔を上げた。

表情が消えている。ぼんやりと口を開け、目も虚ろだった。拳銃はまだ持っているはずだが、慌てて取り出す気配もない。魂を抜かれ、肉体だけがその場に放置されてしまったように。一か八か飛びかかって取り押さえようかとも思ったが、やはり拳銃は大きな抑止力になった。

じりじりと近づく。大西が音もなく正明の背後で動くのが見えた。正明から五メートルほど離れた柱の背後に身を隠し、私に向かってうなずきかける。正明に気づかれずに、後ろからこれ以上接近するのは無理だろう。大西が五メートルを走り切るのに必要なのは一秒か、二秒か……今夜の私は体の芯まで冷え切り、脳天まで貫く右手の痛みに悩まされている。ふだんより反応速度は遅くなっているはずだから、いざという時はどうしても大西の助けが必要だ。

「鷹取」三メートルの距離を置いて話しかける。ともすれば雪の降る音にかき消されてしまいそうだった。もう一歩踏み出す。正明がのろのろと顔を上げ、私に焦点を合わせようとするように目を瞬いた。

「あんたが殺したんだな……父親を」

正明の肩がぴくりと動く。

「これはあくまで俺の推測だ。間違ってたら訂正してくれないか」

彼がかすかにうなずいたように見えたので、大きく深呼吸してから続ける。空気は凍りつき、深く吸いこむと氷が肺に切りつけるようだった。

「あんたは自分の父親に虐待されていた。小学生の時、夏休みに家に遊びに来た友だちを追い返したことがあっただろう。あの時も怪我をしていて、見られたくなかったんだろう。父親にやられたんだな」

正明の目の焦点が合った。だが、私を見やるその目に浮かんでいるのは、憎悪ではなく諦念のように見える。そう、この男の人生は失敗続きだった。羽鳥と私を殺そうとして、結局なしえなかった。もう、何をする力も残っていないのだろう。

「父親が殺されて保護された後、あんたはどうしても風呂に入ろうとしなかった。裸を見られるのが嫌だったんだろう。でも、この施設に来て、一人で風呂に入った時にたまたま見られてしまった。あんたは気づいてなかったと思うけど。全身に傷が残っていたそうだね」三富が引っ張り出した記憶が、その事実を私に教えてくれた。「喧嘩したり転んだりしたぐらいじゃ、そんな風にはならない。父親に虐待されてたんだろう？　原因は何だったんだ」

「あの男はおかしかったんだ」自分に言い聞かせるように正明がつぶやいた。「母親が死んでからだ、おかしくなったのは。どういうわけか俺に当たりだして、毎日折檻された……あの男、何を使ったと思う？　自転車のタイヤのチューブだよ。鞭みたいに俺を叩いたんだ。絶対に顔は狙わないでね。体育で着替える時は、みんなから隠れてこそこそやってた。あの男は、誰にも言うなって脅したからな。それに、夏はやらなかった。どうしてか分かるか？　プールに入るからだよ。でも秋になるとひどくなって……我慢してるしかなかった。あの男は外面はいいけど、俺にとっては悪魔だった。許せなかった」

「だから殺したのか」

「殺した」

　父の抱いた疑惑はこれだったのだ。親殺しは珍しくもないが、小学生が親を殺すという考えは、日々事件と暮らしていた父でさえ、意識の外に押し出そうとするほど衝撃的なものだったに違いない。

父の間違い――極めて人間的な間違いだ――を私は初めて知った。

「分かった。あんたは虐待されて父親を憎んでいた。それであの日、とうとう父親を殺した。羽鳥があんたを庇ったんだな？」

「俺が父親を殺したところにあの男が来たんだ。あの男は、俺がオヤジから虐待されてることを知ってた。だから、どうしてあんなことになったのかもすぐに分かったんだろうよ。で、俺を守らなくちゃいけないと思ったんじゃないの？　俺の血だらけの服と包丁や通帳なんかを捨てて、それから警察に連絡した。大きなお世話だよな」

「強盗の線で捜査を混乱させようとしたんだろうな。その上、疑いの目が自分に向くように、家の外で自分を目撃したと証言させて、警察を挑発した。それであんたを施設に入れた。そうすれば世間から隔離できるから。あんたは、父親を殺されて天涯孤独になった可哀相な子どもだと見られるだけで、父親を殺した人間だとは誰も思わない」

「余計なことをしたんだ、あの男は！」突然激しい口調になり、正明が吐き出した。

「最初は、自分が何をやったのか分からなかった。分かると、自分がクソみたいに思えてきた。父親が死んだからじゃないぞ。あんな奴は死んで当然なんだから。人を殺して、誰かが俺を逮捕しに来るんじゃないかと思ってびびってたんだ。だけど、羽鳥が警察の注意を引きつけるって言ってたから、たぶん警察は俺を疑わないだろうって自信が持てた……だけどな、警察に捕まらなくたって、俺の人生は結局滅茶苦茶になったんだよ。俺がどんなについてなかったか、あんたにも話しただろう？　俺だって普通に生きる権利はあったはずなんだ。あの時、捕まってればよかったんだよ。捕まらなかったから、俺はいろんなものを背負いこんじまったんだ。警察に捕まるなんて、大したことじゃない。何しろ俺は、オヤジの暴力の被害者なんだから。あそこでケリをつけておけば、俺はちゃんとした人生を送れたんだ」

「だったら自首すればよかっただろう」そうしていても、この男の人生に光が射したとは思えないが。

「考えるのと、実際に自首するのとは違うんだよ」正明が、木の床を拳で殴りつけた。積もった雪が、埃のようにかすかに舞い上がる。「自首したい、だけど自首したら今よりもっとひどいことになる。そう思って、毎日びくびくしながら暮らしてた。タイミングはあの時しかなかったんだ。オヤジを殺した直後に警察が捕まえてくれれば、覚悟だってできたんだ。今の俺はこんな風じゃなかったはずだ……羽鳥が余計なことをした。あんたのオヤジもボンクラだった」

「捜査を攪乱されたんだ。ボンクラ呼ばわりはやめて欲しいな」父を侮辱され、思わず反論してしまった。喉に引っかかりを感じるわけでもなかったし、今は父を庇うのも当然に思える。「羽鳥は、その後も金銭面であんたの面倒を見てただろう。そういうことには感謝してないのか」

「俺は、あいつが大嫌いなんだ！」正明がまた拳を床に叩きつける。ゆっくりと上げた手の関節に血が滲んでいる。「余計なことばかりしやがって。いくら同情したって、あいつは俺の親じゃないんだ。金なんか貰っても何にもならねえ。あいつのせいで俺の人生は歪んだんだ。あんたのオヤジもそうだよ。ええ？　あの男は、散々あんたの自慢をしてたよ。雑談のつもりだったんだろうけど、聞きながらムカムカしてたんだぜ。誰も他人の息子の自慢話なんか聞きたくないって。こっちは父親を殺したばかりの人間なんだぜ？　家族の自慢をしてる人間なんて信じられるかよ。いつかぶっ殺してやると思った」

そうだ、家族など信じられない。少し前の私なら、彼の言葉に全面的に賛成していただろう。互いに父親の悪口をぶちまけ合って、意気投合していたかもしれない。

「俺は悪くない。俺の人生は狂わされたんだ」

「だから羽鳥を殺そうとしたのか」そして私を。「俺も殺すつもりだったんだな。オヤジの代わりに」

「お前も責任を取るんだ。親の責任は子どもの責任なんだよ」

逆恨み以外の何物でもなかったが、それを口には出せなかった。正明の怒りは次第に膨れ上がっており、小さなきっかけで爆発してしまいそうだったから。とにかく、まだ拳銃を持っているはずなのだ。

「銃はどこで手に入れた。金はどうしたんだ」

「ちょっと前に尚美から頂いたんだよ。銃なんて安いもんだぜ」

「安藤を動かしたのもお前だな」

「ああ、あの男、しばらく前に俺を訪ねてきたんだよ。えらく焦ってる様子でね。事件を解決して誰かに褒めてもらいたかったんじゃないの？　結構じっくり話して、その時にこいつは使えると思った。あんたの悪口を言ってたからさ、あんたを破滅させるのに、警察の中の人間を使うのも面白いと思ったんだ。まんまと引っかかってきたよ。だけど、もう少し根性のある男だと思ってたけどな。あんたを逮捕して嫌な目に遭わせるぐらいのことはすると思ってたのに」

結局、安藤は功名心に駆られていたのだ。正明との接触で様々な嘘を吹きこまれたのだろう。だが事件は時効を迎え、自分でも意識しないうちに正明にコントロールされて私に嫌がらせをしてきた。

あんな男は刑事になるべきではなかった。いや、警察官にも。

「羽鳥もあんたも破滅させて、それでやり直す……つもりなんかなかった。これで全部終わりにするんだよ。全部滅茶苦茶になればいいんだ」

正明がダウンジャケットの前を素早く下げ、拳銃を取り出した。大西が一歩を踏み出そうと動く。私が目で制すると、正明が気づいてさっと振り返った。

「余計なことはするなよ。これ以上邪魔されてたまるかよ」

「もう羽鳥は殺せないぞ。俺もだ」深呼吸してから歩き出し、手を差し出した。素直に拳銃を渡してくれるとは思えなかったが、睨み合ったままではどうしようもない。「銃を渡せ」

「お前みたいに親に大事にされた人間に、俺の気持ちが分かるかよ。俺はあの時に終わってたんだ。誰かが本当に終わらせてくれればよかったんだ」

そして正明は、ついにその方法を見つけた。銃口を咥え、目を大きく見開く。飛びかかろうとしたが、まだ距離があった。慌てて走り出した大西も間に合わない。雪に足を取られながら走り始めた時、正明が親指で引き金を引く。銃弾は正明の顔の柔らかい部分を一気に破壊し、脳みそを後ろに撒き散らした。銃声は長く尾を引き、木霊(こだま)のようにた。

私の頭の中で反響し続ける。大西が啞然として立ち尽くし、虚ろな視線を私に送ってきた。

人の死に立ち会うのが刑事の仕事と言えないこともない。だが私は二度までも、目の前で人が銃弾で斃れるのを見た。もう十分だ、と言う権利はないのだろうか。

緊急外来で手を治療し——綺麗に折れているので長くはかからないだろうという診断だけが救いだった——明け方近くまで警察で事情聴取を受けた末にようやく解放された。この件はいずれ、警視庁にも伝わるだろう。いや、いずれではなく今日の午前中にも。そうしてまた、私の経歴には染みのような汚点がつくのだ。だが警察というのは、案外甘い組織である。明確な犯罪行為を犯したのでない限り、左遷されることはあっても首にならないことは分かっている。次は島嶼部の小さな署だろうか。それならそれで覚悟はできる。どうせ優美たちはアメリカに行ってしまうだろうし、一年や二年なら何ということはない。問題は退屈さに耐えられるかどうかだ。

布団に潜りこんだ途端にそんなことを考え始めたのだが、考えがまとまる前に意識が消えた。気づいたのは三時間後で、私の意識を引き戻したのは窓から溢れてきた陽光と、忙しなくインタフォンを鳴らす音だった。久しぶりの晴れで、マンションや団地のベランダは、日光を求める布団で一杯になるだろう。そんな光景を思い浮かべながら布団から抜け出す。よれよれになったTシャツとジャージという格好のまま玄関に向かい、不機嫌に唇を捻じ曲げた緑川と対面する羽目になった。

「ほれ」無愛想に言って、緑川が缶コーヒーを差し出す。「寝起きかい」

「そうですね」自分でも驚くようながらがら声が飛び出してきた。

「眠気覚ましに、ちっと散歩するかい。久しぶりにお日様が出てるぜ」

「いいですよ。でも、仕事はどうしたんですか」

「俺は管理職だから自由が利くんだよ。さ、さっさと着替えろて」

断ることもできた。だが私は彼の誘いに乗り、ありったけの服を着こんだ。ダウンジャケットは濡れて駄目になってしまったので、新潟へ来る時に着てきた黒いウールのコートを最後に羽織る。

緑川の後について、家の前の堤に出る。道路も芝生も白一色に染まっているせいか、弱々しい冬の陽射しの照り返しも目に痛いほどである。緑川が、木陰になったベンチに積もった雪を手で払いのけ、缶コーヒーを入れていたビニール袋を敷く。彼はすぐに腰を下ろしたが、私は立ったままでいた。

「座れよ」

「いいですよ」缶コーヒーを手の中で弄びながら、私は川面に目をやった。

「おめさんみたいにでかい奴が突っ立ってると、目障りなんだて」

「座ると眠くなりますから」

「じゃ、まずはコーヒーを飲めよ」

「いただきます」甘ったるい缶コーヒーを飲むのは久しぶりだ。喉を焼くような熱さは、確かに眠気覚ましにはなる。

「虐待された十二歳の子どもが、とうとうぶち切れて親を殺したってことだったんだな」背中を丸め、視線を足元に落としながら緑川が言った。

「簡単に言えばそういうことです。羽鳥がきちんと供述すれば、その辺ははっきりするでしょう」

「羽鳥が正明を庇って、警察の捜査を攪乱したわけだ。正明にしてみれば、何が何だか分からなかっただろうな」

「でしょうね。十二歳の子どもが発作的に親を殺して、その事実を冷静に受け止められるわけがない。あいつは、その時から歪み始めたんでしょう。急に暴力的になったり、施設を出ても社会に順応できなかった原因も、その辺りにあったのかもしれない。その間も羽鳥は援助を続けていたんですけど、そのうち正明は、自分の不運をすべて羽鳥のせいにしてしまったんですね」

「一種の歪んだ親子関係ってやつか」

「そうですね。羽鳥は、正明が親から虐待を受けていることも知っていたんです。羽鳥と鷹取はずいぶんいろいろとやり合っていたらしいけど、原因の一つはそれかもしれない。いくら親友とは言っても、羽鳥は自分の子どもを虐待するような人間は許せなかったんでしょう」

「だから事件の後に親代わりになって、正明の面倒を見続けたってわけだな」

「でも正明にとっては、それさえも重荷だった。親は殺さなければならなかった。だけど、それに関して自分は罰を受けるべきだったという強迫観念に襲われるようになったんですよ。二つの気持ちの板ばさみですね」

「それは分かるような気がする。正明はほんの子どもだった。本当の意味のワルだとは思えんね。ただのワルなら、時効が来れば安心するだろう。だけどあいつは、逆に追い詰められた気分になった。かといって、今さら警察に話も持っていけない。どっちへ行っても壁にぶつかるみたいな、矛盾だらけの気持ちを抱えてたんだろうな」

「だから、自分を捕まえてくれなかった警察にも恨みを持つようになったんでしょう。具体的に言えば、オヤジに対して、です。その恨みが俺に向いた」

「何が言いたい」私の言葉の背後にあるものを察してか、緑川の声が鋭く尖った。

「予断、ですよ」

「予断、な」小さく溜息をつき、緑川がコーヒーの缶をきつく握り締める。「予断。思いこみ。刑事としての常識。ああ、そうだ。俺たちは、十二歳のガキが自分の父親を殺したなんて考えもしなかったさ」

「オヤジを除いては。でも、オヤジも自分の考えを押し殺した」

「俺たちがヘマをやったのは間違いないんだよ」自嘲気味に緑川が認めた。「あの時、ちょっとでも正明を疑ってれば、こんなことにはならなかったんだろうな。考えてみればあいつも可哀相な男だよ。何も、自分で自分の頭を吹き飛ばさなくてもよかったのにな」

「今さらそれを言っても、誰も生き返りませんよ」

「俺を責めてるのか？」

「いえ」

責めても仕方のないことだ。正明は死んでしまい、生き残った羽鳥もこれから何かができるとは思えない。

「安藤はどう絡んでくるんだ」

「奴は、正明の適当な情報で踊らされてただけですよ。俺を嫌ってましたから、いいチャンスだと思って飛びついたんじゃないですか。俺が事件に首を突っこんできたから、恥をかかせてやろうと思ったんでしょう」

「阿呆の一言だな」

「それなりの罰は受けましたよ。顎を折ってますから、しばらく流動食しか取れないでしょう。ダイエットにはいい機会かもしれない」私は包帯に包まれた自分の拳をさすった。緑川の目がその様をじっと追う。

「まだ不満そうだな」

「不満ですけど、仕方ないです」

「オヤジさんのことは許してやれよ」急に柔らかい声になって緑川が言った。「あの人だってスーパーマンじゃないんだ。何でもかんでもできるってわけじゃない。それぐらいは分かってやれよ」

「ええ。オヤジは人間臭い人でした」

緑川の眉がぴくりと動いた。

「おめさん、どうかしたのか」

「どうもしません。ようやく気づいただけです」

氷の仮面の下に、父はひどく人間臭い素顔を隠していた。私はついにそれを認める気になったのだ。

祖父が自ら命を断った日のことを思い出す。その直後に、私は祖父が入院していた病院の駐車場で父と対峙した。父は「怖かった」と言い、「刑事である前に人間だ」と開き直った。何十年も前に祖父の犯した犯罪を、見て見ぬ振りをした父は、それが明るみに出ないよう、私が刑事になることに反対し続けた。敬愛する祖父の罪を知ったら、私が壊れてしまうと危惧したのだろう。それ故、真実を告げぬまま、ただぶっきらぼうに「やめておけ」と言い続けたのだ。

父にぶつけた激しい言葉の一つ一つが脳裏に蘇る。

「自分の出世に響くと思ったんですか？」

「俺だって、こんなことは知りたくなかった」

「俺はあんたとは違う」

そう、父は私とは違った。もしかしたら父の中では、刑事の仕事よりも家族が大事だったのかもしれない。感情のままに吐き出した捨て台詞がどれだけ父を傷つけていたか。結局その傷は癒されないまま、父は逝ったのだ。息子に詰られることは、自分に与えられた罰だと思っていたのかもしれない。

父はそういう人だった。すべてを自分の中に抱えこんで、誰にも弱みを見せようとはしなかった。

「ま、おめさんが謎解きをしたんだから、オヤジさんも喜んでるだろうよ」緑川が膝をぽん、と叩いた。

「褒めてくれるとは思えませんけどね。こんな滅茶苦茶な結末じゃ、きっと怒りますよ」吹き飛ばされた事件の結末は、父と競争しているという意識も消し去ってしまった。それに父は、私と同じドアの前に立っていたのだ。ほんの小さなきっかけがあれば、事件はとっくに解決していただろう。

「そりゃあ、あの人は簡単には褒めんだろうよ……それよりおめさん、これからどうするね」

「まずは骨折を治すことですかね」

「ひどいのか？」

「ギタリストとしては一巻の終わりです」

「おめさん、ギターなんか弾くのかね」

「冗談ですよ」

はあ、と緑川が大袈裟に溜息をついた。

「東京へ行って人が変わったかね。下らねえ冗談なんか言わん男だと思ってたけど。だけど、これで新潟との縁を完全に切っちまうつもりなのか」

「切らざるをえないでしょうね」ゆっくりと家の方を振り返った。「あの家は処分します。いろいろ考えたけど、持っていれば金がかかるだけですから」

「一つ、提案があるんだけどな。あの家、俺に売ってくれないか」

「今の家はどうするんですか」

「あそこには女房との想い出があり過ぎてな。今でも時々、ぼうっとして真っ暗な中に座ってることがあるんだよ。阿呆らしいだろう、そういうのは。俺も何かを変える頃合なんだよ。引っ越しが一番効果的かもしれん。それにな、ここなら古町辺りで酔っ払っても歩いて帰ってこられる。年を取ると、都心に住む方が何かと便利なんだて」

「緑川さんと金のやり取りをするのは気が進みませんね」

「不動産屋を通せばいいんだよ。手数料が無駄になるだろうけど、俺だって金のことでおめさんと話はしたくない」

「考えてみます」

「いいよ。焦ることはない。それに家の問題があるうちは、おめさんも新潟との縁は切れんだろうが」

「どうしても俺を新潟に縛りつけたいんですか」苦笑したが、緑川は真顔でうなずくだけだった。

「縛りつけられて何が悪いんさね。そんな簡単に、故郷との縁が切れると思ってるんだったら大間違いだぞ。生まれた街のことは忘れたなんてうそぶいてる奴は、年取ってから絶対に後悔する。それにあの家がなくなったところで、俺がこの街にいる。あの若いの、大西か、あいつだっているだろう。俺らがいるうちは、ここはおめさんにとってずっと故郷なんだぜ。故郷ってのは、人と人とのつながりだろうが」

緑川は会社に戻り、私は一人でベンチに残った。陽射しはそこそこ暖かいが、やはり風は冷たい。勇樹が、初めて新潟の雪を見て目を丸くしていたことを思い出す。しかし、雪は気に入った様子だった。だとしたら、ニューヨークに行くのも悪くないだろう。あそこは青森とほぼ同じ緯度なのだ。冬になれば人の心を挫こうとするような風が吹き、雪も積もる。一方で、ロックフェラーセンターのアイスリンクや巨大なクリスマスツリーのように見るべきものもある。

何とかなる。

二人とゆっくり話そう。話しているうちに、優美と喧嘩になるかもしれない。ふだんはふんわりと柔らかい彼女も、引かないと決めたらいきなり頑固者になるのだ。私たちの間に挟まれて勇樹はおろおろするかもしれないが、そういう親の姿を見るのは子どもの義務でもある。ぶつかり合い、涙を流しながら家族は変貌し、成長していくものだ。消えた人間でさえ、家族の一員であることに変わりはない。私は祖父を、そして父を亡くしたが、二人は今でも家族なのだ。ある日突然それまでの人生が断ち切れ、翌日から真っ白なページに新しい人生を綴り始めるということはない。記憶が残るだけであっても、人生は、家族は途切れることなく続いていくものなのだ。

何より刑事である限り、私は二人の影から離れられないだろう。私にとって二人は、父と祖父であると同時に、手本とすべき刑事なのだから。初めて、父と冷たい関係を続けてしまったことを悔やんだ。もっと話して父の経験を吸収していれば、私は今よりも分厚い刑事になれたはずである。

東京へ戻ったら、優美と勇樹と話そう。まだ時間はある。そして仮に二人がニューヨークに行ってしまっても、私にはまだ打つ手がある。一瞬、突拍子もないアイディアに思えたが、実現不可能な計画ではない。そう、何とかなる。

ワイシャツの胸ポケットに潜ませた父の万年筆を手にした。黒い軸は曇り、ペン先もずいぶん磨(す)り減っている。この万年筆は持って帰ろう。修理に出して輝きを取り戻すのだ。いつの日か、私がこの万年筆を使って自分の足跡を書き記す日が来るかもしれない。そして、それに目を通すのは勇樹であって欲しいと願った。

新装版解説

加藤裕啓

堂場瞬一さんは二〇〇〇年に第十三回小説すばる新人賞を「8年」で受賞しデビュー。二十一世紀とともに現れた作家である。この賞の受賞者は荻原浩、朝井リョウなど多くの人気作家を輩出している。堂場さんもその例に漏れることなく一五年には早くも一〇〇冊の著作を突破。その後も精力的に執筆活動を続け、今なおそのスピードは加速している。デビュー二十年となる二〇二〇年二月現在文庫だけでも一三八冊に上る。紀伊國屋書店全店の二十年間の販売冊数は五十万冊。近年でも毎年四万冊を販売している。全国ベースでは毎年ミリオンセラーを達成している作家とも言える。

その作品の売上ベスト3は、一位『雪虫　刑事・鳴沢了』、二位『アナザーフェイス』三位『検証捜査』である。「刑事・鳴沢了」シリーズが完結し「警視庁失踪課・高城賢吾」「警視庁追跡捜査課」「アナザーフェイス」の3シリーズを矢継ぎ早に出版しいずれも好評を博している。個性豊かな主人公を複数生み出しシリーズ化するのはミステリー作家の王道と言える。そしてもうひとつは地方都市を舞台としたミステリーも多い。「検証捜査」に代表される「〇〇捜査」はご当地シリーズと呼べると思う。これに歴史物が加われば鉄壁の作品網である。

そのような堂場瞬一さんに初めてお会いしたのは二〇一二年に中公文庫の『牽制　警視庁失踪課・高城賢吾』の発行でご来阪された際である。その時に頂いたサイン本は今も手元にある。読売新聞社を退社される前後であったと記憶しているがダンディな風貌と爽やかな印象で、自作や作品作りのお話を興味深く聞かせて頂いた。その時から書店員として私が応援したい作家の一人に加えさせて頂いた。大阪では北新地の夜を楽しまれるのかと思いきや、お酒はまったく飲まれないとの事。だからこそ二足のわらじでここまでの作品を書きあげてこられたのかと納得した。

また、堂場さんは自らの小説を「インタビュー小説」と表現されている。主人公が地道に関係者の聞き込みを続け、その証言から次の関係者に辿り着き事実を積み重ねて真実に近づく。接穂をなくさない会話は記者時代の取材経験がなせる技であり、飽きることなく読ませる筆力はすごいとしか表現できない。現役の警察官にもファンは多いと聞いているが、現実の出来事のように感じるリアリティが共感を呼んでいると想像できる。

少し話は逸れるが不況に強いと言われた出版業界に暗雲が立ち込め始めたのが二十世

紀の終わりである。堂場さんがデビューした頃は本格的に下降線に入った頃でもある。その頃、著者（書く人）、出版社（作る人）、書店（売る人）の三者の関係に大きな変化が生まれた。編集者と連れ立った著者の書店訪問が増えた事である。その背景には新刊やベストセラーにとらわれることなく、「出会った時が新刊」とばかりに既刊本の中から売りたい本を発掘し、それが評判となる書店員が全国に登場した事があげられる。実際に作家の方々のご来店は現場の書店員にとってはモチベーション向上に一役を買うこととなり、販売実績にも現れ始めた。この業界内では「仕掛け本」と言われる販売施策が広がり、書店員発の『泣ける本』や『一気読み』などのコピーが本の帯として目を引くようになった。

その一つの作品が「刑事・鳴沢了」のシリーズである。「寝不足書店員続出？」のコピーで堂場さんの代表作となったこのシリーズが、完結より十二年を経て、今年新装版で発行されることになった。新しい堂場ファンにとっては、やはりこのシリーズを読まないことには画竜点睛（がりょうてんせい）を欠く。

刑事・鳴沢了シリーズは祖父・父・息子の三代が深くかかわる刑事の物語である。その中で「雪虫」から「帰郷」までの五作が鳴沢家の年代記ともいえ、一気に読むことをお勧めする。

　ここで鳴沢家の家系を少しひも解くと、祖父・浩次は終戦後に新潟県警察に籍を置き昭和二十九年に刑事となる。捜査一課一筋二十年あまり「仏の鳴沢」と呼ばれ、最後は新潟中署長として退職。父・宗治も同じように新潟県警の捜査一課の刑事となり魚沼署長、さらには新潟県警刑事部長に昇進するが、こちらは「捜一の鬼」。しかもどちらも若くして妻をなくし、男三人での暮らしも長く、了は多感な時代を祖父に育てられる。鳴沢家は高校に上がると東京に出る。早く独立するのが決まりである。刑事になることが当たり前と思っていた孫に「世の中にはいろいろな仕事があるぞ」とつぶやく。「俺たちの商売」と言って憚らない祖父が、子供たちに同じ道を自ら歩ませるための決意の七年間かもしれない。しかし、了は「刑事になることは目標ではなく計画」と迷う事なく新潟県警の刑事となり外見からも内面からも完璧な直球勝負の刑事と成長。二十九歳で「雪虫」に颯爽と登場する。

　堂場さんの創作の最大ネタ元は「あらゆる新聞を隅々まで読んでその情報をストックする事」と何かで読んだ事があるが、刑事・鳴沢了シリーズには一貫して社会的テーマが流れる。

①『雪虫』は科学捜査が確立されていない時代に見られる冤罪と隠ぺい。

②『破弾』は昭和四〇年代の大学紛争と一時期世間を騒がせたホームレス狩り。

③『熱欲』は悪徳マルチ商法。
④『孤狼』は警察の内部告発。

ネタばらしをする力量もないが勝手ながらそのテーマの一片を以上の様に推察する。そして五作目『帰郷』はその名の通り舞台は再び新潟に戻る。とは言え、新潟県警に復帰した訳ではない。父の葬儀で新潟に戻った了が一週間の忌引き休暇中に解決率九九％と言われた父の唯一未解決事件の真相究明にあたる。この事件は運命的にも父の葬儀の日に時効を迎えている。被害者の息子からの強引ともいえる要請を受け、終わった事件の真相解明に乗りだす。警視庁勤務の主人公には新潟での捜査権はない。更に休暇中ともなれば私立探偵さながらの捜査になる。それ故に今回は個性的な相棒も存在しない。しかし、父が滑らした事件を解決できれば、父との長年の確執に終止符を打てるのではないかとの思いが捜査へと動かす。『帰郷』の冒頭は葬儀を終えて生まれ育った実家で父の遺品を整理する場面から始まる。そこには父との葛藤した姿はなく、父を刑事として受け入れた穏やかな様子が読み取れる。これまでの父に対する心境の変化は、第四作目『孤狼』のラストシーンと父の葬儀を終えた場面から始まる『帰郷』の冒頭までに流れる時間を読者は想像するしかない。

ここでまた、勝手に主人公の心の変遷を推理する。

鳴沢了二十九歳。新潟県警時代は父との関係は最悪。その原因は息子が警察官になることに反対し妨害したという確信のない不信感であった。しかし、その誤解は解けるが刑事としての父との価値観の違いを再認識し葛藤は続く。父の「刑事という職業にとって一番大事なのは融通だ。あるいは塩梅だ。お前は真っ直ぐすぎる」という言葉に戸惑いを覚える。

鳴沢了三十三歳。新潟県警を辞職した後、警視庁勤務となり四年。父は新潟県警の刑事部長と晩年を迎えるが胃がんを患い余命計り知れない。しかし、この世で一人だけ許せない人間がいるとしたら父だ、という思いに変わりはない。だが警視庁内の派閥争いともいえる事件の解明の中で父の伝言が届く。「どんな手を使っても徹底的にやれ」死を覚悟した父の三代続く刑事としての誇りを感じたのかもしれない。『孤狼』のラストシーンは味わい深い。

そして『帰郷』に流れるテーマは時効。時効は罪までも失くしてしまうのか、逃げのびた犯罪者はどのような人生を生き生けるのか。

被害者の息子・鷹取正明が育った養護施設、学校や仕事場。犯人と疑われた羽鳥美智雄のＮＰＯ法人やかつて勤務した大学などの数え切れない関係者へ私立探偵さながらの聞き込みを続ける。まさに「インタビュー小説」の真骨頂と言える。そして物語は予想だにしない展開へと進む。

堂場さんのもう一つの社会的テーマが明らかになるとき、感動のクライマックスを迎える。

（かとう・やすひろ　紀伊國屋書店）

売上順位による堂場瞬一作品おすすめベスト20

（2001年～2020年）

1	雪虫　刑事・鳴沢了	中公文庫	2004年11月
2	アナザーフェイス	文春文庫	2010年7月
3	検証捜査	集英社文庫	2013年7月
4	破弾　刑事・鳴沢了	中公文庫	2005年1月
5	敗者の嘘　アナザーフェイス2	文春文庫	2011年3月
6	交錯　警視庁追跡捜査係	ハルキ文庫	2010年1月
7	蝕罪　警視庁失踪課・高城賢吾	中公文庫	2009年2月
8	孤狼　刑事・鳴沢了	中公文庫	2005年10月
9	熱欲　刑事・鳴沢了	中公文庫	2005年6月
10	第四の壁　アナザーフェイス3	文春文庫	2011年12月
11	帰郷　刑事・鳴沢了	中公文庫	2006年2月
12	消失者　アナザーフェイス4	文春文庫	2012年11月
13	讐雨　刑事・鳴沢了	中公文庫	2006年6月
14	棘の街	幻冬舎文庫	2009年10月
15	被匿　刑事・鳴沢了	中公文庫	2007年6月
16	チーム	実業之日本社文庫	2010年12月
17	相剋　警視庁失踪課・高城賢吾	中公文庫	2009年4月
18	壊れる心　警視庁犯罪被害者支援課	講談社文庫	2014年8月
19	ラストライン	文春文庫	2018年11月
20	逸脱　捜査一課・澤村慶司	角川文庫	2012年9月

紀伊國屋書店PubLine調べ

この作品はフィクションで、実在する個人、団体等とは一切関係ありません。

本書は『帰郷　刑事・鳴沢了』（二〇〇六年二月刊、中公文庫）を新装・改版したものです。

JASRAC（出）200407021-01号

中公文庫

新装版
帰　郷
——刑事・鳴沢了

2006年2月25日　初版発行
2020年5月25日　改版発行

著　者　堂場瞬一

発行者　松田陽三

発行所　中央公論新社
〒100-8152　東京都千代田区大手町1-7-1
電話　販売 03-5299-1730　編集 03-5299-1890
URL http://www.chuko.co.jp/

DTP　ハンズ・ミケ
印　刷　三晃印刷
製　本　小泉製本

Published by CHUOKORON-SHINSHA, INC.
Printed in Japan　ISBN978-4-12-206881-0 C1193

中公文庫既刊より

各書目の下段の数字はISBNコードです。978－4－12が省略してあります。

と-25-15
蝕罪 警視庁失踪課・高城賢吾　堂場瞬一
警視庁に新設された失踪事案を専門に取り扱う部署・失踪課。実態はお荷物署員を集めた窓際部署だった。そこにアル中の刑事が配属される。〈解説〉香山二三郎
205116-4

と-25-16
相剋 警視庁失踪課・高城賢吾　堂場瞬一
「友人が消えた」と中学生から捜索願が出される。親族以外からの訴えは受理できない。その真剣な様子にただならぬものを感じた高城は、捜査に乗り出す。
205138-6

と-25-17
邂逅 警視庁失踪課・高城賢吾　堂場瞬一
大学職員の失踪事件が起きる。心臓に爆弾を抱えながら鬼気迫る働きを見せる法月。その身を案じつつも捜査を続ける高城たちだった。シリーズ第三弾。
205188-1

と-25-19
漂泊 警視庁失踪課・高城賢吾　堂場瞬一
ビル火災に巻き込まれ負傷した明神。鎮火後の現場からは身元不明の二遺体が出た。傷ついた仲間のため、高城は被害者の身元を洗う決意をする。第四弾。
205278-9

と-25-20
裂壊 警視庁失踪課・高城賢吾　堂場瞬一
課長査察直前に姿を消した阿比留室長。荒らされた部屋を残して消えた女子大生。時間がない中、二つの失踪事件を追う高城たちは事件の意外な接点を知る。
205325-0

と-25-22
波紋 警視庁失踪課・高城賢吾　堂場瞬一
異動した法月に託されたのは、五年前に事故現場から失踪した男の事件だった。調べ始めた直後、男の勤めていた会社で爆発物を用いた業務妨害が起こる。
205435-6

と-25-24
遮断 警視庁失踪課・高城賢吾　堂場瞬一
六条舞の父親が失踪。事件性はないと思われたが、身代金要求により誘拐と判明、高城達は仲間の危機に立ち上がる。外国人技術者の案件も持ちこまれ……。
205543-8

と-25-28

牽制　警視庁失踪課・高城賢吾　堂場瞬一

娘・綾奈を捜し出すと決意した高城とサポートする仲間たち。そこに若手警察官の失踪と入寮を控えた高校球児の失踪が立て続けに起こる。

205729-6

と-25-29

闇夜（あんや）　警視庁失踪課・高城賢吾　堂場瞬一

葬儀の後、酒浸りの生活に戻った高城は、幼い少女の失踪事件の現場に引き戻される。被害者の両親をかつての自分に重ねあわせ、事件と向き合おうとするが……。

205766-1

と-25-30

献心　警視庁失踪課・高城賢吾　堂場瞬一

娘の死の真相を知る――決意した高城に、長野が新たな目撃証言をもたらす。しかし聴取後、目撃者が高城たちに抗議してきて……。人気シリーズついに完結。

205801-9

と-25-36

ラスト・コード　堂場瞬一

父親を惨殺された十四歳の美咲は、刑事の筒井と移動中、何者かに襲撃される。犯人の目的は何か？　熱血刑事と天才少女の逃避行が始まった！〈解説〉杉江松恋

206188-0

と-25-43

バビロンの秘文字（上）　堂場瞬一

カメラマン・鷹見の眼前で恋人の勤務先が爆破。彼女が持ち出した古代文書を狙う、CIA、ロシア、謎の過激派組織――。世界を駆けるエンタメ超大作。

206679-3

と-25-44

バビロンの秘文字（下）　堂場瞬一

激化するバビロン文書争奪戦。鷹見は襲撃者の手をかいくぐり文書解読に奔走する。四五〇〇年前に記された、世界を揺るがす真実とは？〈解説〉竹内海南江

206680-9

い-127-1

ため息に溺れる　石川智健

立川市の病院で、蔵元家の婿養子である指月の遺体が発見された。心優しき医師は、自殺か、他殺か――。見えていた世界が一変する、衝撃のラストシーン！

206533-8

い-127-2

この色を閉じ込める　石川智健

人食い伝説を残す村で殺人事件が発生。住人の口から上がった容疑者の名は、十年前に死んだ少年のものだった。恐怖度・驚愕度ナンバーワン・ミステリー。

206810-0

各書目の下段の数字はISBNコードです。978-4-12が省略してあります。

さ-65-1
フェイスレス　警視庁墨田署刑事課特命担当・一柳美結
沢村　鐵
大学構内で爆破事件が発生した。現場に急行する墨田署の一柳美結刑事。しかし、事件は意外な展開を見せ、さらなる凶悪事件へと……。文庫書き下ろし。
205804-0

さ-65-2
スカイハイ　警視庁墨田署刑事課特命担当・一柳美結2
沢村　鐵
巨大都市・東京を瞬く間にマヒさせた〝C〟の目的、正体とは⁉　警察の威信をかけた天空の戦いが、いま始まる‼　書き下ろし警察小説シリーズ第二弾。
205845-3

さ-65-3
ネメシス　警視庁墨田署刑事課特命担当・一柳美結3
沢村　鐵
人類救済のための殺人は許されるのか⁉　日本警察、そして一柳美結刑事たちが選んだ道は？　空前のスケールで描く、書き下ろしシリーズ第三弾‼
205901-6

さ-65-4
シュラ　警視庁墨田署刑事課特命担当・一柳美結4
沢村　鐵
八年前に家族を殺した犯人の正体を知った美結は、復讐鬼と化し、警察から離脱。人類最悪の犯罪者と対峙する日本警察に勝機はあるのか⁉　シリーズ完結篇。
205989-4

し-49-1
爪痕　警視庁捜査一課刑事・小々森八郎
島崎佑貴
麻薬組織と霞ヶ関に投げ込まれた爆弾。それは、捜査一課最悪の刑事・特命捜査対策室四係の小々森八郎。警察小説界、期待の新星登場。書き下ろし。
206430-0

し-49-2
イカロスの彷徨　警視庁捜査一課刑事・小々森八郎
島崎佑貴
早朝の都心で酷い拷問の痕がある死体が発見された。小々森八郎たち特命捜査対策室四係の面々にも、捜査の応援命令が下るのだが⁉　書き下ろし。
206554-3

し-49-3
スワンソング　警視庁特命捜査対策室四係
島崎佑貴
凄腕だが嫌われ者の小々森刑事の命が狙われている！特命対策室四係の面々は犯人確保に動き出すが、それは巨大な闇へと繋がっていた。文庫書き下ろし。
206670-0

た-81-6
両刃(りょうじん)の斧(おの)
大門剛明
未解決殺人事件の犯人が殺された。容疑者は十五年前に娘を殺された元刑事。事件の裏に隠されたあまりに悲しい真実とは。慟哭のミステリー。文庫書き下ろし。
206697-7